九大寨

叶辛 著

SPM 南方传媒 | 广东人民出版社
·广州·

图书在版编目（CIP）数据

九大寨 / 叶辛著 . —广州：广东人民出版社，
2022.7

ISBN 978-7-218-15240-0

Ⅰ . ①九… Ⅱ . ①叶… Ⅲ . ①长篇小说—中国—当代
Ⅳ . ① I247.5

中国版本图书馆 CIP 数据核字（2021）第 181270 号

JIU DA ZHAI

九大寨

叶辛 著

版权所有　翻印必究

出 版 人：肖风华

策划编辑：向继东
责任编辑：钱飞遥
责任技编：吴彦斌　周星奎
装帧设计：河马设计

出版发行：广东人民出版社
地　　址：广东省广州市越秀区大沙头四马路 10 号（邮政编码：510199）
电　　话：（020）85716809（总编室）
传　　真：（020）85716872
网　　址：http：// www.gdpph.com
印　　刷：恒美印务（广州）有限公司
开　　本：880mm×1230mm　1/32
印　　张：9.5　字　　数：188 千
版　　次：2022 年 7 月第 1 版
印　　次：2022 年 7 月第 1 次印刷
定　　价：58.00 元

如发现印装质量问题，影响阅读，请与出版社（020-85716849）联系调换。
售书热线：（020）87716172

九大寨是曾经存在过的。那是 100 年前了。

目　录

第一章 | 赶场

韦寸多少接受了汉家的一些三纲五常、伦理道德，晓得了在人世间，男人得有担当，当一个汉子。

——名家寄语

　　韦寸没有想到他的人生第一次，是和美贞发生的。

　　明知她是妈房里的女仆，她的手扶住韦寸时，韦寸仍然感觉到舒服，敏锐地摸索到她手上皮肤的滑爽、细腻，还有从她身上拂过来的好闻的女人气息。喝得醉醺醺的，他想掩饰也掩饰不住。

　　灯焰摇曳着，使他的感觉恍恍惚惚的。韦寸的膝盖软绵绵的，脚踏在地板上，地板像在晃动，在下沉，使他站也站不稳。

　　他发现美贞的身子挨过来，倚靠住他，扶定了他，他才勉强站稳了。父母在他身后讪笑着，妈好像说了一句：

　　"这娃儿喝多了！"

　　阿爸以没当回事一样的声气道："不会有事的，一觉睡过来就好了。"

　　遂而就是两人轻松的笑声。

　　美贞在他耳畔说："走啊！我搀扶着你。"

　　韦寸就觉得她半搂半抱地推着他，他一脚重一脚轻地走出了堂屋。

走廊里一片黝黑，有一点小风，啥都看不清。韦寸的脑壳一歪，倚靠在了美贞肩膀上。女人的脸庞凑向他，他的半边脸和女人的脸几乎挨在了一起。

美贞朝旁边避让了一下，他的整个身子倾倒下去，险些跌倒。

美贞惊慌地哼出一声，急忙用她的整个身体和双手扶住了他。女人的脸伸了过来，仍旧支撑着他歪下的脑壳。噢，女人的脸颊好温暖柔嫩，好细滑呀。美贞的身体像棉被般垫着他。

廊窗开着，风从外头吹进来，是九大寨春天里暖洋洋的风，带着山坡上野花的香。

好香啊！

直让人想舒展四肢打瞌睡。韦寸只觉得自己的骨头架子像要散开了，站都站不稳，幸好妈让美贞扶他回屋睡。爸还讲，没事儿，不是娃娃了，喝点春酒，驱驱一冬的寒气。

晦暗的走廊像是走也走不完，脑壳一阵阵地眩晕，眼皮直想耷拉下来，耷拉下来……

火光一闪一闪的，火焰在燃烧，一阵阵的烘热袭来，仿佛要把人吞没。韦寸的意识恢复过来了，这是梦里的情形，房间里照样黑漆漆的。他从沉沉的昏睡中苏醒，没睁大眼，他就觉察到了。赤裸裸的身子旁边躺着一个人，他在酣睡中感觉到的燥热，是这个人身上拂过来的。不过不似梦中的火焰那么灼人，只是热烘烘的。那是女人身上的温热，是嗅着好闻的女人气息。

她是哪个？

韦寸眼前晃过妈房里的女仆美贞的脸，定是她无疑了。平常，她总是温顺地垂着眼，脸上带点羞怯的神情望着妈，生怕漏了妈哪一句吩咐没听清楚。她喊妈"夫人"，妈直接就叫她美贞，只在她离远一点了，妈才放声招呼：田美贞。

韦寸被喊到妈跟前去时，她总露着笑，躬身轻轻地喊他："少爷。"

她咋会睡在身边？

韦寸发蒙记事以来，总是一个人睡。他若不起床开门，没一个人敢走进他屋头。韦寸想起来了，昨晚他喝多了酒，阿爸说他迈进17岁门槛了，是汉子了。喝得酒了，这种叫烧春的酒，好上口，韦寸就端起杯子喝了。嗨，真的好喝，有一种野玫瑰在大太阳暴晒之下弥散开来的柔柔的香味，直沁人的心肺。

哪晓得，人生第一次，喝了几口酒，他的身子就飘了，脚膝上暖暖的，痒痒的，脑壳里就晕晕乎乎了。是妈看他一阵阵地憨笑，吩咐美贞扶他回屋睡的。听到吩咐，始终站在一边的美贞迟疑了瞬间，就走近了他坐的椅子。

莫非，莫非，她搀扶他进了屋头，就势在他床上躺下了？

她怎敢如此大胆？

韦寸记得，在九大寨这地方，要同姑娘睡一起，是有禁忌的。

要么是接亲成婚，敲起锣，打起鼓，吹起传遍山野的唢呐，又是歌又是舞地闹腾得满寨大人娃儿全都晓得。还有一条途径呢，就是人们说的野合了。钻进九大寨每个聚居的村寨门前的"花撩房"，和自己摇马郎时心仪的人欢欢喜喜睡上一觉。睡得欢了，约好时辰又来。睡过了不再搭理，那也无妨，再在赶场天"游方""摇马郎"时找一个。

等到不小心姑娘的肚子腆了起来，就找个人守在一起过日子。父母舅舅有本事的，依据屋头的条件办一场或大或小的婚事。没多少条件的，娃娃生下来，就做成了一家子。

正是这个样子，九大寨地盘上，看上去自己还是个小姑娘那么大的女子，怀里抱一个娃崽，外方来客总会问：这是你家幺弟还是小妹？她都会紧抱着娃娃快步走开去。不理你。

拿阿爸的话说，这是"穷棒槌"的法子，韦寸是不允许进"花撩房"的。

自小他就被告知，那"花撩房"里，尽管笑声朗朗，有时还会传出情意绵绵的歌声，缝隙间却躲着毒蛇蝎虫，无论啥咬一口，小命就呜呼了。

韦寸看见花容月貌的姑娘钻进"花撩房"，夜间传出诱人的嬉笑喧哗声，第二天涨红着脸走出来，含羞带娇地瞪着望她的人，若无其事地照样吃饭过日子。他曾疑惑是韦府大院里的人骗自己，这心思被阿爸看出来了，阿爸脸色难看地指着"花撩房"对他冷冷地道："你要敢钻到那里头去，就不要怪我把你脑壳砍下来！"

说着，一把马刀被愤愤地丢在院坝里的青冈石上，发出"咣当"一声响。

太阳把磨得锃亮的马刀照耀得亮晃晃的。

韦寸哪里还敢往"花撩房"动心思，特别是被阿爸送进五寨学堂读书之后，《弟子规》《女儿经》《百家姓》，囫囵吞枣、要懂不懂地读了个遍，还被逼着背。那半闭着眼睛、摇头晃脑的教书先生朗朗上口地读过之后，还要把书上的意思详尽地讲解一遍。

韦寸多少接受了汉家的一些三纲五常、伦理道德，晓得了在人世间，男人得有担当，当一个汉子。男大当婚，接亲成家，是成了真正的男子汉以后的事。

今天夜里，这是怎么啦？妈房里的女仆美贞，成了陪他睡的女人？她不回去，妈就不找她了吗？

她哪来的这么大胆量？

韦寸思忖着正狐疑时，觉察到了，美贞也没睡着。她急促低微的喘息，不像是睡着以后的声气，更让韦寸愕然的，是美贞的手在他的身上游移。不是动一下，而是慢悠悠地、小心翼翼地、唯恐惊扰他一般地在摩挲和抚摸着。

完全从酣睡中苏醒过来的韦寸装作浑然不觉，好像仍在昏睡。他之所以没有出声，是他感到她温热的手掌上似乎有一股魔力，被她摸过的皮肤敏感极了，一阵又一阵起伏波动着。有一股韦寸从未体验过的舒心快意在他的全身上下弥散，一波一波欢欣之感在他的血脉中奔泻流淌，他从来不曾这么舒展快活过。他脑中掠过的一个念头消失了，他想出其不意地抓住她的手责问，她想干什么？但他又怕她惊慌失措地跌下床去，他仍敛神屏息地任凭她轻柔地抚摸。

夜很静，静得能听到山野田坝里传来的一阵阵鼓噪般的蛙声。那是九大寨乡间特有的一种石蛙，比青蛙大多了。叫声也响亮，一只比一只鸣叫得欢，一只比一只叫得更起劲。有人说石蛙们是在比它们的嗓音，也有人说这是石蛙们在发情，要不，田埂上、石缝里、水渠边，咋会有这么多吃蚊子的蛙呢。

韦寸觉察美贞的五个手指全张开了，她的手在他胸前来回抚摩了几下之后，移到他的腹部来了。

韦寸陡地觉得自己的神经绷紧了，他在感到惬意的同时，腹部顿时收紧了，情不自禁起伏着，喘气也急了。

"你也醒了吗，韦寸少爷？"美贞凑近他的耳朵，细声柔气问出一句。他觉得她挨得好近呀！

韦寸还感到她嘴里的气息喷到他的脸颊上。他沉寂片刻道："是的。你……"

他想问你怎么在我身旁，但没有问出口。

"瞧你啊，一张嘴，一大股酒气。"她用嗔怪的语气道，"半夜了都没退去。"

韦寸不晓得男人的酒气是股啥味道，只是讷讷地辩解道："我是头一次喝……"

"我晓得，你爹妈平时管得严，不让你沾一点酒。"她好像在笑，放在韦寸腹部的巴掌忽然朝下滑去……

韦寸又慌乱又紧张又巴望，整个身子都颤抖起来。

"莫慌。"美贞的声音像从很远很远的地方传过来，他耳朵听得十分真切。她引领着他，似乎是在进入一个幽深的山洞，地上是稀疏的草丛，还有水，把他的脚杆全打湿了。她在催促他快跑，他就跑起来了，越跑越快，好像他在高原的草坡上骑着马飞奔。风迎面吹来，耳边飒飒地响，跑得他的心都慌乱地跳荡着。山洞深得没有尽头，他疑惑是不是走错了路，可美贞明明在他身前，她的一双眼睛睁得又大又亮，闪烁着喜悦的光芒，眼角边还有一滴露珠般的泪。他仍随着她跑着，一阵浓浓的雾霭包围了他们，韦寸好像还听到美贞惊骇地叫了一声。遂而，眼前一片明亮，一阵豁然开朗……

再次，从晕晕乎乎的睡梦中醒过来，韦寸是听见了小鸟的啁啾，闻到了九大寨山野里清新的空气。

天蒙蒙亮了，韦寸睁开眼，一眼看到坐在床沿上的美贞穿好了衣衫，正俯脸笑眯眯地凝视着他。朦朦胧胧的晓色里，韦寸第一次把她的脸貌看得这么清晰。脸色白净中透着羞怯的红润，脸庞圆润圆润的。

"你……起了？"面对她讨好的献媚般的笑容，韦寸嘴里吐出一句。

美贞朝他点头，她身上女人的气息弥漫在他的床上，她低低地说："得走了，天亮透了，怕人看见。"

韦寸有点不舍她这么快离去，他伸手拉住了她的手："是怕妈知晓吗？"

"那倒不是，"她抽回了自己的手，眼神移到别处去，"是你爹妈让我来陪你的。听夫人说，老爷想要晓得，你是不是成了一个汉子！"

原来是这样！

韦寸正想问她是不是呢，又不知如何开口时，美贞俯下身来，在韦寸的两边嘴角吻了两下，第二下还"啧"的一声，发出了有滋有味的响声。

韦寸愕然之际，还在回味美贞的亲吻时，她已直起身来，飘然离去。

韦寸久久地没有回过神来，哦，让他人生第一次晓得女人的滋味，原本竟是爹和妈的意思；"花撩房"里的青年男女，干的事情和他昨晚上与美贞做的，是一回事，只不过是爹妈，不让韦寸去做。

韦寸失落地瞅着美贞离去的方向。

她到了晚上还会来吗？

一只公鸡啼了一声，是从韦府大院的鸡舍那边传过来的。韦寸记得那只大公鸡的模样，鸡冠红红的，在鸡舍前的院坝里走起来，昂首阔步的样子，雄赳赳的。

随着公鸡破晓的啼鸣，村寨上远远近近的公鸡，都啼了起来，此起彼伏的。

天亮了。

这是九大寨的早晨。

太阳照在亭子上，把廊柱上一副五言对联凸现出来了：

千峰云中立

一水山里来

那写的恰好是站在亭子上可以看见的景观，韦寸还记得爹指着山景，给他讲过写下这副对子的感受。在王寨的学堂里读过点书之后，他由衷地感到，爹自创的这副对联，直白是直白了一点，却还是确切的。

韦府大院面朝着的山野，莽莽苍苍的，就是这么个颇有看法的景色。

可这会儿，韦寸的心思不在亭子和对联上，他目光关注的，是抱着被子上亭子去的美贞。他晓得，美贞是服侍妈的女仆，她经佑（即伺候）的，主要是妈房间里的那些活。太阳亮灿灿的，她这是抱着妈床上的被子，在亭子上头摊开了晾晒。

韦寸想跟上亭子去和美贞说话。自那个晚上之后，他总是见不着她。平时她总在妈身旁转悠，见了她也说不成话。在那个难忘的夜晚之前，韦寸从来不曾留神过妈的这个贴身侍女。可自从和她有过了那么一晚，他想她。想她身上的气息，想她作为异性带给他的刺激、狂喜和滋味。她是陌生的，又是亲切的。这不是九大寨上那些人说的新婚成亲之后的喜悦，但韦寸却觉得，美贞是他的女人。

那天破晓时分离去之际她说的话，让韦寸觉得，既是爹和妈让她来陪他的，让她来教他懂得啥子是女人的，那她就该是他的女人。

但她偏偏不再来了。

到了晚间，韦寸就盼，就支起耳朵倾听，美贞会不会悄无声息地溜进他的屋头来。

没有，她没有来。一夜一夜地等，等得韦寸心焦，她都不来。他把门都是给她留着的。

韦寸想过要问她，结果发现，到了白天，在韦府大院里，也不容易见着她。无意间撞见她的时候，她总是在妈的身旁，寸步不离地跟着妈。

尽管爹和妈都知道他和美贞之间的事，可韦寸发现，当着妈的面，他开不了口问美贞。事情就这么拖下来了。

今天王寨逢场，爹和妈双双赶场去了。老爷和夫人要去赶场，在韦府大院是一件大事。韦寸一起床，韦府大院里外的下人们忙出忙进，闹闹哄哄的，给老爷备马，给夫人准备轿子。等到他们都去了，韦寸意外见到美贞竟然没去。

他意识到这是个和她说话的机会。看见她在亭子上摊晒被子，把被子拍得"啪啪"响，韦寸克制住了跟上亭子去的欲望。

他若跑上去和美贞站在亭子里说话，韦府大院远远近近的，一眼就看见了。虽说爹妈都兴师动众地去了王寨街上，可大院里外，还留有人啊，给他们看见了，也会有人把话传给爹妈听。

韦寸犹豫着，走到亭子下，停住了。这地方背阴，还有堆起的假山遮挡着，没人看得见。

韦寸决定待在这里等着美贞下来。

不晓得是咋搞的，听到美贞下楼梯的脚步声，韦寸觉得心跳得剧烈起来。在九大寨，他可是以胆子大出了名的呀。

美贞一下楼梯，就朝他转过身来，笑着招呼："韦寸少爷，你咋个在这里？没去赶场？"

韦寸摇摇头，他感觉自己的脸都涨红了，脸颊热乎乎的，他直截了当问："晚上，你咋个不来？"

说着，把眼睛睁老大，盯着她。

美贞圆润的苹果脸瞬间通红通红，她回避着韦寸的注视，声气低柔地答："夫人没吩咐，我不得来。"

"你……你不是来过了嘛！"韦寸急得不知说啥好。

"是的。那也是夫人吩咐的。"美贞的语调慌乱了，"你妈不开口，我不能私自来的。"

"为啥？"

美贞的眼睛里糊了一层泪水，脑壳晃了晃说："韦寸少爷，惹恼了夫人，老爷的脾气上来了，把我撵出去，胡乱赏给九大寨哪个汉子，你就永远见不着我了。"

说着，泪水夺眶而出。

韦寸愣住了，他心里明白，美贞说出的，是真情话。在九大寨，他爹韦一夫就是说一不二的"王"，爹说的话，就是"王法"。她的手放在身上，他觉得憋屈得慌："可我……我想你……"

他不晓得如何表达自己的心意。

"你真想，"美贞举起手背，抹拭脸上的泪，轻声说，"得求你妈，你是爹妈的独子王孙，你是要接你爹的土司官的。我……我是奴仆，当不成你女人的。"

说着，她转过身，洒下一把泪，跌跌撞撞离去。

韦寸一步跃到她跟前，拦住了她的去路道："你不慌走，我……我去……"

他想说去求爹妈，可求啥子，他没想清楚，他的胸脯起伏着，一句话哽咽在喉口，说不出来。

美贞的脸仰起来了，她糊满泪水的眼睛亮晶晶的，含情脉脉地望着韦寸说："韦寸少爷，你不晓得吗，今天赶场，你的爹妈，老爷和夫人就是到五寨去，谈你接亲成婚的事。"

韦寸吃了一惊："谈的是哪个？我……我咋个一点不晓得？"

韦寸一脸懵懂。

"哪消你晓得呀，韦寸少爷。"美贞低声急急地说，"我说要在亭子上晒被子，夫人叮嘱我，把你的被子也拿去晒一晒，进你屋头吧。"

说完，不等韦寸讲话，她就快步朝韦府楼里走去。

韦寸迟疑了片刻，随即跟着赶回自己的房间。

一进屋，看到美贞站在他的床边，他几大步走近去，悍然不顾地把她抱住了。

美贞似有准备地转过半边脸说："门还开着。"

说着，挣脱他蛮力的搂抱，走过去把门关上，身子站在门边，对跟到身前来的韦寸说："白天是躺不得的。"

韦寸把脸凑到她的脸前，张开嘴，笨拙地想要亲吻她。想她的时候，他一次一次回味她那天清晨在床边俯身亲他两边嘴角的滋味。

美贞伸出食指，点住了他的额颅道："不慌，我先问你。"

看她一脸的严肃，脸颊上又挂着泪痕，韦寸"嗯"了一声。

"给我道实情，瞒着你爹妈，你钻过'花撩房'吗？"

说着，她的两只眼睛瞪得出奇的大。

韦寸眼前闪过寨门口搭建在半空中的"花撩房"，粗木柱子建得牢牢实实，年年秋后都在那房顶上盖一层新的谷草。他的脑子里又掠过爹甩到院坝里那把寒光凛凛的马刀。他连忙郑重其事地晃着脑壳，申明般道："没得！爹说若是得知我去，就砍我脑壳。"

美贞嘴角露出一缕笑，又用手指点住了他的脸："我看你也没摸进去过。"

"那你呢？有男人吗？"韦寸突然冒出一句。

美贞的脸当即晦暗下来，她似不情愿地答："我嫁过人。"

韦寸惊讶地瞪着她："我咋从来没看见？"

"遭砍死了。"美贞的手一甩，似要哭泣地侧过脸去。

"哪个砍的？"

"遭劫呗！强盗砍的。"美贞眼里又挂满了泪水，话里透着悲凉，"幸好你爹带着人路过，撞见了，杀退了那些砍脑壳的土匪，我这条命才捡拾回来。"

韦寸目瞪口呆地望着美贞说话的两片嘴唇，眼前闪过一幅一幅画面：凶杀、抢劫、纷扰、械斗。噢，他听九大寨的老人们说起过，在离家不远不近的那条几百年前就开辟的滇黔五尺道上，打家劫舍的杀戮抢夺，身命相扑的穷斗，对过路客商的洗劫，是常有的事。以往他把这些都作为年长一辈人的摆古讲传奇来听，没想到，这样血淋淋的事情，就发生在美贞的身上。

惊乍之余，韦寸竟不知如何对向他吐露一切的美贞表示了。

"听夫人说，原先，老爷，就是你爹，听说了我的身世，是要把我赏给他的土目或是下人的。"美贞一边说话，一边止不住眼里的泪，大颗大颗的泪珠在溢出来，顺着她白净的脸颊往下淌，"是夫人看我顺眼，央求了老爷，才把我留在了她的身边，我……我这个外乡人，也就这样，活在了你们谷族的大户人家土司王府里。"

韦寸是生平第一次，听说了眼前这个女人的身世。他木呆呆地望着她，一个异乡异姓女子。

倒是美贞，仍沉得住气，举起手背使劲地抹了抹脸上的泪，把脸挨向韦寸，凑近他，嘟起两片嘴唇，说："你不是要亲吗？亲啊！"

说着，她主动迎了上来，优雅地、温柔地亲吻着韦寸，亲了一下，又亲一下。

一团浓雾迎面拂来，韦寸像醒过来了一般，蠕动一下自己的双唇，吮吸似地吻着美贞。哦，这是女人的吻，这是比啥子感觉都美妙的瞬间。韦寸的心里，是一种从未体验过的，美妙绝伦的感受，比蜂蜜还要甜，比山岭上最美的花儿还要香。他又要醉了。

"跟你讲呀，韦寸少爷，夫人和老爷去五寨替你谈的那门亲事，听说是滇黔道尽头莽族土司的掌上明珠，一个叫林媚的姑娘。"美贞温顺地依偎在韦寸的怀里，手指拨弄着韦寸胸前的盘纽，双眼望着韦寸道，"听媒人说，这个林媚花容月貌，她家爹霸着的山岭地势，横跨滇黔两省的几百里土地，家中的钢洋，用麻袋装，用箩筐抬；荞麦谷米的仓房，横铺有一匹坡。上他家去提亲的，踏破了门槛，排着队轮，要轮十天半个月。稀奇的是，班王爷放出话来了，班家千金林媚，什么王公贵族也不嫁，就要和谷族的韦家少爷联亲。你爹妈今天去赶场，就是去取林媚姑娘的生辰八字，和你的合在一起，交给魔公鬼师去合，合上了，就要操办你的婚事哩！"

说完，美贞睁大了双眼，盯住韦寸的脸看。

　　韦寸听得瞠目结舌，和他今后的人生命运这么紧密相关的事，爹妈咋个从未在他跟前吐露一句呢？

　　"你！"他惊愕万分地盯着美贞问，"你咋个晓得的？"

　　"夫人，就是你娘亲口告知我的。"美贞以肯定的口吻说着，吁了一口气，挣脱韦寸的搂抱，"晒被子吧。"

　　"那，"韦寸仍不甘地说，"那你晚上悄悄来我屋嘛！"

　　"要不得。"美贞一口回绝道，"韦寸少爷，老爷夫人不说，这事是千万干不得的。"

　　说着，她抱起韦寸床上的被子，对韦寸道："开门吧，紧闭着久了，人家要传风言风语。"

第二章 | 春水

　　韦寸还清晰地记得，他和爹之间进行的
那一切关于"花撩房"的对话，爹那时凶巴
巴的神情，韦寸至今未忘。

一场大雨下

春水满田坝

十场夜雨下

岭上开遍花

岭上开遍花

————谷族民歌

天黑尽了，韦府大院非得掌起灯，才能辨清点亮了。

去五寨赶场的老爷和夫人还没回来，这可是很少见的情形。

练尖刀、飞镖子、舞刀弄剑耍得有点累的韦寸已经饿了。

美贞来问他，饿不饿，要不要先吃一点，灶房已经把晚饭煮好了。

韦寸摇头，把有些忧心的目光投向韦府外黝黑的、相连或不相连的一座座山崖。他头一次感觉，偌大的土司王府，这么大一个家，是少不得爹和妈的。

往常的习惯，爹去赶场，往往见日头一偏西，就打道回府了，至晚不过在太阳落山之前就拢了。今天这情形，确实少见。

见他不吭气，美贞站了片刻，轻声道："说这是咋个回事呢？"

韦寸答不上来，只是叹一口气。他是忧心的，天晚了，道上不太平，碰到一伙人围上来骚扰，有个啥三长两短，他就不晓得怎么办。看来，他真是成年了，开始考虑土司王府的安危和命运，毕竟他是独子。

大门那边传来声声喧哗，有人在讲着啥情况，美贞转过身说："我去看看，是不是有人从五寨回来了？"

话音刚落，脚步声传进来了，一个下人气喘吁吁地跑进屋来禀告："韦寸少爷，老爷让我先赶回，说是随他们去赶场的马车在五寨街上撞倒了人，发生了纠纷，老爷要去找杨提督，和夫人要晚些回来，让你饿了先吃晚饭，不要等了。"

韦寸稍安下心来，问了一句："啥事儿，这么难缠？"

来人躬身道："不是啥大事儿，赶马车的韦二憨，赶着马车在街上走，马铃儿当当响。可车前头一个瘦高个汉子，背着个满背笼的货，就是不让道。马脑壳都抵着他的背笼了，他都是一副啥都听不见的模样。惹得韦二憨高声吼了一句：走啊！你耳朵背了？边吼边甩动马鞭，半空中甩出一个脆响。哪晓得，挡道的汉子没当回事，马却受了惊，那畜生以为主人是在吼它，抢起蹄子就往前冲去，一家伙把那聋子一样的瘦高个撞倒在地，伤着啦！"不料，瘦高个儿是有伴的，同行的汉子们纷纷抽出马刀、拔出尖镖，逼了上来，拉马的拉马，扯绳的扯绳，还把锋利的刀子架到了韦二憨的脖颈上。事情就闹大了，听说衙门里也插手了，坐在馆子里吃晌饭的老爷和夫人听说了，饭都没吃好，赶进衙门去了。

"咋个处理的呢？"韦寸关心地问，还把手往起一抬，"你莫弯腰低着脑壳，抬起头来说。""要得，韦寸少爷。"禀报的人把脸仰起来，是个粗眉大眼的汉子，二十五六岁的模样，鼻梁上一颗赤豆般大的黑痣，随着他说话颤动着，"老爷请街上抓药的郎中为那个瘦高汉子敷了药，还在铺子里摆了桌席，为那伙人压惊呢！"

"我妈随你回来了吗？"韦寸问。

"夫人陪着老爷，那伙子人不是省油的灯，大鱼大肉上了桌还不满足，要酒！老爷让铺子里上了烧春，正陪他们喝呢！"

"耿老贵，你吃饭了吗？"

"少爷，你喊得出我的名字？"耿老贵眼里闪出惊喜的神色，"我还没吃饭，我……"

韦寸一挥手："那好！你赶紧吃饭，吃完陪我一起去接老爷和夫人。"

"要得！"耿老贵答应着，转身离去。

"拿饭来。"韦寸吩咐一声，美贞急忙跑出去招呼。

饭菜端上桌时，美贞问坐上饭桌的韦寸："韦寸少爷，你去哪里接老爷和夫人？"

"来路上啊，黑灯瞎火的，我怕爹妈在路上有啥子闪失。"韦寸一边刨饭，一边答，"五寨街上出的事儿太大了，啥子人都会听说，若有人在半途上……"

"明白了，少爷，"美贞反过身子往外退去，"我吃点东西，和你们一起去。"

韦寸想她一个妇道人家，不消去了。端起碗吃第一口饭时，转念一想，去去也无妨，她是妈房里的女仆，夫人回家晚了，她也该去接。

夹着碗里的腊肉蒸豆皮下饭时，韦寸又吩咐，把马厩里的川马全都牵出来，多去些人。不知为啥，他心里有种要出事的预感。

事实证明，韦寸带着二十多人赶出韦府大院去接爹妈，那预感是对的。

四月天气，九大寨白天太阳的热力和山坡上树林里夜间的凉气冲荡着，既暖和又舒爽。一行人拐过山垭，就发现了情况。

北翻山口高处，有人鸣枪堵住了爹妈回韦府大院的路，喊话说："请老爷把韦二憨的马车留下，弟兄们要借来用一用。"

火爆脾气的韦二憨抓过马车上的火铳，二话不说，就朝山口打去一枪，吼道："狗胆包天！这马车是土司老爷王府用的，你们要抢吗？"

走在后头的韦一夫听到两声枪响，才晓黑路还是走不得，停下了。刚刚僵持在那里，韦寸带着人到了。见到这情况，他让韦府大院的众人手持火铳，分成两拨，一拨人放完枪，第二拨再举枪射击，第一拨转回身来装药。趁着两拨人放枪压住北翻山口火力的当儿，韦寸让人抬着妈的轿子先过，爹随后走。他呢，提着一杆装子弹的"板城造"钢枪，提防着山口上真有莽汉冲下来。

静默了一会儿，北翻山口上有光亮闪了闪，韦寸一声令下，头一拨十几个人纷纷举起火铳，朝着那上头，"砰咚砰咚"一阵打。震天的枪声中，北翻山口上有个人"哎呀"惨叫一声，听来是被打伤了。

趁这当儿，抬着夫人的轿子利索地转过山垭，老爷遂而也和韦二憨一起护着马车先后过了山垭口。

第二拨枪声紧接着"噼噼啪啪"打响了，趁他们响枪的时候，第一拨放枪的全都熟练地装好火药，耿老贵放声问："韦寸少爷，还要朝北翻山口上打吗？"

"稍等，"韦寸手一扬，"先听听动静。"

"要得。"好几个伙计异口同声答应。

第二拨火铳的回声在山谷里消失已尽，山岭上安寂下来。

韦寸借着山石的掩护，仄耳倾听着，又张大眼，望着北翻山口。

原先还有黑影晃动的北翻山口上，清风雅静，既不见光亮，也没有人影子。等了片刻，飞出一只竹鸡来，跳跃着又钻进了树林里，留下清脆的拍翅声。

"我看趁火打劫的，最多来了五六个人。"耿老贵的嗓门又响起来，"他们见我们人多，退了吧。"

韦寸心里也是这么寻思的。他见众人不吭气儿，明显是在等他的吩咐，便道："回吧，把马儿都牵好。"

韦寸吆拢来了二十几个人和马匹，回到韦府大院所在的麻石堡时，一场春雨落下来了。马匹牵进马厩里刚拴好，夜雨下得响起来了，顷刻工夫有了屋檐水，滴滴答答的雨声又清晰又嘈杂。

吩咐韦二憨不要忘了给马匹添夜草，韦寸沿着楼廊走回屋头来。

堂屋里点着通明透亮的灯，爹迎面站在屋中央笑朗朗地对他道："韦寸家来了，没有人伤着吗？"

韦寸朝堂屋扫了一眼，除了爹站着，妈也坐在八仙桌旁的椅子上，连美贞也扶着椅把待在妈身边。看这样子，韦寸就明了，爹妈这是专门在等他。

他把爹用麝香和豹子皮换来的钢枪挨着壁放好，抬头望着一脸笑容的爹说："没一个人伤着，那帮劫财的见我们人多势众，又都带着家伙，可能觉得占不着便宜，退进林子深处走了。"

"麻石堡目标大，处处得多一个心眼啊！"爹用感慨的语气道，"我也疏忽了，只想着到五寨办完事就可以回的，没想到半路岔出韦二憨的那档事，只能赶黑路了。好在，你今天带人赶了来，才解了围。"

"你爹是高兴，说你真是成汉子了。"妈端起杯子，呷了口茶说，"事前没叮嘱你，你一听耿老贵回家报讯，就喊起人马赶了来。你爹说了，看来把你送进五寨的学堂，学这几年，还是学到了本领的，没有浪费光阴。"

从爹妈满脸的笑容里，韦寸看得出他们对他今天的作为是欢喜的。瞥了一眼妈身旁大睁双眼盯着他的美贞，韦寸作了个揖道："多承爹妈了。今天赶了场，你们早点歇息吧。"

爹朝他一摆手道："两声喧嘈，一时半会睡不着。让你妈先回房歇着，你若不累，我们喝点清茶聊聊。"

美贞俯身扶起妈，说："我服侍夫人回房间躺下，就来替你们沏茶。"

说着，美贞扶着妈的手臂，往里屋走去。

春天的夜雨落得欢，屋檐水落在青冈石院坝里，滴滴答答声之外，檐沟里还响起了"咕噜咕噜"的流水声。

"我和你妈都听美贞讲了，你是个真正的男子汉了。"爹好像就在等待这一时刻，估摸着美贞搀扶着妈已经走远，就开口了，"经过了那一个晚上，你也懂得了女人是怎么一回事。"

爹说出的第一句话，就使得韦寸的神经绷紧了，心跳得快起来，脸色也随即泛了红热。他没想到，爹会用如此轻描淡写的语气，点到这件事。韦寸还清晰地记得，他和爹之间进行的那一切关于"花撩房"的对话，爹那时凶巴巴的神情，韦寸至今未忘。

爹伸过手来，取过妈刚才喝过的那一杯茶，轻呷一口，放缓了语气说下去："当爹的我，盼这一天，已经盼好久了。"

韦寸听得出来，爹的语调已经舒缓下来，他真的猜不出来，爹接下去会对他讲点啥子话。

淅淅沥沥的雨声中，爹不急不慢地说了起来。他说，你都看到了，麻石堡居住着寨邻乡亲们，韦二憨、耿老贵，他们一个个都是对韦府大院忠心耿耿的谷族弟兄，他们都有一个最大的特点，就是一根肠子通到底，实心眼。遇到事直来直去，不会冷静想一想，一是一，二是二，没一点儿花花肠子。碰到点事儿，一言不合就拔刀相见，你砍过来我杀过去。这也是我要你从小就得学会舞刀弄枪的缘故。他们这样活着，觉得爽快，觉得快活，该打就打，该拼就拼。可你，就不能这样。为啥，只因你是我的儿子，你是世袭土司家的儿子，你必须比他们更凶得起，更能砍能杀，能拼能打。你还得比他们更有脑子，更能想事情、动脑筋，更聪明。故而发蒙之后，我就把你送进了五寨街上的学堂，跟着随流官来的汉族老师读书，传习汉族文化，懂得诗书礼仪。晓得我为啥给你取个名字叫韦寸吗？

爹一句一句说到这儿的时候，食指隔着八仙桌，点住了韦寸。

韦寸看着爹一脸严肃的样子，茫然地摇着脑壳。他真的不晓得。在五寨学堂里读书，一同坐在学堂里的伙伴问他，你爹怎么会给起一个这么小家败气的名字，寸，寸是多长？才这么点点。

一道发蒙读书的那些商贾之家的儿子、铺子里长大的娃娃、衙门官员的阔少，都瞧不起他这个名字。

可教书的汉族先生说，好，这名字好，第一好就是好记。谁都忘不了，你们会忘了自己有个叫韦寸的学友吗？

学堂里哈哈大笑，大伙儿都说忘不了。

但韦寸始终不明白，爹为啥给他起了一个这样的名字。

爹说到这儿的时候，美贞回到堂屋里来了。她显然看见爹就畏惧，弯着腰，低着头，低眉垂目地赔着笑脸。她瞥了一眼爹面前的茶盅，拿起桌子上的茶壶，给爹的杯子里斟茶，转而又去取了一个杯子来，给韦寸斟茶。斟完了，她退到爹的身后垂手站着。

爹问韦寸："你晓得九大寨有多大吗？"

"九个大寨子，每个大寨周边有好多个村寨，小的一二十户人家，大的有一百几十户。隔开三四十里，又有一个大寨，头寨也叫头堡、九寨也叫九堡，从头寨到九寨，骑着马一天跑不拢。"

韦寸规规矩矩答，"方圆二三百里，山高谷深，险峻陡峭，全部是我们谷族人家。九大寨，并不是九个大寨子。"

爹侧过脸细听着，连站着侍候他们父子的美贞也眨着眼倾听着。

见爹没吭声，韦寸又补充着："全归我们韦府大院管。"

爹闭了一下眼睛，韦寸不晓得爹今天给他讲这么多话的意思。他端详着爹石塔般结实精壮的模样，背阔腰直，脸大额颅宽，是典型的谷族壮汉形象。韦寸看着爹端杯子的手，麻石堡的老乡都在传，说爹的这双手，有百多斤的力气。韦寸只见爹习武，却从没见爹用这双手揍过什么人。

"很大是吧，"爹轻声接了一句，淡淡一笑，接着道，"今天我和你妈去五寨赶场，为的是给荞族土司班兴友递你的生辰八字。晓得是干啥子吗？"

韦寸是晓得的，他已经听美贞说了。但他不能讲。他看到站在爹身后的美贞把腰直起来了，脸色泛红，整个人专注地听着爹的话。

韦寸晃脑壳，表示自己不知。

"去年冬月，班兴友托荞族谋师前来韦府，说荞族土司家有一女班林媚，年方二八，美貌传遍滇黔西地，荞族、谷族方圆几百里纷纷赞其色冠天下，大小寨老，各地各族土司，苗族、布依族、彝族、水族、侗族家头人、财主，蜂拥至荞族土司王府说亲联姻。班老爷一律闭门谢客，他听说了你韦寸，提出只要韦府来给你谈亲，愿意拿你的八字去请人合一合。"爹说到这里，眼角瞥了一下站在他身后的美贞，接着道，"班老爷这一提议，有他的道理啊！他们莠族地盘，和九大寨差不多大小，除了地势比九大寨这边的山野高一点，风情俚俗都差不多。最主要的，班老爷和他的原配夫人，只生下班林媚一个独生女儿，掌上明珠般哺育养大，真同你联上亲，滇黔边地云贵高原，就会是韦家班府的了。你听明白了吗？"

爹讲得如此一清二楚，韦寸还能不懂嘛，这么说，他和班林媚，这个一面都没见过的莠族姑娘的婚姻，就是韦家和班府两大土司的联姻。成了两亲家，无论是班兴友，还是韦一夫，抱成了团，地盘更大了，势力更可以在滇黔边地称雄了。他点头道："明白。"

"明白就好。"爹又端杯喝了一口茶，随即把茶盅放在桌上，爹身后的美贞走上前来，把爹的杯子斟满。她顺势瞅了韦寸一眼，壶嘴对准了韦寸的杯子。杯子里的茶还是满的，韦寸急忙端起，喝了一大口，遂而把杯子沿桌面推了过去，并抬头瞅了美贞一眼。韦寸意外地看见，美贞的眼里，噙满了泪水。

韦寸的心里暗自愕然，他陡地明白过来，听到爹给他谈明媒正娶的婚事，美贞触动了心事，她受刺激了吗？

"明白就好啊！"爹重复了一句他的话，在淅淅沥沥的雨声中，谈兴正浓地往下说，"真结成了亲，我韦府、他班家的田土山岭连成了片，庄田、茶园、猎场、鱼潭、作坊、牛庄、猪场、养马场、蜡崖、织匠院、兵器铺，铁匠铺……扳着指头数不过来，骑上马从早至晚跑不拢，站在山巅望不到边啊！你说大不大？"

"大。"韦寸被爹这番话说得心头暖暖的，一股热血直冲脑门。那些都会属于他和班府。

爹站起身来，走到橱柜边，打开橱门，取出一张地图，回转身摊开在八仙桌面上，示意美贞把油灯递过来，对韦寸道："这是一张大清国的地图，唐、宋、元、明、清，历朝历代，这版图时有变化。明、清两代，地处西南的滇、黔两省没啥大的变化。云南、贵州两个省，图上标注得清清楚楚，两个省的相交之处，你给我找出来。"

韦寸把脑壳凑过去，眼睛往爹手指点了一点的滇黔边地细看。油灯摇曳的光焰中，他瞅了一阵，都没找着韦府大院和班家土司的位置。他直起腰来让美贞把油灯凑近些，美贞挨过来，把油灯拿在手里，让他就着灯光细看。

爹信步走了过来，背着双手道："找不着吧，跟你讲，不要讲大清地图，就是云贵两个省的地图上，滇黔边地的山山岭岭，也只不过是两个手指这么窄窄的一条，方寸之地，真正的方寸之地啊！爹从祖宗那里继承下来的，你现在骑着马走过的山岭土地，就是一块方寸之地，这下，你该明白为啥取名叫韦寸了吧？"

说着，爹退回到椅子上坐下来，两眼睁得大大的，盯着韦寸的脸。

韦寸留神到了，美贞的脸也转了过来，两眼看着他。她的眼神是复杂的，满含感情的。

韦寸一时之间领会不了爹的意思。

爹的手指点在桌面上，缓缓地说："就是这小小的方寸之地，也不好经营管理啊！你看看，都说我是这一大片土地上的土司，仍然会碰到今晚上这样半途的抢夺、劫杀。"

韦寸眨动着双眼，极力去领会爹话里的意思，他狐疑地问：

"爹，不是你说的嘛，九大寨的山山岭岭，对于朝廷皇室来说，从未被目为'化外之地'，哪个皇上都懂得，其治理是非常非常头痛的。"韦寸忖度着说，"敌对、偷窃、抢夺、纷扰、拼杀、相互蚕食，是常有的事。今晚上，韦二憨的马车并没被劫走啊！"

爹点着头道："你懂这一点就好。朝廷设立土司官之外，还在五寨地方，滇黔官道上，设立流官，同样是为了钳制我们谷族、莠族的百姓。难的是，我们的百姓，还是都像耿老贵、韦二憨这样的一根肠子通到底，像五寨街上那个被马车撞倒了的汉子，只怕这'化外的化外'之地，也保不住啊！唉……"

说着，爹长长地叹了一口气，眉头皱得紧紧的，打起一个结。

爹的话给韦寸一种云里雾里的感觉，他仍然没领会爹讲这番话的意思。那个被韦二憨的马车撞倒了的瘦高汉子，爹不是请郎中替他治了吗，还要咋个做？在韦寸心目中，爹一个土司，能这样对待一个乡亲，礼贤下士，够可以的了。

爹坐直了身子，不再望着韦寸，只是眼睛看着堂屋门外。风把雨吹斜了，雨势已不像刚才刚落下来时那么大了，只是仍在下。一阵一阵潮湿的气息拂进屋来。爹自言自语般说："我们这里，到处都是山，放眼望出去，让人觉得这世界好像就是大山组成的。山多山大，平顺的地势十分稀罕，大坡脚、岭间半坡上，但凡有一小点平的地方，谷族的祖先都尽量利用了起来，建起一幢一幢房屋。祖辈们是聪明的啊，建房屋的时候，他们选择了稍缓的土地，而不是最低洼的地势。最低的地方，再平顺，再长溜，都是留给水过路的，缠溪不就是这么形成的嘛。大雨落下来，山塘盛不住了，随着阵阵雷鸣电闪，那大水说来就来了，顺着缠溪轰隆隆地冲来……"

爹喃喃自语般说出的这番景象，韦寸不止一次见过。只是，这当儿，爹没头没脑，给他说这番话，是啥子意思呢？

爹转脸瞥了韦寸一眼，笑着问："听了我这番话，你明白了吗？"

韦寸不明白，他一脸困惑地回望着爹。

爹并没责怪他，只是手一扬道："我也是在五寨听了汉族高人名士的指点，才如梦初醒般懂了的。"

"名士高人？"

"是啰！人家一句话，就把我点醒了。"

"哪一句？"韦寸急切地问。

"我们九大寨地方，一千多村寨，好几十万人，大多数都没走出过这山高谷深的地盘，千百年来近亲婚嫁，个子越长越矮小，人也越变越憨，个个都是直肠子、木讷、呆板、迟钝、逆来顺受，一挑拨就是火爆脾气。谷族就是这样子，变得越来越弱小，从几百万人落到今天这几十万人。再不图变，只怕几十万就会变成几万、几千了。"爹的话一个字一个字，说得很慢，每句话都停顿片刻，唯恐韦寸没听清似的，"爹为啥不让你往'花撩房'里钻，为啥要给你找荞族班府的姑娘，是因为荞族和我们谷族不是同宗同室，巴望你的儿孙不要受近亲婚姻的影响，生下的娃娃更聪明、更强壮啊！"

爹把话说穿了，韦寸这时才恍然大悟。他连连点头称是的时候，无意地看到，美贞的嘴角也露出一缕笑意。

"行吧，"爹将杯中的茶一口饮尽，手一扬，放声道，"时辰不早了，歇吧。"

九大寨在春阳时节，气候也怪。夜间下大雨，清晨天就放晴了。

谷族的老百姓一句大白话说得清清楚楚：夜间下雨白天晴，一人做来养十人。

九大寨山峦纵横，坡高谷深，陡崖峭壁，靠的就是这种夜雨昼晴，保证了阳光雨露的滋润，谷族人才世世代代栖息在这么一片山脉蜿蜒的土地上。外人走进来，站在大山的褶皱里，只觉得这山峰回旋、交错盘绕的野蛮之地，不是郁郁葱葱的连片林子，就是数不清的支岭支脉，怕是转晕了头，也走不出这大山的怀抱。

晚上的雨下得大，第二天放晴了，就觉得放眼望出去的山山岭岭间，全是一片喧嘈欢欣的水声。

高坡上的山塘盛满的水溢出来，沿着山沟放肆地淌下来；田块里的水太多了，顺着挖开的田缺不断地流；堰塘里的水满了，四处蔓延；悬崖陡壁间，悬挂起了飞瀑；层层梯田边，一股一股水顺着田埂泻下来。

人会觉得，耳朵里都是"哗啦啦"的水声，谷族的乡亲脸上，会露出宽慰的笑，说山水把田土浸润了，肥气就匀称了，秋来谷米增。

到了惊蛰节，耕田不停歇。谷族老乡要打发这份人世间的日子，离不开种庄稼。等到太阳晒过一两个时辰，九大寨的男女老幼，都涌到田坝坡土上去了。犁田、施肥、砍焰、播种，山野田坝里，一片春耕景象。时不时地，期望风调雨顺好收成的谷族汉子，还会拉开嗓门唱几声响亮的山歌。

韦寸是土司府少爷，他不消去田里干劳力活。五寨学堂里的课学完了，他也不必再去读经论诗书。回到韦府大院里来，爹妈只吩咐他，除却耍刀、习武、练功、打枪之外，天天仍在书房里读那么一两个时辰的书，不要把学业荒废了。

连续多天的夜雨，把地皮都打得透湿，韦寸的骑马练镖都从清早换到了黄昏，白天就在书房里读史书。

吃早饭的时候，爹不经意地给他点了一下，让他选读《滇黔边地述林》，还说要他结合赶场那晚上讲的话，其中读好大明王朝开国初期贵州建省那段历史。爹讲这话时，还搁下筷子说了一小段话。

"韦府大院外头的坡土和田坝，给我们碗里吃的粮。"爹用食指点了一下自己面前的碗，接着往下说，"长长的缠溪河给我们带来清凉的空气。周围团转的座座大山陪伴着我们一辈一辈。田坝和山野里我们谷家在耕耘，溪河里有人在打鱼。日子就像永在那里流的溪河水般流淌过去，流淌成文人们写进书的历史。韦寸，你长大成人了，也该晓得我们谷家人是怎么一代一代传过来的，我们还将走到哪里去。"

说完，重重地看了韦寸一眼，背着手，离桌而去。

韦寸听来，只觉得爹同他像往常一样聊家常，又觉得爹嘴里吐出的每一句话，都有什么含意。

啥子含意呢？

韦寸没琢磨出滋味来。一抬头的当儿，他发现坐在桌对面的妈正大睁双眼，凝神盯着他。那眼神分明在辨别，韦寸是不是听懂了爹的话。

韦寸仍一脸困惑和茫然回望着妈。妈放下碗筷，只轻声对他道："把你爹让读的书，细细读一下。"

韦寸读完了。爹要他读的，在《滇黔边地述林》中，只有一两页的篇幅。韦寸凭他在五寨学堂里跟着汉家老师学的文言文功底，大致读懂了那意思。

五百年前，明朝的开国皇帝朱元璋，打走了元顺帝，唯剩云南昆明地方，还有一个元朝的梁王盘踞在那里，自恃建都的南京离开云南山水遥远，你朱元璋奈何我不得，把朱皇帝派去劝降的使臣斩杀了。气得朱元璋派出三十万大军，剿杀梁王。这个梁王的名字特别难读，叫把匝剌瓦尔密。

三十万大军由江苏、浙江、安徽的官兵组成，他们浩浩荡荡从已是鱼米之乡的江南一路行军过来，来到黔之腹、滇之喉的贵州平坝、安顺一带，一道圣旨下来，让大军主力驻扎下来。一来是舟车劳顿，两千五百里路走下来，要休整；二来是关山阻隔，滇黔边地，毕竟离江南诸省山也遥远、水也遥远，道路也是分外的遥远，从进入山乡以来，大军中不少官兵水土不服，要在安顺、平坝这里克服云贵高原上的水土；三来大军前来，必须确保和梁王军队的这一仗，一举把云南征服；四来是飞鸟不通的滇黔五尺道，得修通以后保证粮食的运输。

古驿道修复了，道路开筑了，驿站规范化了。明朝一举平定了云南，骄狂的梁王在滇池自杀。三十万大军准备班师回朝，朱元璋又一道圣旨下来："调北填南。"和大军开拨之前的"调北征南"虽然只差了一个字，但这一个字包含的内容却丰富了：大军不必再回来了，把你们各级将士的家属一起调来，从此以后就驻守西南，占据云贵高原的要冲。西南蛮夷之地，大小土司割据，大军一旦撤回，骚扰不绝的山岭里，又冒出一个什么王，不服朝廷的管辖了，那不是又得清剿？

这调北征南和调北填南之举，三十万大军于是就按卫、所、军、屯、铺、哨的建制，在滇黔道上驻守下来。

军队不打仗了，也得吃饭过日子，于是建起了一个一个叫作屯堡的村寨、乡场、城镇。有家属的安家立业，没有家属的士兵也得就地取材，和当地百姓中的女子结婚成家。来自江浙和朱皇帝故乡安徽的大军官兵，在融入当地的同时，带来了江南房屋的建筑方式，带来了明显优于"刀耕火种"的农耕方式，带来了较为先进的生活方式。潜移默化之中，影响着滇黔道及其两侧山地苗、布、侗、彝、仲、水、谷、莽等族的百姓，一代又一代，一辈又一辈。文化上的交汇融通，使得传统的、原始的、奴隶文化色彩浓厚的弱小民族，逐渐地受到分化、蚕食，渐渐消融。

韦寸脑壳里在猜测，爹妈要他读一读这一两页历史，是不是在提醒他，作为以后将要统领九大寨几十万谷族老乡的土司官，也该在爹自小要求他能文能武之外，有一点这方面的想法。

头一次，韦寸感觉，要往这方面想，比在五寨学堂里读书，比在山野树林练功习武，还要费劲些。

但是，看样子他不把这点想明白，爹是不会放过他的。

故而，韦寸想不明白，还是在拼命地思考忖度，想得他脑壳都痛了，他仍是半懂不懂的。韦寸开始意识到，像爹这样，在九大寨当一个土司，不是一件容易的事。

入夜，回到自己屋头睡觉，他仍在费神地思考。

走进房间，韦寸有点惊讶，床头亮着盏灯，油灯的光焰把已铺好的床映得一闪一闪的，谁点的灯？韦寸正站在屋中央猜，他刚走进来的门在他身后轻轻关上了，他还听见了门闩上的声音。他一个转身，看见美贞站在门背后，双手背在身后，双眼定定地瞅着他。

"你……"韦寸又惊讶又喜悦地瞪着她。

她偏着脑壳，细细长长的眼睛稍显不安地瞪着他，秀丽微扬的眉毛带一点颤动，两片嘴唇紧紧地闭着。她闭得太用力了，让韦寸觉得她的嘴唇故意嘟了起来，沉默片刻，她才解释般说："夫人……你妈让我来的。"

韦寸慢慢向她走过去，他当然晓得是妈让她来的，没有妈吩咐，她是决不会到这里来陪伴他的。他惊讶的是，她脸上的表情显示，她是很乐意来的，虽然昏暗的光影有些微弱，韦寸还是看清楚了，她的脸色潮红，泛着激动的光泽。

事实上，在看到她的那一瞬间，他同样不由自主地激动起来，心跳加速了，身体里的血液仿佛在奔涌。他一步一步走到她跟前，张开双臂去搂她。

她像一片秋天的阔长树叶般晃了晃，倒在他的怀里。

如果说，在那个爹妈让他喝烧春酒的晚上，他带着浓浓的醉意，一切都是在盲目和冲动间发生的话，在今天这个暖意融融的春夜，他完全是清醒的。他有力地吻她时，他感觉她羞涩地想要躲开，可旋即她就接受了他固执地追寻般的亲吻，他察觉她嘴唇的柔软美妙。他亲吻得久一些，他觉得她也在迷醉地回吻他了。哦，她是过来人，她曾经有过男人。

韦寸的身子发热，他伸出练武训练出的有力臂膀，搂住她的腰肢，向自己那张宽大的床走去。

她的身体有股女人的芬芳，畏怯般地依在他的怀里。

这使得他倍升起阵阵男子气概，她在床上躺下时，韦寸手脚慌张地脱着自己的衣裳。

韦寸躺在她身边时，觉得她温顺地任凭他的摆布。他有些笨拙地除去了她的衣裳，他愕然地望着她袒露在油灯光影里的裸体，好像是第一次看清她的身体。她的身子强烈地吸引着他，诱惑着他去挨近她，贴紧她。他惊讶着她皮肤的柔滑，乳房的发达饱满，体态的无限秀美。她不再像头一个夜晚引诱他和抚摸他，害羞地闭上了她长长的眼睛。韦寸身上的火燃烧起来，眼前一片红光。他紧紧地贴住她时，她的双臂从两边围过来抱住他；他进入到她充满露珠的草丛里时，他竟然感觉她的身体弓起来迎凑着他。光焰亮起来了，浓雾像从林子深处弥漫出来一般，包围了韦寸四周。他感到从未有过的酣畅淋漓，他怀着心头涌起的一股柔情雄心勃勃地施展着越来越高涨的感情。美贞明晓得爹妈要让他娶莽族的公主班林媚为妻，仍然心甘情愿地到他床上来陪伴，他感到心中涌起阵阵报答她的柔情蜜意。

事实上，在今晚这么一个春夜，韦寸觉得比醉醺醺的那个初夜还要心满意足，还要快活。

激情四溢的一刹那，他忍不住凑到她香嫩的耳畔说："美贞，我恋你，我要你做婆娘！"

哪晓得，这句昏头昏脑情不自禁吐出的话余音未落，田美贞陡地一下在床铺上坐起来，双眼闪烁着不悦的光，截住他的话音道："你说的是啥子呀？韦寸少爷，你要娶的是莽族班老爷家的女儿，百里挑一的美人儿班林媚！"

韦寸被她抢白得有些不知所措，是啊，这门婚事，是爹当着美贞的面，给他郑重其事讲的。其中的利害关系，爹给他交代得清清楚楚、明明白白，他怎能对美贞信口开河？但他的话已经说出来了，那也是他不由自主道出的心里话啊。他是要讨美贞欢心呀。

韦寸跟着美贞坐起身子，两眼眨巴眨巴瞅着她，嘴张了张，说不出话来。

美贞伸手捋了一下耳边的鬓发，放缓点声气说："韦寸少爷，不能胡打乱说的。这话让老爷、夫人听了去，还不定会怎么处置我这个女仆哩！"

她的脸上露出担忧的神情。

"他们会怎么处置你呢？"韦寸不解地发问，话是他说出来的，怪不到她的头上去啊。

美贞的眼皮垂落下来，显出一副哀怜的神情："轻则咒骂我一顿，再不让我像今天这样来陪你。"

"那不成。"韦寸当即摇头，好多个夜晚和早晨，他都盼望她来呢。

"重的话，老爷开个腔，就把我随随便便地赏给九大寨哪个偏远村子里的汉子。"

"怎么会……"

"咋个不会？韦寸少爷，你是不晓事啊！"说话间，美贞细细长长的双眼里涌起了泪光，说话声气也变了，"远近团转的村寨上，那些讨不起婆娘的光棍汉，还少了吗？"

"妈会舍不得你的，"韦寸仍在找话宽慰她，"妈使唤你惯了。她老在爹面前夸你能干。"

美贞不以为然地哼了一声："哎呀少爷，我算个啥子哟。拿我们汉族的话来说，我只不过是你家韦府大院里的奴婢，一个使唤丫头。生死都在你爹妈一念之间，要是他们晓得你土司王府的少爷迷上了我，那我只有离开你一条路了。"

韦寸眼前一阵金星乱晃，脑壳顿时眩晕起来，他手足无措地问："那他们为啥让你晚上来陪我呢？"

"啥呀，少爷，陪伴你，"美贞眼里的泪溢出了眼眶，一颗颗顺着白皙的脸颊淌下来，"那是爹妈要晓得，你是不是成了一个汉子。若还是个懵懂少年，就谈不得婚娶。让我来陪你，也是要让你懂得，女人是咋个一回事。"

"我晓得了呀，"韦寸讷讷地道，"晓得了我才天天想你，迷你呀。"

韦寸这句话一出口，哭泣着的美贞又破涕为笑了，她嗔爱而又责备地说："这个感觉，你只能放在心里，藏起来。你说出来了，就把我害了，这下，你懂了啵？"

韦寸点头，他的两眼盯着赤裸着身子的美贞，像这当儿才看清她皮肤的白净美艳一般，张口结舌地问："你，你说你是汉族？"

"是啊！你原先不晓得？"

"不晓得。"韦寸有些愣怔地说，"五寨学堂里教我的老师，也是汉族。爹都说，汉族开化得早，要我好好读书。"

"你咋个眼瞪那么大盯着我看？"

"好看！"韦寸目不转睛地瞅着美贞天生丽质的温婉和柔美，赞叹地说，"头天晚上，我咋没看见？"

"那是你喝醉了，"美贞说着，抬起自己的双手，拢起自己胸前一对耸立的乳房，脑壳一偏，微笑道，"今晚上，让你看个够。"

韦寸只觉得全身都沸腾起来，像山里麂子样弹跳起来，猛扑过去。

他的动作太大了，床头那盏闪闪烁烁的油灯，被他带起的一阵小风，吹熄了。

第三章 | 良辰

韦寸在饭桌上听爹妈说起过,谷家人的婚俗,有流传至今千百年来的讲究。

屋里完全黑了。

毛笔写字订终身，

十八天仙长成人。

八字到手择婚期，

吹吹打打送进门。

——谷族《婚嫁歌》

韦寸自小在麻石堡的韦家大院里长大，过的是土司王府吃香喝辣的富裕生活。随着年龄的增长，多少也晓得些他们谷家人男大当婚、女大当嫁的婚俗。

除了长成少男少女之后的进"花撩房"寻欢作乐，像他出身的这种谷族土司人家，也在这几百年间形成了一些受汉族影响的民俗事象。

诸如有点身份、家境殷实点的男方家庭，待男娃儿长到了十五六岁，就得备一份礼请媒人去提亲了。

这女方家，可以是自家的儿子在钻"花撩房"时好上的，甚至已经开苞怀孕的女子；也可以是父母相中的，觉得两家门当户对，配得上自家儿子的；还可以是自家儿子在"游方""赶场""摇马郎"时相中的。总而言之，并不是由媒人自己做主随便挑选的。

女方家父母认可的，自然就会盛情地接待媒人，收下男方由媒人带去的那份礼金和茶礼，并留媒人喝酒吃饭，酒桌上除了父母之外，亲舅舅是少不了的。那就算请去的媒人提亲成功了。客气的女方，还会在媒人离去时，给媒人一份礼。

女方父母如若不赞同这门亲事，另有打算，也会客气地说："女娃儿还小，还要在家跟长辈们学几年，长长见识。"媒人也便心领神会，回去给男方回话。

父母一辈的决定权还是很大的。

提亲成功以后，一般的谷族人家姑娘，还会和母亲一起，由媒人相伴，到男方家"看人户"。自然，男方得鱼肉鸡鸭齐全地招待未来的儿媳和亲家，并在女方离去时，送未来的新娘一套衣裳和银饰。有心的姑娘，早从媒人那里打听来小伙子的鞋样，会在离去之时，取出一双绣着花儿的袜垫，让未来的婆婆审视一下她的绣花手艺。

男方收到袜垫，事儿虽小，却无言地宣告，这门亲事定下了。

随后，才是递书子合八字，商定结婚成亲的正式吉日。

迈进十七岁门槛的韦寸，耳濡目染，发蒙懂事之后，把这些九大寨婚俗礼仪弄懂搞熟了。但是爹替他提到远方的荞族公主班林媚时，一讲就是到五寨街上的酒楼里去送八字，他就在心里猜，是不是因为路途遥远，双方又都是土司大家，是有身份的人家，所以把寨邻乡亲之间的那一套烦琐礼节都省略了，或者是，双方的父母私底下已经把前期事宜都理完了？

韦寸只在饭桌上听爹妈说，班林媚和他的八字是相配的。那么是不是就等定下大喜的吉日，韦府大院往荞族的班家大院派出接亲的队伍了？

　　问题是，至今为止，韦寸还没见过班林媚哩。只听说，这荞族女子百里挑一、花容月貌，可她究竟长个啥样子，韦寸没见过呀！而那大名鼎鼎的美貌女子，也没见过他韦寸啊。莫非，她就不担心，自己嫁个麻子、瘸子、驼背、矮子？毕竟，这是双方的终身大事啊。

　　韦寸心头狐疑，也不便开口问爹妈。他迟疑着，犹豫着。他怕爹妈取笑，说他想姑娘了。他是天天想到这件事的人，但他不是牵肠挂肚地想。牵肠挂肚想着的，是田美贞。对于他来说，美贞是实实在在活生生的女人。随着她一次次夜间来到韦寸房间，韦寸对她是愈来愈熟悉依恋了。而从没见过面的班林媚呢，是一个符号，是媒妁之言给他定下的婆娘。他想晓得她长得是怎样的百里挑一、花容月貌。见都没见着，他的心总是悬悬的。他甚至把这种悬吊吊的心情给美贞说了。美贞淡淡地说："想也是白搭！以后娶进门，你不就见到她了嘛。"

　　说完这话，她的神色黯然，默然垂下了眼睑。

　　只是，一天又一天，时不时地，韦寸仍然会想到这件事。

　　九大寨的二三百里高山，今年的伏天让谷族老乡高兴。

　　麻石堡上的谷家老人说：头伏哭凄凄，二伏笑眯眯，三伏见高低。都是时晴时雨的天气呀，余下来的事情就是喜洋洋地收获了。

爹松口了，他对韦寸说，趁着年成好，寨邻乡亲们都心宽，把接亲的事办了吧，我已经把日子定下了。

韦寸关心地问："是哪天？"

"九月初一，好记。正是秋日里的小阳春，不会落雨，路上也好走。"爹说，"这是我请九大寨的巫师神婆一起定下的。成家之后，生几个娃娃，我再把民团的事宜交代给你。"

韦寸从爹说完话习惯地抿起嘴来的表情，看出来事情已经定了，爹露出这样的表情，说明经过了他的深思熟虑。无疑的，妈不会提出异议。

已经入秋了，秋阳亮晃晃照耀的日子，田坝里，坡土上，已有谷家农户开始挞谷收苞谷了。连不干农活的韦寸都晓得"九月重阳，移火进房"。九大寨峰岭丛杂的山上，夜里就冷了，不烤火坐不久。

故而他理解，爹订九月初一小阳春给他接亲成婚办大事，也考虑了气候的原因。

现在梗着他心头的，是接亲这件事，他如何跟田美贞讲。爹是单独给他讲的，那么，妈会不会给她讲呢？

想到这一层，韦寸陡然想到，初伏时节的一个夜晚，美贞来过他的屋头，睡过一晚上。第二天鸡啼离去时，她在他耳畔说了，接下来中伏、末伏都是大热天，夫人叮嘱了，说这个时节不要到韦寸房里去，一动就大汗淋漓的，伤身子。她就不过来陪他了。这一阵已经进秋了，她会不会来呢？细细算一算，从春到秋，每隔个二三场①，她都会来一次，前前后后，她来过六七次了。每一次，他们之间都是欢欢地度过一个夜晚。这一回，从初伏至今，她都没有来，相隔的时日有点长了，长得韦寸肠子痒痒的了。

转念一想，如若美贞从妈嘴里晓得已经定下了接亲的好日子，她会不会是故意不来了呢？

是的，尽管她对他讲过，她不能和韦寸做成两口子的。但她终究是个女人啊，她也有心，她会想，听到韦寸要同班林媚成婚了，她的心头会没有波动吗？

这么思忖着，韦寸心里七上八下的，总是不踏实。白天里骑在马上飞跑，在树林边练功，他都会走神。

人生第一次，到了晚上躺在床上，韦寸会睡不着。

这是从未有过的情形。

韦寸从小住在韦府大院中，过着饭来张口、衣来伸手的日子，始终都是无忧无虑的，即使进了五寨的学堂，老师，学堂的管事，包括一起坐在学堂里的伙伴，个个都晓得他是大土司韦一夫的儿子，事事迁就他，把他在学堂的生活照顾得好好的。回到家来，爹叫他练功，他跟着耍玩意一般练功；爹让他读书，他就埋头研究，从来都没啥烦恼和不顺心的事。天天夜里，感觉困了，他倒头便睡。可这些天，听说了即将接亲成婚，即将有个

---

① 九大寨俚俗，七天赶个场集，让乡民们去乡场上买点东西，同北方的赶集。

家，要同莽家土司的公主过日子，他睡不着了，床不是凉便是热，翻来覆去辗转难寝。

他的脑壳里头，总是浮现出田美贞的形象，不是她的脸，就是她躺在身旁时的神情，或是她裸露在他面前、在油灯光焰里的身子。

这天黄昏下了点细毛雨，起风了。秋风挟带着细雨，忽儿工夫就把麻石堡的青冈石阶路打湿了。亮着火把，提着韦府的灯笼走过，青冈石头上像擦了油，光溜溜地泛着一层亮色。

天也冷下来，吃过晚饭，韦寸回进屋头，早早地上床躺下。

昨晚上没有睡好，今天的白日里眼皮直往下耷拉。他想，喝了一口爹的烧春酒，身子暖融融的，带着点睡意赶紧闭上眼，睡一个好觉。

迷迷糊糊的正要睡过去，掩上的房门"吱呀"一声被推开了，带进屋一股凉飕飕的风。会是哪个呢？

韦寸勉强睁开了眼，灯被他上床后吹熄了，他看不清来人。

一个身影飘飘悠悠地来到了床边上。

不用问，从气息上韦寸都感觉得到，是田美贞。只有在床上肌肤相亲地睡过，才能感觉出来。

韦寸的睡意瞬间没了，他坐起身子，轻轻叫一声，"美贞。"

回答他的是低弱的啜泣。

韦寸往床沿边移动一下，从美贞身上拂过来的女人身体的温馨气息愈加浓了。他镇定了一下心绪，从床铺下摸出一盒火柴，擦燃火，点亮了床头的油灯。

灯焰跃动了几下，亮堂一些了，韦寸吃惊地看到，只在床沿上坐了一小点边边的美贞，垂着脑壳，埋下脸去，几乎是在无声地哭着。她双手交叉紧握地压抑着自己的情绪，脸上的泪水却不住地往下淌。

韦寸心里不安，身子挨过去道："莫哭呀！咋个了？"

美贞脸上的泪水淌得更凶了，她终于抑制不住自己，双肩耸动，胸脯起伏着，抽泣出声。

韦寸心中骇然，他拉了一下她柔软的胳膊："不哭，你上床来吧！"

他想拥抱她。

美贞"嗯"了一声，却不上床来，反而离开床沿，站起身来，当着他的面，在油灯光影之中，脱起衣衫来。

韦寸把眼睛瞪得大大的，看着美贞在他跟前脱光了衣裳，一丝不挂，赤身裸体地站在他面前。

她带着哭声说："你看呀！"

韦寸想问看啥？愕然之际，他刹那间看明白了。

闪闪烁烁的油灯光影里，在他印象里原先美贞纤细的腰肢不见了。她的整个裸身丰腴饱满地伫立着，散发着只有女人身上才会有的气息。肚脐凹进了隆起的腹部，都快看不见了，双乳丰满地高耸着，形状更大了。肩颈、两条手臂和大腿，全显得不同以往的圆润丰实，秀气的一双脚一前一后挨着床沿。尤其是肚皮，比起原来的平顺，明显地鼓了起来。

韦寸像重新需要认识她一般坐直了身子，惊讶地道出一句："你发胖了！胖得……"

他找不出啥话来形容。

她斜睨了他一眼，鼻腔里"哼"出一声，双手拢到自己的腹部，说："韦寸少爷，是胖吗？"

"是的是的，"韦寸一迭连声答应，"才没多久啊……"

美贞长长地吁了一口气，她那神情，显然是拿他的迟钝和不谙事无奈，一双手抚摸着自己的腹部道："你还看不出吗？韦寸少爷，我……我怀上你的娃娃了……"

说着，一双细细长长的眼睛瞬间睁得大大的，瞪着他。

韦寸瞅她一眼，他第一次察觉，美贞两眼睁大的时候，出奇的大，晶亮晶亮地闪着泪光。他一下子靠在床背上，像被人兜头泼了一瓢水。

"你说啥子？"

"你没听见，没看清吗？韦寸少爷，不脱衣裳，夫人……你妈她就看出来了。"

"是……是真的吗？"他瞥一眼美贞，见美贞正愁惨地望着他，他赶紧收回目光，问："妈，妈说啥了？"

美贞坐在床沿上，两条腿一抬，上床，挨近韦寸坐下，说："夫人问了。"

"问……问啥？"

"问我是不是兜上瓜儿了。"

"兜瓜儿？"

"就是问我是不是怀上你的娃崽了？

"你咋个说？"

"我还能咋个说？韦寸少爷，我说每一次，都是夫人吩咐了，我才到你这里来……"

"你都说了。"

"是你亲妈，我咋能不说？"

"她又说啥了？"

"她问我，做得好不好？"

"嗯。"

"我就实说了，每一次都好。"

"夫人还追着问呢！"

"问啥？"

"她问我们在一起欢不欢？"

"你咋个答的？"

"我照实答的呀！说每一次，我们都欢。"

"唉……"

"你叹啥子气？"

韦寸都不明白，他为什么要叹气。他只觉得心突突跳，脑壳里头一团乱。这一边，参妈给定了亲，对上了八字，定下了婚期，眼看九月初一就要往莽族的班家大院派出接亲的队伍，这一阵韦府大院里正在紧锣密鼓地忙碌，给荞族公主、未来的少奶奶班林媚和亲家置办礼品；而不为外人所知的那一边，他却和妈房里的贴身女仆美贞睡出了娃娃……

这可咋个是好？他的心乱了。

油灯的光焰忽悠忽悠地闪着，两个人一不说话，房间里很静很静。韦寸只觉得美贞把脸靠到他肩膀上了，他转脸望着她，她不知所以地哭丧着脸，眼里满是泪。窗户里飘进来谷族进秋后山上烧坡的烟味，韦寸看美贞心里那么苦，自己的心也感到抽紧了。他伸出手去抓住了她的手，他第一次发现，她的手柔弱无骨，软软的，没有一点儿力气。他不明白她的手如此无力，是怎么在妈的房间里料理那些琐细的活儿的。他的这一亲昵举止，显然打动了美贞。美贞啜泣了一声，把脑壳埋进了他的怀里，双手不由自主地搂住了他的脖颈，轻唤了一声："韦寸少爷。"

韦寸觉得她像在哀求他。他想起了啥似的问："我妈后来怎么说？"

"夫人细问了我是什么时节发现怀上的，还问了我身体的种种感觉。我一一都细答了。夫人没说咋个办，只说了，要同老爷商量之后，才决定如何处置。"说着，美贞又啜泣起来，她的眼泪滚落到韦寸手上，韦寸觉得她的泪水热乎乎的。

他自言自语地问了一句："爹妈会让你怎么办呢？"

"我都愁死了！"美贞举起手背抹了抹脸上的泪，"想来想去，只会有两个办法。"

"哪两个办法？"韦寸急切地问。他的心跳得急剧起来。他忽然有一种大难临头的感觉。

"你想嘛，九月初一，韦府大院就要给你接亲了，老爷和夫人总不会让我这么一个怀着你娃娃的女人，在新娘子面前晃。"美贞的语速放慢了，"他们的办法，无非就是把我送出韦府大院。"

"送哪儿去呢？"

"赏给九大寨地盘上的光棍汉啊！在你们九大寨周边团转一千几百个村寨上，这样讨不起婆娘的汉子还少嘛。"美贞带着哭腔道，"老爷和夫人心善一点，把我送到离麻石堡或是五寨近些的村寨上……"

"要不呢？"韦寸双眼直直地盯着床头那盏油灯的一小个光焰。那个光焰只有豆子大小。

"我们汉族有句俗语，叫眼不见为净。他们若不想看见我腆起肚皮的样子，随便找个借口，就可以把我像丢一条死狗一样，丢给离麻石堡远远的、离五寨更远的偏僻山寨上，抬眼就是山旮旯，永远也走不到这里来。"美贞眼里透出恐怖的光。

"会这样嘛？"韦寸的心跳得似擂鼓。

"咋个不会这样，韦寸少爷，你是年幼无知啊。这样的事，原先就发生过。"

"你说就发生在韦府大院？"

"韦府大院不曾发生，是有你妈这么个知书达理的夫人。"美贞双眼噙满了泪道，"可其他土司府上、将军院里，这样的事儿我们听说的还少吗？"

韦寸骇然，他还真没听说过这种事。只是，现今眼下，是他使得美贞怀上了娃娃，他就要迎进班府土司大院的公主，他该咋个办？他把自己的脑壳挨近了美贞问："那你想不想要有个家？有个自己的男人？"

"不要，不要！我啥都不要，远的近的都不要！"美贞像听见了噩耗般把脑壳晃得像拨浪鼓，乌黑的细发都散开来，坚决地说，"我啥子男人都不要，韦寸少爷，我是你的人，我只想留在韦家大院，只想挨近你。我怀上的是你的娃娃呀！"

说着，她把韦寸紧紧地搂着不放，身体热乎乎的。韦寸心里像有啥东西融化了，他的眼瞪得直直地道："要么，我就不接这个亲了，班府的姑娘我见都没见过……"

"不成，不成，韦寸少爷！"美贞嘶声恐惧地喊起来，"你这样做，是把我逼着去跳崖啊！你晓得啵？"

说着，她情绪几近失控地大哭起来，泪如雨下。

韦寸不解了，他的心里涌起一股不舍的感情，他双手摸索着美贞发烫的浑圆柔软的双肩问："那么，我……我能做些啥子呢，美贞？"

美贞的哭声低弱下去，她在极力地控制自己的情绪，她仰起了脑壳，把脸贴上了韦寸的脸：

"憨包少爷，我不能嫁你，你……你也不能娶我！"

"为啥子？"

"我是下人，是奴婢，是你妈房里的女仆，你懂吗？而你是韦府大院的少爷，你以后像你爹像老爷一样，是要当土司的。你晓得土司是啥吗？"

"我不晓得。"

"你才十七岁！送你进学堂，又盯着你练武，还有为你往莽族土司班老爷家谈婚接亲，你爹妈，就是老爷和夫人，都是为了你以后当一个合格的土司。包括夫人要我在夜间进你的房，陪你睡，让你尝到女人的滋味，都是在教你懂得，夫妻之间是咋个回事。韦寸少爷，土司就是王啊！"美贞苦口婆心地说，"再说了，我有过男人，我是过来人，都已经二十八岁了。一个二十八岁的女人，咋能嫁你这个十七岁的男人呢？"

韦寸仍然没拐过弯来地说："咋个不能呢？我就晓得，谷族人家，在那些远远的山寨上，家中有个八九岁的男孩，当父母的，就会尽早地给他讨个二十来岁的大媳妇来，做成一家子。"

听他一脸认真地说完，糊满泪水的美贞把脸挨近了韦寸，扳过他脑壳，重重地在他嘴上亲吻了两下，每一下都在他的嘴唇上停留好一阵，让韦寸都觉察了她吻中的深情。她满脸上糊的泪水，沾到了韦寸脸上。韦寸分明看到，她灿然地笑了一下。笑毕，她说："那是穷家子，娶一个大媳妇来家，是替父母分担家务。你们土司家族是不兴的。"

"那……"韦寸简直束手无策，一筹莫展了，他盯着伤心欲绝的美贞问，"我能做些啥子呢？"

"你啊！千万千万不能对你爹妈去讲娶我的话。"

美贞思忖着说："你若说出了这话，我不去跳崖，你爹妈都会把我逼上死路。"

韦寸的整个身子恐惧地缩成一团，将信将疑地说："不会吧……"

"就是会的，在九大寨，老爷是说一不二、一言九鼎的王，哪个敢违拗他的意志。"

"爹有这么凶？"

"要不他咋能当九大寨的王？朝廷任命他为土司王，就是因为他英武、勇猛，是这一方土地的英雄。"美贞今晚上的话特别多，她小声地、带一点惶惑的语调说着，"四乡八寨的乡亲，特别是你们谷族的男女老幼，过去见他过路，都要跪在路边朝着他磕头的。人家地方的土司，不管是大土司、小土司、手下有武装的将军，都靠皮鞭、刀枪、枷锁、牢房、撵山狗腿子，管辖盘剥老百姓。你爹他不是。"

"那他凭啥？"韦寸从未听下人们在他面前说起过爹，这会儿听得新鲜，格外地入神，他忍不住问。

"你爹呀，他靠的是威望、是名气，要不，那些蛮汉子，粗野惯了，哪个会服他。"

"我只以为爹是土司。"

"你没听说过吗，有抢地盘的土匪，勾结了其他地方的土司，一二百人要冲来杀你韦家，"美贞用提心吊胆的语气道，"你爹带了三杆枪，一杆钢枪，两杆火铳，只喊了两个汉子带足了火药，轮番替他装火药，守在九大寨进出口那险要的'一夫当关，万夫莫开'的山垭岩石后头，你猜咋个？"

韦寸在油灯光影里摇头。

美贞脸上表情丰富地道："远远的弯弯拐拐的茅狗山路上，一支队伍拉成长线往山垭口爬上来。你爹一点不慌，对准了带头的那个龟儿子，一枪打去。火铳你是晓得的，瞄准了打过去，铁屑石头下不一定把人打死，却能把人的脸打烂，最前头那人手里的枪一丢，双手捂住脸，一个翻又倒在地上哇哇乱叫。第二个人吓得呆了，第二枪又把他打翻了。第三个回头就跑，钢枪子弹把他追上去打中了屁股……哎呀，韦寸少爷，传得可神了，那些后头来的一百多人，全部趴在刺笼、乱石包和草莽丛里，不敢露头了，就怕中枪。有个领头的哇哇喊着鼓动人往上冲，说打败了韦一夫就赏他们谷族的婆娘。他刚一露出脑壳，轰一声就把他打翻了。嗨，从此以后，老爷的名声就在九大寨方圆几百里的村庄传开了，啥子土匪、土皇帝、强盗都不敢滋扰了。"

美贞讲得如此绘声绘色，韦寸听得眼睛都发亮了，他好奇地问："你是咋个晓得的呢？"

"听夫人说的呀！"

"我妈讲的？"

"是啊！我在你妈房里侍候，夫人兴致上来了，就会讲点给我听。"

韦寸眼里露出狐疑之色。他是男娃儿，妈从没对他讲过这类耍刀弄枪的话，她倒会对美贞这女子讲。

他愣怔沉吟着：这是怎么回事呢？嘴里喃喃地自语："我妈她……"

"夫人也是不一般的女子呀。"美贞用惊叹的语气说，"你晓得吗？"

"哝？"韦寸真的不晓得妈不一般在啥子地方，小时候他喊她阿妈，长到十几岁了，他直截了当叫她妈了。难道妈身上，也像当土司官的爹一样，有故事吗？

"夫人嫁给老爷之后，在改变着老爷。"美贞把床上的枕头拿过来，倚靠在身后，让他俩都在床上坐得更舒适自在一点，一字一顿说，"听夫人说起过，她是滇之喉那边旧州的大家闺秀，老爷家爹妈，就是你的祖父母，花了巨大的一笔聘礼，把夫人娶过来的。当上了土司夫人，特别是生下了你之后，夫人以她的知书达理、汉家礼仪，影响着老爷的性情，改变着老爷的脾气。"

"是这样吗？"韦寸有点不相信。

"就拿韦二憨在五寨赶场时撞倒人那件事来说吧，"美贞不急不慢地说道，"要换了前些年，两句话不合拼斗起来，非得打个头破血流不可，夫人说了一句，'花钱消灾，舍财免仇'，老爷照着做了，给被撞的瘦高个儿赔了不是，还请对方怒冲冲的汉子们上馆子喝酒、吃饭。人家看到土司老爷这么给面子，纷纷打躬作揖，事儿就作罢了。"

"原来是这样。"韦寸恍然大悟地点头。那一天，爹妈晚回来，半路上还遭了劫，他都不理解，韦二憨的马车撞了人就撞了吧，被撞的还不都是九大寨下面的"穷棒槌"，至于要请他们吃饭喝酒嘛。这会儿冷静地想一想，还是妈的办法好。他像想起了什么似的问，"那天，你不是没去嘛，你咋个晓得的？"

美贞淡淡地一笑："事后，我问了夫人，她一五一十给我讲了。你想嘛，韦寸少爷，我服侍你妈好几年了，韦府大院的大小事情，夫人都有她的主意。"

韦寸似被美贞的侃侃而谈提醒了，他一把紧紧抓着她的手，有点激动地说："那么，我趁爹不在家时，去求求妈，让爹妈不要把你赏出去行吗？"

美贞一整个身子扑过来，两条光溜溜的手臂紧搂着韦寸说：

"我会更好地服侍夫人，更悉心地待你，韦寸少爷。"

一灯如豆的光焰扑闪了两下，熄灭了。韦寸紧紧地抱着怀孕的美贞，躺倒在床上。

初秋的夜起风了。

韦寸费劲地把替美贞求情的话说出口，两眼盯紧了妈的脸，看她会不会答应。

妈正在书房里绘一幅名"紫云锦羽"的花鸟，花儿是小朵小朵的白色带粉点的繁艳艳蓓蕾，很经看；花枝上两只锦鸡，五彩泛金的羽毛凸显出来，快完成了。韦寸走进书房时，妈让他到案前看看，画得怎么样。他连声夸着好，才在案前的椅子上坐下。

妈一边提着笔在后景上润饰，一边问他有啥子事，为啥没有随爹去木匠工坊看给他打的婚床。

韦寸趁这当儿，恰好爹出门，特意来求妈的。

妈手中的笔停下了，她想了想，把毛笔往笔架上一搁，放低一点嗓音，站在案前，问："你问过美贞吗，她怀的娃娃咋个办？"

韦寸一怔，他想都没想过，他只是舍不得美贞从此会在他眼前消失。妈的双眼凝定一般，瞅了他两眼，他狼狈地摇头："没问过她。"

"我问过了。"妈接过韦寸的话，语速快捷地说，"她说了，她要把娃娃生下来，不管是男是女，她都要！"

韦寸脑壳里头一片茫然。

"又要生下娃娃，又要留在韦府，事情有点麻烦。"妈在她案桌后面的椅子上坐下，双手撑着椅把，眼睛望着书架上的一只梅瓶，沉吟着道，"接亲前后，她生娃娃坐月子的那两三个月，她都可以避开，躲着不见人。可当娃娃生下来，以后稍稍长成点模样，外人很容易认出，那是你的种。"

韦寸呆若木鸡地坐着，他听明白了，以后娃娃的脸貌像他，让接进门来的林媚公主认出来，麻烦就大了。韦寸感觉自己在妈面前有种如坐针毡的不安，脸也绷紧了，心跳得很不自然。他不敢端详妈的脸，一双眼睛望着妈身后墙上挂着的那副对联。对联恭正秀气地写着：

> 一川花柳四时好
> 十里溪山八面来

这字显然是妈写的，落款是妈的名字：宋庭竹。

在五寨里读过书的韦寸第一次意识到，妈虽是个女子，却是有文化的。看她写的字，比韦寸写得好多了。还有这副对联写的，显然就是九大寨缠溪河两岸的景致嘛。

韦寸紧张的心绪松弛下来。

妈又把手一挥："但这总不如把她赏给远点村寨上的汉子省事。"

"她不愿……"韦寸急忙申明。

妈的目光逼视着韦寸，韦寸只觉得妈的目光冷冷的，像有寒凛凛的气息拂过来。妈却笑了："你也不愿，是吗？"

"是……是……是的，妈。"韦寸的语气完全变成哀求似的。

妈的手指点了点韦寸："你一进书房我就看出来了，你是求情来了。现在，你给我讲真心话，她对你好吗？"

"好的，好的，妈。"

"那你呢，你是不是依恋她，舍不得她？"

韦寸的脸上热乎乎的，他觉得自己一定像喝酒红了脸，他把目光错开去，说："我也不想看不到她。"

"妈明了，韦寸。"妈拖长了声气说，"好在美贞是个汉族人，我也使唤她惯了。她呢，同样善解人意，会体贴人的。"

听妈终于答应了，韦寸由衷地说："多承你了，阿妈。"

妈叹息一声，脸上在笑，说："谷族的山歌里不是唱嘛，十八妻子三岁郎，天天洗脚抱上床，不是怕你爹妈骂，一脚把你蹬下床。哈哈，韦寸，你和美贞虽然都是成年了，可她比你大了十多岁，你晓得吗？"

韦寸点头，却答不出来话。美贞二十八岁了，她对他说起过。

"好吧，"妈的手轻轻一拍椅把，"在派出'过礼'的人之前，我会安顿好的。韦寸，你要记清楚，这一阵，你要集中精力，办好迎亲。接亲是件人生大事，一件一件的，事儿多着哪！你爹替你们看婚床去了，你也抓紧到木匠工坊间去，看看婚床打得咋样了。两口子一辈子要睡在上头的，马虎不得。"

"要得，要得。"韦寸一面恭顺地答应，一面离座起身，"我这就去。"

韦寸沿着青冈石条铺砌的寨路走向木匠工坊，路上一阵嘹亮昂扬的唢呐声响彻了麻石堡的上空，把所有的声音都盖没了。那唢呐吹得是欢快的、跳跃的，直抵人的心扉里去的。听到这声音，让人的脚板心忍不住痒痒的，想要随着那曲调跳起舞来。

韦寸意识到，麻石堡、九大寨上上下下的好多寨邻乡亲，都在为他的婚姻大事，操办忙碌着哩。

　　韦寸在饭桌上听爹妈说起过，谷家人的婚俗，有流传至今千百年来的讲究。新人结亲，一定要新打婚床。

　　先得选好一个打婚床的木匠，这个木匠得是手艺精湛的匠师，懂得谷族的婚床那一套规矩。光手艺好还不够，木匠还必须父母健在，身体健朗，他本人也得是有儿有女之人。

　　前一阵韦寸才听爹跟妈说，这样的匠师真不好找。

　　妈问为啥找不着呢，九大寨地盘上一千几百个大大小小的村寨上，有的是石匠、铁匠、泥瓦匠、木匠，不怕找不着这么个人？

　　爹叹着气强调，还真是不好找。手艺好、懂得婚床打法和讲究的木匠，大多年岁大了，自己家中不是去了父，就是老母离世了。年轻点的嘛，父母倒是健在，可手艺还不到家，或者自己成了亲，只生了女儿，没儿子。

　　韦寸听妈在给爹出主意，既要找懂得木匠条条规规会打婚床的老木匠，有儿有女；又要找父母仍健在，年轻力壮刚成家的小木匠，让他跟着老木匠学。

　　爹听后点了头，说再下细地找吧。

　　没想到，这会，婚床快打好了，催着土司老爷和韦寸少爷去木匠工坊过眼了。

　　走过一截长长的往下坡去的青冈石阶路，拐进一条小巷子，木匠工坊到了。

　　没进门，韦寸闻着一股刨木花的气。一脚跨进高敞透风的工坊间，一位正在咂巴着叶子烟的中年汉子转过身来，手里拿着量尺，笑着给韦寸招呼：

"少爷来了，土司老爷刚走一杆烟工夫。"

看清木匠一张长方形的脸，韦寸认出了他："你师傅是卡邦寨上的汉子蒙……蒙……蒙哪样？"

韦寸摸摸后脑壳，想不起来了。卡邦寨上的人户，一半姓韦，一半姓蒙。

"我叫蒙庆文，家中父母双全，成亲后生下一双女儿，今年春秧子裁上坎时，又添了一个儿子……"

"噢，总算把你找着了。"韦寸接过话头，表示对打婚床这事儿自己晓得，"咦，说让我来看婚床，床架子呢？"

偌大的工坊间里，满地的木屑刨花，就是不见床架子。

"都在这里。"蒙庆文笑眯眯地指着靠墙立着的一排木柱、木枋、木棍、木板道，"料，我都下好了。请老爷和少爷你来看过之后，做好雕刻，油上土漆，晾干之后，就搬去少爷婚房。把床架子竖起来，少爷你来看，这两根木料，是枣子树的；这几根呢，是柿子木的，还有柏香木的、梨木的……"

"为啥这张架子床，要用几种木料呢？"韦寸不解。

"是老爷和太太的意思，都有寓意呢，少爷。"蒙庆文的红黑长脸上浮起笑，指点着这一排木料，不厌其烦地道，"梨子先开花儿后结果，而我们都见过，梨子的花儿大朵大朵、洁白洁白的，梨果味甜汁多，梨木花纹好看，木质硬性，是愿少爷和公主成亲之后，夫妇和睦甜美啊！你和班府公主，都是土司王之后，柏香木标志着你俩贵气富足，枣木、柿子木呢，寄望你俩早生贵子、多儿多女啊！少爷，你看过后，雕刻匠就要来啦！工期紧啊，你放心，少爷，我打出的婚床啊，管保平实、稳当，便于挂帐帘，还有存放衣物的箱子。油上我们九大寨的土漆之后，你看嘛，管保镜子一样光亮，好看得很！将来呢，还愈用愈亮堂。"

韦寸真的不曾想到，一张婚床，竟然这么多的讲究哩！他伸出手分别把几种木料一一摸过来，不由问："这木料，你早就备下了？"

"我哪有这么大本事。跟你说吧，还是你在五寨学堂里读书时，土司老爷和夫人已挑选了个良辰吉日，请九大寨的老人上山选砍了这些床枋木。都晾得干透了，一点不会变形。"

韦寸的手有感觉，一根根一截截的木枋子都平整、细滑、爽净，摸上去的手感很好，方是方、圆是圆、角是角的，都是好料子。韦寸由衷地夸道：

"你蒙师手艺好！成亲那天，一定请你满家老小来韦府吃酒！"

"那是一定的，韦寸少爷！这是近些年我们九大寨最大的喜事哩。两家土司王府离得远，我听说，荞族女方家'花圆酒'同男方的'烧大香'并在一起操办。韦府大院送到班家土司王府去的猪腿都有十几条，几斤重的条方肉上百条，还有百斤上下的粉条、几百斤的白糖。天，那要办多大场面的'花圆酒'啊！只怕韦府的婚礼，更是张灯结彩，热闹得把麻石堡都要抬起来啰！"

其实，这类具体的事宜，韦寸倒没操多少心，全是爹在做主。他只晓得，光是这一筒又一筒的银圆，连同那一对繁花似锦的龙凤烛和绫罗绸缎，都装了好多只箱笼，双方请来保警的马队送到莽族班府上去的。那些吃的和鞭炮算得个啥呀。

韦寸想象得出，真正到了九月初一大婚的日子，九大寨麻石堡的韦府大院里外，会热闹个几天几夜。

"逢喜饭甑开"，这一谷族的风习，连走过路的陌生人都要请进来喝一口喜酒，吃顿饭；九大寨上远远近近的老幼乡亲，非得把山里的米酒喝翻个几十坛，醉他个几晚上，才会善罢甘休。

如此闹腾场面，韦寸的心里有时会掠过一个念头：同样看在眼里的田美贞，怀了他娃娃的一个比他年岁大的女人，会作何想？妈答应了他，说会安顿她的，她会在哪里？

一想到此，即将成为谷族第一新郎官的韦寸，心头就会添出一份牵挂，呆痴痴坐在椅子上，失落地沉思默想。

莽族班府大院要置办"花圆酒"，爹和韦寸未来的老丈人班兴友说定了的，山路弯弯长又远，"烧大香"之后，迎亲的队伍同样早两天动身。

爹以土司官的名义点定了，平时掌管马车的韦二憨在迎亲队伍前头开路，要勇猛的韦开亮殿后。谷族礼仪，迎亲队伍必须一式地韦姓，执事、礼官、作揖童子、外八仙、内八仙、迎亲客、持喜把、带备礼，包括从汉族那里学来的挑鸡笼的、吹唢呐的，全排在队伍中间各司其职。连抬新娘轿子的八个下力气的汉子，都是从九大寨远近村寨挑选出来的谷家韦姓汉子，他们穿着一色的蓝靛新衣，一个个五官端正，相貌堂堂。

吃过喝过"发轿酒"的队伍，在唢呐声中开拔时，送行的寨邻乡亲和韦府大院人群中，韦寸一眼看见，美贞同样站在人堆里，随着送行的人们挥舞着手里的一方红手帕。

即便是土司家少爷接亲，站在秋日明灿灿的太阳底下送行的老少男女都换上过节般的衣裳，尤其是谷族的那些姑娘，纷纷都似要上坡去"摇马郎"，唱情歌寻找意中人一样，穿的彩色裙衣。可韦寸望去，美贞站在她们中间，穿着一色的素净衣裳，仍显得脸色白净，眉宇妍秀，那双细细长长的眼睛里，透出点儿淡淡的忧愁，雅淡而又幽艳。

引得韦寸怦然心动。他终究是在五寨学堂读过书的，一眼就看出，她虽是妈房里的女仆，其气质和那些没心没肝傻笑着的女孩们不一样。

真有一股天然的美丽。

她仍旧出现在这里，说明妈并没有把她打发到远远的偏僻寨子上去。只是隔得远眺她一眼，她又站在人群里，韦寸看不出她的身孕是不是让人能明显地看出来了。

声声欢欣的唢呐渐渐远去，涌到麻石堡街面两边和半坡上看热闹的寨邻乡亲们慢慢散去。

韦寸也回到了土司院坝里，和刚才的热闹场面相比，麻石铺砌的大院坝里一片清净。秋阳照耀着院坝里的麻石一片青白，角落那边，摊晒着没干透的谷子，有几只小麻雀，跃动着，叽叽喳喳啁啾着，偷啄着小颗小颗的谷粒。楼廊下边，一个人影掠过。

韦寸一眼认出，是美贞。噢，他有好几天没见她了。

韦寸的心跳得剧烈起来，他要晓得，这些天来，她躲哪里去了，妈又是怎么安顿她的？他快步朝楼廊走过去。

美贞显然察觉到了，她隐在楼柱后头，眨眼工夫消失了。

韦寸急了，难道她没见到他？

他小跑几步，不安地轻叫："美贞，美贞！"

没有答应。

韦寸闪过了楼廊。

他心安了，吁出一口气，美贞倚靠在廊柱上，她显然在等他。

楼廊里有一股上甑的腌火腿弥散过来的香气。韦寸晓得这是大灶上在蒸火腿，那是为新婚大喜蒸来准备的。

韦寸疾步走到倚着楼柱而站的美贞跟前，美贞隆起的胸脯在起伏。

韦寸瞅着她的脸，放低声气问："美贞，这些天，你躲哪里去了？"

"没躲。"美贞轻得几乎听不见地答，"我还在的。"

"吃饭时，房间里，都没见你人。"韦寸说，"妈把你安顿到哪里去了？"

美贞仰起脸来，睁大了细长的双眼，瞅了他一眼："你随我来。"

"去哪里？"

美贞不答他的追问，转过身，只顾往前去，前面都快走到楼廊的尽头了。

韦寸惶惑地跟在美贞身后，走了几步，他转脸扫了一眼麻石院坝，并没见到人。他紧随美贞走去。

到了楼廊尽头，韦寸看见，那里有一扇小门。美贞伸手使劲地推门，门"吱嘎嘎"响了一声，打开了。

有股轻风拂来，美贞转身望着韦寸的脸，嘴角露出一缕笑："韦寸少爷，你跟着我，穿过门，把小门关上。"

说着，带头穿门而去。

韦寸是在土司大院里长大的，还没去五寨学堂读书之前，他在这个大院里，走遍了每个角落。在他的记忆里，童年耍的时候，走到这边的角落里，总是有一架吹糠的风车放着，从来不晓得，角落的墙壁上开着一扇木门。这会儿跟着美贞穿门过去，他怀着一点好奇。门后面并不是石院坝，而是一条坝石砌得高高的廊道。穿过封顶的廊道，上几级石阶，又推开一扇门，竟然是两间石头房子。房子里有股浓烈的生石灰气息。

房子是内外两间，都是厚实的青冈石砌成的，窗子开在高处，必须垫着板凳，才能够着窗台。

韦寸跟着美贞走进里间屋去，屋内摆放着简单的过日子的陈设：一床、一小方桌、小椅子，床上有一只细篾的针线篮。

美贞在屋里转了半个圈，手一摆，淡淡地笑着："等你接了亲，夫人就让我到这里来住。"

韦寸望着她脸上的笑容，他有些看惯了她轻声地笑，看熟了她沉静的脸色。他觉得，就是她的这股神情，引发他莫名的牵挂。他问："你在这里住过了吗？"

"还没得。"她说着，双手在身子两侧摆了摆，提醒韦寸关注她的腰肢，"你看嘛，这些天，腰身变大了，肚皮也腆得更高了。"

韦寸留神到了，她的身孕已经遮掩不住，一眼就能让过来人看出她怀上娃娃了。

韦寸挨近她的身前，在她额头上轻轻地吻了一下。他要成亲了，要的却不是怀上他娃娃的女人，他内心里觉得对不住她，可她呢，看不出她有啥怨怼他的神色。

美贞接受着他的亲吻，在他身旁轻声地道出一句："新娘子接进韦府大院，晚上我再不能去陪你了。"

"呃……"韦寸的嘴张了张，遭呛了一般，说不出话来，只是伸出自己的两条臂膀，紧紧地把她拥抱一下，手一甩，转身就要照原路退出去。

"嗳，"美贞手一招，"你要去哪里？"

韦寸说："回大院坝去啊！"

"不用朝那边走了，你随我来，这里还有一条路。"说着，走到侧边，拉开了一扇门。显然美贞已把她以后的这个新住处，摸了个熟。

韦寸从美贞拉开的门走出去，意外地看到，门口台阶下是个不大不小的院坝。美贞即将住进来的这两间屋，虽然不大，却也是一个完整的谷族人家；小小的院坝里，同样可以养条狗，喂一群鸡，自成一家。

韦寸边走离小院坝，脑壳里头边在想，妈想得还是周到的，她把美贞安顿得还好。至少，美贞近在咫尺，不会再被赏到偏远难找的"穷棒槌"家中去了。终究，她肚里怀的，是他韦家土司的骨血。

像女方家办"花圆酒"那天男方必须要"过礼"，把所有送过去的礼品在堂屋桌子上、女家院坝里"亮彩"一样，迎新接亲的队伍到达韦府大院之前，班府土司家为公主班林媚的出嫁置办的"全堂嫁妆"，也由姑舅叔伯家派出的代表，在抬花轿、麻石堡的唢呐声传过来时，展示在韦府大院坝里了。麻石堡的男女老幼，早趁韦寸少爷的大喜敞开朝门，涌进院坝里来抢先看稀奇了，他们嘻嘻哈哈地挤满了院坝。

到底是荞族班府送出的嫁妆，班兴友土司为班林媚备的物品，多得数不过来。

瞧嘛，光是内房里就是一对柏木花柜，一对楠木箱子，箱子面板上的金丝，在秋阳下闪烁着名贵的光芒，一对床柜，还有陈放日常用品的大小柜子各一对，独凳四只，让小夫妻俩在房间各处随意摆放，还有圆盆、铁夹子蚊帐、绸缎面的被子，堆得小山一样高。人堆里的寨邻乡亲和谷族姑嫂们啧啧连声地议论着："这么多的被条，只怕是两口子盖一辈子都盖不完啊！"

"啧啧，你们快看啊！这怕都是大堂屋的家什吧。碗柜、方桌子、木椅子、洗脸架上还有镜子哩！真讲究。"

"看嘛，光是盆盆，大大小小就叠放成一堆呢，脸盆、脚盆、火塘锅，嗨，这火塘锅黄灿灿的，是铜铸的吧！"

"堂屋的大四方桌才气派哩，瞧那两把椅子的扶手，多气派！连长板凳都涂红色的。"

"要的是喜气，红火啊！"

"唉，我们嫁人时，要有一对这样的家具，我都会欢喜不尽呢！"

"你也不想想，都是谷族和荞族土司大院的新郎、新娘，不讲点排场、气派，能称得上大户人家嘛。"

"人和人，真不能比啊！"

……

喊喊喳喳，大惊小怪的说话声被一阵高亢、激越的唢呐声盖过去了，有懂行的老汉喊起来："摆嫁妆礼完毕，花轿队要来了！快去看班府的公主啊。"

看摆礼的人群顿时离开大院坝，争先恐后地涌向朝门，挤挤挨挨地往来路上赶去。婆娘媳妇们，比男子汉们跑得还要欢。她们一边疾步走着，一边你一言我一语地讲着闲言碎语："说是这班府新娘子，仙女般美！"

"花容月貌啊，你没听说？"

"走快点走快点，去抢新娘撒出的筷子。"

"最好抢一双！"

"抢着了就有财运。"

"还要盯着看新娘子下轿，看班府公主的一双脚！"

"不是让看漂亮脸蛋嘛！"

"你小伙子懂个啥子。脸蛋儿要看，一双脚更要盯紧！"

"这又是啥讲究？"

"嘿嘿，好好学着点。新娘子脚踩米筛，就说明今晚上新郎、新娘可以同房。"

"嗨，还有这讲究哩！新娘若不踩米筛呢？"

"那就说明新娘子身子不干净，月月来的那红娘娘来了，不可同房。"

众人听见了，发出一阵怪声怪调的哄笑，"哈哈哈、嘻嘻嘻、嘿嘿嘿"的，笑得前倾后仰，恨不得滚到地上去。人群调笑得快疯了。

韦寸同样站在人群里，往花轿将要抬过来的路口边走去。

他换上了一件谷族汉子的深蓝对襟新衣，披红挂彩，脸涨得通红。一是他有些亢奋、激动，他也想尽快地看清班林媚的脸貌；二是他一眼见到，田美贞同样跟着一群谷家女子，来看新娘了。

他没有想到美贞仍会走出来看新娘子。她心里是咋个想的呢？新娘子的年龄和韦寸相仿，媒人一会儿说班林媚是年方二八，一会儿说她才交十八。韦寸都搞不清了，她若是十八，就要比韦寸大上一岁；她若是年方二八，那就是十六岁，比他还要小。

不管她是十八还是十六，比起田美贞来，都要小十来岁哩！

欢畅嘹亮的唢呐这会儿改吹成"抬轿号子"了，走在前头专为八人花轿报路的汉子吆喝出长声吆吆的一句"报路歌"：前头一条道直通朝门啰……花轿便在声声有节奏的号子中，尽情地一阵抖动摇摆。看热闹的麻石堡乡亲们涌上前去，把花轿团团地围成一堆。

接亲的执事抖了抖手中的红绸，高喊一声："请牵娘上前！"

声音刚落，颠摇的两边晃动的花轿放在地上。一位穿红戴绿、胸前别大朵花儿的韦家中年女子走在前头，韦寸跟在她身后，来到花轿跟前。

脸庞丰腴、笑容满面的牵娘伸出手去，掀开了轿帘，清脆地叫一声："请新娘下轿！"

围观的人群中响起惊喜的欢呼声：

"仙女下凡啰！"

"真的是花容月貌！"

"看她那双眼睛呀，咋个亮得这模样。"

"还有脸皮，黝黑得透出水来。"

"活脱一个黑里俏！"

"好健壮的新娘子！"

……

韦寸在众人七嘴八舌的议论声中，也把传了又传的班林媚看清楚了，真个是百闻不如一见。

头戴鲜红鲜红露水帕子的班林媚，是个和韦寸差不多高的新娘，肩膀宽宽的，身子十分强壮，乍一眼看去，她的整个身形比韦寸还高大。大大的脸庞黑黝黝的，脸庞上的五官可说是无可挑剔的美，挺而直的鼻梁，黑白分明的大眼睛，微笑间露出两排雪白的牙齿。胸脯挺得高高的，她在下轿的一刹那间，目光扫过花轿前推搡拥挤的人群，笑眯眯地一点头，亮晶晶的眼神和韦寸对视的瞬间，韦寸已感觉到，她认出了，这副打扮的他就是今天的新郎官。

韦寸正要捕捉她的神情，她的眼光错开了。牵娘扶着她，往台阶上头的韦府朝门走去。

不晓得是牵娘有意识地仰着脸引导呢，还是班林媚真的没看见，她的一只脚重重地踩在朝门前的米筛上。

"踩米筛啰！"

"新娘一脚踩上米筛啰！哈哈哈！"

……

围观的人们发出阵阵惊喜的大叫声，簇拥着新郎新娘，争先恐后地往韦府大院的朝门涌去。

真个是前所未有的喧嘈热烈、喜气洋洋。

在一对燃烧得亮亮的龙凤大烛前拜了堂。韦寸早听人说了，谷族婚庆大礼这天，烛光愈旺盛，愈是意味着他和班林媚一生顺畅，白首偕老。

韦寸手执红绸的一头，站在堂屋左侧，班林媚呢，红黑红黑的脸被烛光映得亮堂堂的，手执红绸站在右侧。她腼腆而又羞涩地眨着晶亮晶亮的双眼，倾听着执事人高声诵读着吉言吉语：

天上七星下凡尘，

班府小姐韦家亲；

今朝是个好良辰，

前世姻缘今日成。

诵读完毕，执事人又用更高的嗓门喊着："奏大乐，放大炮，拜天地，拜祖宗，拜父母双亲，拜寨邻乡亲！"拜完，牵娘替林媚盖上盖头。

在一声又一声锣鼓唢呐的轰然响动中，韦寸脑壳里头啥感觉都没有，只是随着喊声，示意班林媚和他同步，不断地礼拜。

接着，仍由执事人指挥，新郎官要揭去四角扎了铜钱的盖头，而新娘呢，扯紧了盖头不让揭。这里头有个讲究，新娘若轻易让新郎揭去了盖头，就象征着从今往后，这个新家则一切要以新郎说了算。相反，扎了铜钱的盖头始终抓在新娘手里，那么，就意味着这个家以后由新娘做主。这也是谷族揭盖的谐趣。这规矩事前爹对韦寸讲过，十七岁的韦寸不以为然。他揭了两次，班林媚紧速着盖头四角的铜钱不放，他就撒手了。

这一细微之处，让看到了的小伙们一声一声地嘲笑：

"耳朵，耳朵，韦寸少爷耳朵！"

开筵席之前，新郎新娘还有一个必须要在所有在场客人面前完成的程序：喝交杯酒。当韦寸的手臂挽着班林媚，双双一道在人们的嬉笑拍手间喝小杯中的缠溪甜米酒时，他分明察觉了从班林媚眼间拂过来的素馨的气息，他还清晰地看见新娘子惶惑的眼睫毛。

谷家少女端上了一盆湿热的洗脸水，从盆里拧起一条新帕子，递给韦寸。

韦寸洗了一把脸，把帕子放进盆里，拧干了递给新娘。

新娘接过帕子，同样洗一把脸。

谷家少女从班林媚手里接过新帕子，顺手把水泼向一边，又将空盆端到新娘面前。

韦寸晓得，这是谷族大婚开席之前最后一道程序了。他盯着新娘子，看她懂不懂。

堂屋里外看热闹的乡邻们安静下来，都大睁着双眼，看莽族土司家公主懂不懂谷家人的规矩。

只见班林媚像想起了啥似的，从怀里掏出两块银圆，"咣啷"一声丢进盆里。

"哄"的一声，人们不约而同地捧腹大笑，认可新娘子的这一举动。

班林媚乐不可支地跟着笑起来。

韦寸当下转身就跑，愣怔了一下的新娘子叫出一声："慢走！"

也跟着往里屋洞房里跑去。

人们又一次爆发了哄堂大笑。

共洗一盆"和气脸"之后，新郎新娘得回新房"争床位"，哪个捷足先登，坐上床沿，那么就象征着这个家真正的主人，就是他。

韦寸方才没揭下班林媚头上扎着铜钱的盖头，如若再被新娘抢先坐上床位，那么，新郎官怕老婆"耳朵"的名声就坐实了。

当新郎新娘在所有客人的大笑声中跑进洞房去争坐床位的时候，执事人不失时机地向客人宣布："入席，上菜！"

三声锣响，盛大的婚宴就在韦府大院里里外外开始了。

九大寨卡邦寨的木匠蒙庆文果然名不虚传，不是"冲壳子"说大话，他最终完工的六尺六大婚床，不仅大气、牢实、稳固、凝重，还充满喜气，床头两边和靠墙的板壁，全都雕龙描凤，线条流畅精细，花朵物象一个个都生动传神，油上亮晃晃的生漆之后，更有股富丽堂皇的气息。

这会儿，在红烛闪烁的光焰中，帐帘上垂着的红幔，新娘子身上的红绸，更把闹过洞房的喜气，留在了新房中。

班林媚垂着双肩，翕下眼睑，一声不吭地坐在床沿上。

韦寸在一边瞅着她。就是这当儿，细细端详，韦寸还是看清了，这是一个宽肩膀、高个头的新娘。她要比韦寸平时见惯了的那些瘦小伶俐的谷族姑娘身架子都大。一人一头提着拜堂的红绸，喝交杯酒时挨得近时，韦寸就感觉到了，她的力气也大。没见她时，传过来的话都说她花容月貌，韦寸心里说，不能说她的貌不美，要说是花嘛，只能说是山坡上的一朵野玫瑰花。

从今往后，这朵黑玫瑰花，这个女人，就要成为他的夫人，和他一起，成为一千多大大小小谷族村寨的头目，以后接替爹和妈，成为这一方土地的土司。他和她合得来吗？她是个啥性情？她会听从他的吗？

韦寸一概不知，可她从今晚上开始，就要同他睡在这张新打的豪华的婚床上。韦寸有些不习惯，不自在。想想该没关系吗，在和田美贞睡在一起时，他对她不也是一概不晓得吗？只知道她是服侍妈的侍女、仆人。几次以后，和美贞就熟悉起来。她呢，天天和他在一起，同样会慢慢地相熟起来的吧。

这么思忖着，韦寸不知不觉就在新房里一步一步走动起来。身影被烛光映在墙上，好大好大的。

这间新房不是他原来的卧室，这是爹妈特地给他在韦府大院里辟出来的，比他和美贞睡的那间房要大。

"你咋个不坐？"班林媚的脸仰了一下，直通通地问他。

韦寸这才意识到，他在新房里来回走，有一阵了。他应了一声，同样走近床前，在崭新的婚床上坐下，和她隔开几尺距离。

她黝黑红亮的脸上浮起笑，抬眼望他一眼，又挑起了话头："麻石堡这边，有'花撩房'吗？"

"有的。"韦寸心里说，她咋问这个。

"你进去过吗？"

"没得。"

"嗨，好笑哩！那么好玩的去处，你竟然没去耍过。"班林媚一声讪笑，"你蒙哄我吗。"

韦寸眼前掠过一道银光，那是爹愤愤地扔到石板上马刀的光芒。进五寨的学堂读书接受教育之后，他倒不是恐惧爹寒光凛凛的刀锋，而是听进了老师的话，十三四岁，十四五岁，自己都还是娃娃，本该接受教育，识字、读书、演算，认识社会和世界，享受青春的欢乐。早早地贪一时之欢，生下一个娃娃在背上背着，在怀里抱着，是多么沉重的负担、多么残酷和非人的事情，这也是造成他们谷族老百姓一代不如一代，总是在非人的境遇中挣扎的根源。他们的人生有啥乐趣可言。

他望着班林媚泛着黑红油光的脸道："我真没去过。你呢，你去玩过吗？"

"去过啊！"班林媚笑吟吟地道，"好欢的。你真没听人讲过？"

班林媚脸上露出诧异之色。

"爹说我是下一代的土司，进不得那里面。"韦寸诚恳地道。学堂里老师觉得，那是造成谷族、莽族愚昧和落后的原因之一。韦寸在九大寨时对此已司空见惯，并无嫌弃之感。

"怪不得哩！"班林媚笑得更大声了，说话声气都提高了，"看见我你都怕，坐得那么远。我们做成一家子了，你来呀！挨近我坐。"

韦寸瞪大了吃惊的双眼，班林媚那么坦率，大大出乎他的意料。见她不但朝他热情地笑着，眼里还露出巴望的神情，韦寸迟疑了一下，坐到她身边去。

"对啰！这才像两口子嘛。"班林媚见他一落座，身子就往他靠过来。她的身上有一股好闻的姑娘气息。

韦寸一转脸，只见她黑亮黑亮的双眼瞪着他，黝黑泛光的脸颊往他的跟前凑过来。韦寸不习惯这种赤裸裸的亲昵，把脑壳稍稍偏了一下，班林媚双手搂过来，搂住了他的脖子，笑道："瞧你呀！见了我还怕呢。真是个童男子哩。"

话音刚落，她就嘟着两片嘴唇，热辣辣地在他脸上落下一个又一个有滋有味的吻。

韦寸开始有点猝不及防，旋即觉察到她的肤色虽然是黑红黑红的，却是出奇的细腻凉爽，挨近了前所未有地舒服。他张开了嘴，从接受她的吻开始，报以同样热烈的亲吻。

他的亲吻顿时获得了班林媚赞赏般的呻吟，她整个身子贴近了他，在他身上抚摸着。她的巴掌大而有力，整个体态柔软硕大，韦寸非得使出很大的力气，才能把她紧紧地抱在怀里。

烛焰闪烁着，时而"扑哧"地低响一声，把新房照耀得雪亮一片。

韦寸脑壳眩晕了，眼前闪闪烁烁地直冒金星银星。他随着班林媚滚倒在婚床上，手脚慌乱地抖开了崭新的散发阳光香味的被子。他听见她急促的呼吸，她的嘴里一定咀嚼过啥山野里的果子，有一股诱人的果香味，还有点潮湿。她的两片嘴唇凉凉的，一双眼睛似会放光般望着他，那眼光里有柔情，有欲望，有火。

她浑身上下的皮肤、黑和红的脸颊同样滑净凉爽。给韦寸印象最深的是她两条光溜溜的胳膊分外有力，她始终摆动两条手臂采取着主动，还有她宽宽的肩膀。和身子的结实、动作的敏捷形成鲜明对比的，是她丰满的体态却比棉花还要柔软，柔软得韦寸总感觉自己会把她压垮。

手艺精湛的木匠打的婚床真的好，不光壁上的每一幅雕刻都栩栩如生，活灵活现地凸现出谷族人自古以来期待的寓意，还以枝头上的鸟雀争食、草地上的双鹿喝水、兔儿栖息给人以赏心悦目的感觉。

新婚之夜，韦寸只觉得自己始终是在甜蜜的梦乡里狂欢。他一会儿觉得自己是在潮湿的缀满露珠的草地上嬉戏，一会儿觉得自己骑在健壮的奔马背上飞跑，风儿在耳畔劲吹，时而还有雨丝拂来，空气中总是弥漫着醉人的酒香和九大寨人逢过大年时才能品尝的菜肴的肉香……

清晨醒来时，麻石堡韦府大院清新的空气中仍然还有婚宴上的肉香、鱼香和酒香的余味。是晚秋了，裸露在被窝外的一条臂膀有点冷，韦寸睁开眼，从红被窝的颜色上顿时醒悟到床上还躺着一个人，那是他举办了盛大隆重的谷族婚礼娶回来的土司夫人，莽族大土司班兴友的公主班林媚。她仍蒙头睡得香，半边脸都缩在被沿里边，一绺乌黑发亮的头发披散在绣枕上。

韦寸伸手摸了一下她的头发。她的头发一根根粗粗的，和田美贞细柔弯曲的头发不一样。真的不一样哩，同样是女人，无论是身架子，是脸貌上细微的表情，是体态，是皮肤的颜色和手感，是身上散发出来的女人的气息，给韦寸的感觉，都浑然不同。而今，班林媚这么近地和他睡在一张婚床上，他都和她亲昵过了，韦寸却仍有种陌生感。

他会不会和她一天一天地熟悉起来呢？他会不会也像他对美贞一样，逐渐产生一股说不清道不明的情愫呢？

韦寸眨巴着双眼，陷入了沉思默想。

红红的被子扯动了一下，韦寸转脸望去，班林媚陡地一下从床上坐了起来，刚睡醒的双眼眨动一下，满脸透出笑意说："你醒啦！为何不叫醒我？"说着，不等韦寸回话，她转过脸去，从枕下的一只小绣包里，掏出一颗小果，放进嘴里咀嚼，对韦寸道，"张开嘴来。"

韦寸不解地瞅她一眼，微启自己的双唇，班林媚又取一颗小果，塞进了韦寸的嘴里。

一股清凉微爽的滋味在韦寸嘴里弥散，还有点儿甜味。

远远地，麻石堡寨子上有鸡啼传来，时而还有狗吠声。树枝上的雀儿，不甘寂寞地叽叽喳喳地叫着。

天亮了，新房里不亮烛，不点油灯，光线不似昨晚那么亮堂，韦寸还是能清晰地看清班林媚的脸貌。

裸露着上半身的班林媚是个标准的莽族美女子。她的肩膀圆实浑厚，看得出关节大而匀称，从肩膀到前胸曲线柔美。最突出的是一对硕大高耸的乳房，沉甸甸的似两只大梨托在胸前，乳头挑逗一般翘得高高的。黑红黑红的脸上透着青春的光泽，像抹了一层釉彩，粗硬的黑发随意地披散在双肩上。鼻子较宽，下颌略大些，可五官起伏有致，好耐看。韦寸心里说，看见她的人说花容月貌，大概就是指她相貌引人吧。

"憨乎乎地盯着看啥？"班林媚一声斥责，嘴角一翘道，"坐起来，挨近身边。"

韦寸顺从地坐到她身边去，班林媚扯过一只松软的枕头，递到他跟前："放在你身背后，靠一靠。"

韦寸刚依她的话倚靠着床壁，班林媚移动一下身子，坐到他身前，往他的胸前一倚道："抱着我。"

韦寸从她宽厚丰满的后背伸出手去，搂住她的前胸，两只手分别握住了她的两只鼓突的乳房。他觉得她的乳房比美贞的大得多。

"这样子才对嘛！"她轻笑一声，转了一下脸，把脸庞靠近他下巴，"我问你，昨晚上，你睡得香不香？"

"睡得好。睁开眼，天蒙蒙亮了。"

"是呀！我是问，你说我们新婚第一夜，我都在下轿时踩了你家米筛了，你欢不欢？"

"欢。"韦寸的脸红热起来。

她又一声欢快地笑："你真是一个童男子，现在我信了，你真没进过'花撩房'，活脱一个童男子！"

韦寸听得出，她是由衷的感觉欢喜和快乐。他不由得问："你进'花撩房'，和人做过？"

"是啊！不过，从去年冬月腊月，我爹起意要找亲家，我就没去过了。"班林媚率直地说，"快一年了呀！昨晚上床以后，我就急着要用你试试，看你行不行。我还怕你没进过'花撩房'，啥都不懂哩。"说着，班林媚整个身子舒展开，躺在韦寸的怀里，心满意足地道，"要啥都不懂，多懵啊。这会儿啊，我心安了。"

班林媚说完，一双黑亮黑亮的眼睛睁得大大的，眼皮翻起来："新郎官，你晓得，媒人去了我家，是怎么夸你的吗？"

"都是爹和妈在做主，我连媒人是男还是女都不晓得。"

"那么，"班林媚伸手一把抓住了韦寸的耳朵，揉摸着，"你也不曾听到媒人怎么说到我们班府吗？"

韦寸又想起了夸她"花容月貌"的话，说："只是说你长得像仙女……"

"你看像不像？"

"比仙女还要好。"

"嘀呀，你的嘴好甜呀！哈哈！"班林媚"咯咯咯"清脆地朗笑着，一个扑腾回转身来，捧起韦寸的脸又是扎扎实实亲了几下，"说得我的心都欢得跳不停。"

韦寸没觉得自己嘴甜，他讲的是大实话，仙女对于他来说，是谷族神话传说中的，从来没见过。而眼前有血有肉有温度的班林媚，是活灵活现的。

班林媚往韦寸的身上一依，一只手搂住韦寸脖子，一只手在韦寸胸前抚摩着，慢悠悠道："媒人把你夸得可神哪！说你被送进五寨的学堂，读过不少书，能文又能武，识得汉字，懂得汉族礼仪，还见过洋人。洋人长什么样啊，韦寸？"

这是她第一次唤他的名字。

韦寸淡淡一笑，说："传得太玄乎了。媒人说的一定是五寨上的尖顶经堂，那里头确实有个罗司铎，是个洋人。五寨街上，好些人见过他呀。"

韦寸说的意思是，这也没啥稀罕的。

班林媚的脸转过来，手搭在韦寸肩膀上，直对着他耳朵说："我没见过呀。给我讲讲，洋人长什么样？"

"头一次见到洋人，是好怕人的。一大把胡子把下巴都遮没了，一直拖到胸前。一双滴溜溜圆的眼睛蓝绿蓝绿的，鼻子又高又尖……"

韦寸忍不住用手比画了一下。

"眼睛到底是蓝颜色还是绿颜色？"班林媚听得兴起，盯着问，"绿是绿，蓝是蓝呀。"

韦寸摇着脑壳："我只晓得他那眼睛，有时候闪蓝光，有时候又是绿颜色的。"

班林媚一脸狐疑："真怪！嗳，以后我随你去五寨，能见到他吗？"

她显然充满了好奇。

韦寸没把握地说："该能见着的吧！对了，爹好像认识罗司铎的。"

"那好啊!"班林媚兴奋地叫起来,"过两天去五寨时,让爹带我们去见见洋人。你不晓得,在我们莽族那里,把洋人和你爹都传得神乎其神的。"

"洋人嘛,还有点讲法。"韦寸不解,"我爹不是和你爹一样,只是个土司。"

"那不一样嘛,我们班府祖上,是打打杀杀拼出来的。"班林媚认真地说,"讲起谷族韦家土司,说你的祖祖就很神呢!"

看班林媚一本正经的脸色,韦寸忍不住问:"神在哪里?"

"听说,除了英武之外,"班林媚的眉毛一掀一扬地道,"还有一道救人命的绝活,好些人不是因他的刀啊剑啊耍得凶才服的他,而是被他从鬼门关口救了回来,才对你韦家大院感恩戴德,心服口服,听韦府的话。"

韦寸讷讷地道:"是这么传的吗?"

"你还不想讲给我听啊!"班林媚尖脆着嗓门叫起来,"跟你讲啊,我还想到班府娘家回门时,给家人讲讲呢!"

韦寸笑了笑,心里暗忖,等白天抽空问一下爹妈,再对班林媚讲也不迟,于是岔开了话题道:"你说回门,我也要去吗?"

"当然啰!莫非连这你也不懂?"班林媚锐利的目光扫到韦寸脸上,"莽族有规矩,新娘子嫁到婆家,住满三天,就要让新郎官陪同着,回到娘家!你这个新郎,还没见过我爹吧,更该去了。"

"要得。"韦寸答应着,"这倒是真要得。"

　　"嘻嘻！"班林媚欢欣地笑了，"我们起了吧。我爹关照的，大婚第二天，要早点起给你爹妈请安的。"

　　两个人又紧搂紧抱地亲热了片刻，起了床。

　　从韦府大院的大屋那边，飘来了阵阵油炸粑的香味。

第四章 | 回门

听妈讲了两件近乎传奇的往事，韦寸只觉得脑壳里茅塞顿开，一下子眼光看得远了，心胸开阔了……

男和女　　两地分开

俊和丑　　各有模样

仙造人　　还都成婚

让人烟　　世代长久

挑剔者　　反得丑妇

乱讨的　　得好姑娘

贵斟酌　　反而上当

命注定　　没有话讲

　　　　　　——水族双歌《开天地　造人烟》

　　韦寸的祖父确实是个声名远播的人物。

　　班林媚嘴里说的祖祖，就是妈宋庭竹说的祖父。

　　一家人团团围坐的饭桌上，韦寸说班林媚向他问及，祖父那一代起，就传他有一门绝活，不晓得说的是啥子事情？

　　爹抿一下嘴，还没开口，妈就把话接过去了。妈是汉族，她的父母那辈人，就居住在"黔之腹，滇之喉"的旧州城里。要追溯妈的祖上，得讲到五百年前的大明王朝建朝"调北征南"的往事了。妈仍照着汉族习惯，称祖祖为祖父。

　　韦寸的祖父称"韦识仙"，很多人并不晓得他真正的名字叫韦石山。只因为他有那一门能救死为生的绝活，才有了"韦识仙"这个雅号。

　　他识得啥仙呢？

　　这仙并非指的仙人，腾云驾雾的神仙，而是指的他能识山野里的仙草，稀罕的救命仙草。那可是韦石山死里逃生觅得的。说在一个大热天，喜欢在九大寨山岭深处采集蘑菇、莓子的韦石山，脚踝上陡地被啥虫子蜇了一口，定睛望去，是一条色彩花哨的剧毒蜈蚣！一怒之下，韦石山挥起砍刀就朝慢悠悠往草丛中逶去的毒蜈蚣砍去，顿时就把它斩成两截。低头看去，被蜇的脚踝瞬间就红肿起来，一阵阵痛得脚上火灼一般。他惊觉是被山上夺命的花蜈蚣咬了，摇晃间要跌倒时，一眼看到花蜈蚣扭动在阳光下的半截身子，沿草丛边蠕动着来到一株草叶边，噬咬着那小小圆圆的绿叶子。更令他吃惊的一幕出现了：吃下了草叶的毒蜈蚣又慢吞吞蠕爬回来，准确地和下半截身子对接在一起，没等头昏眼花的韦石山看个明白，连接在一起的毒蜈蚣在簇簇的草丛中消失了。

韦石山被毒蜈蚣蜇过的脚踝越肿越大，他意识到自己是被九大寨乡民们说到的绘彩毒蜈蚣伤着了，那就是，过不了今晚，他的命就要归天了！

冥冥之中，他似有神灵的启示庇佑，他眼前闪过道道白光，恍恍惚惚意识到自己要死时，他不顾一切朝花蜈蚣咬过的草叶扑去，心中闪过个念头：我也吃它一口……拔起那绿得透明发亮的圆圆小草叶，放进嘴巴里使劲地咀嚼，直接把草叶子的汁液都咬出来，嚼烂嚼碎。也在这当儿，他倒在了草丛边的山道上。

日光偏西的黄昏时分，峡口那边的风把昏睡过去的韦石山吹醒过来。他坐起身来察看，被毒蜈蚣咬过的脚杆恢复了，只留下了两个依稀可辨的齿痕。细细回想自己被毒蜈蚣咬倒的那一幕，韦石山在原地草丛中打着转转寻找那一株株草叶，并采集了几株，带回了土司王府。

　　他用那采回来的圆溜溜的草叶泡上酒，逢到麻石堡、九大寨的寨邻乡亲被毒蜈蚣咬了，他就让人喝这酒。起先只是试探着让受伤的人喝，等到所有喝过的谷族乡亲一个个都救活过来了，人们便一传十、十传百地传开了，传得活灵活现，传得如同他有仙人指点。

　　有人想要看土司王韦石山泡在酒坛子里的草叶是啥模样的，同样到山岭里去寻觅。韦石山从不示人。酒坛子是双口密封的，坛沿里用清水一年四季盛着坛盖。那坛盖如同一只倒扣的碗，酒提吊出来，坛盖就盖上了，这样，泡着草叶的酒就不会跑气。

　　妙也妙在这里，不多不少，一提酒倒进小酒盅，一口喝下去也好，分几口喝完也好，被咬过的伤者便解除蜈蚣毒，活过来了，起死回生。

　　真像山歌里喝的：仙草一株人还阳。

　　久而久之，人们见到韦府大院的土司王，不再喊他韦石山，而称呼其"韦识仙"。正好叫起来差不多。

　　"韦识仙"把土司王位传给韦一夫时，同样把这秘方传给了韦一夫。先是不动声色带着韦一夫上坡去寻觅辨识这奇妙的仙草，待他学会了采集仙草，回到府中再教他如何泡酒。

　　这一秘方，大大提高了韦府大院在九大寨的名望。从"韦识仙"这一代土司开始，传给韦一夫，父子二人就不仅仅只像世袭土司爵位的祖先一样，靠耍刀弄枪，靠大院卫队人数的众多、拼杀的凶猛而管辖着九大寨的一千几百个寨。尽管"韦识仙"和韦一夫仍然武艺高强，勇猛超人，但谷族的寨邻乡亲，更觉得他们在危急时还能让人起死回生而心生敬畏，并因此臣服于他们。

韦寸听着妈一五一十把这段家族秘史般的往事道来，用敬佩的目光瞅着妈。怪不得人家说妈是出生于旧州汉族的名门世家，瞧，她不慌不忙地娓娓道来，侃侃而谈，没啥多余的话，却让个新进门的儿媳、莠族土司的公主班林媚听得津津有味，饭也不吃了，睁着一双黑白分明的大眼睛，目不转睛盯住了妈的脸。听完之后，她双手拍着巴掌欢叫着："那么，爹，往后你也要把这一手绝活，教给韦寸啵？"

"那是当然。"韦一夫笑了，"就等你们成亲这件大事办完了，谷族和莠族两大家，有不少事情要交接哩！"

"要得，要得！"班林媚笑得合不拢嘴地说，"怪不得我爹说韦家了不得，魔公、鬼师、巫婆都救不活的遭毒之人，你们都有办法把人救过来。凭这门绝活秘方，韦家土司管保世代相传，香火旺盛。不像我莠族班府，爹总是哀叹，只剩下我一个女子，如何完成代代相传的祖业。韦寸和我去回门时，就能看出来了。"

"是难啊！"韦一夫显然没想到新进门的儿媳会讲起这么重大的话题，接话道，"还是去年我和你爹筹措你们这门婚事时，就讲起这个话题，你爹啊，他是对你三个堂兄不信任。"

"我爹今年的身体，和去年又不能相比了。"班林媚接过话头道，"咳得凶，喘得更厉害。他就等着回门时，见韦寸这半个儿子一眼。"

韦寸真没想到，吃个早饭，和爹妈坐一起，本来只是随便聊个家常，没料年岁同他差不多的班林媚，说着说着，讲起这么沉重的话题来了。

"是啊，而今眼目下，世道已远，不是祖父'韦识仙'的年头了。"韦一夫随而道，"京城里的大清王朝被掀翻了，掌握兵权的那些人，还有革命党，都在凭借雄厚的实力，你抢过来，我夺过去，不晓得争出个啥结果。我们这些偏居国家西南大山小山的土司王朝，只怕也难保啊！"

说着，韦一夫苦笑一下，脸色垮了下来。

韦寸似在听爹讲远在天边的事情，但是，咋个……远在天边的事情，也同自家谷族土司有关呢？这真的是"权、权、权，命相连"哩！

他用充满疑惑和不解的眼光望着爹。

显然，班林媚比他要更能理解爹说出的一些话，她的双眼闪着波光："九大寨也有难处？"

韦一夫把一只大大的巴掌推到桌面上，叹一口气道："唐、宋、元、明、清，千多年来的土司王朝，变大味道了。几百年来施行的改土归流，汉族的流官，早就把他们的做派，浸透进了我们这山水遥远的化外之地。不说远了，那一条滇黔两省的五尺古驿道两边，近到我们眼前的五寨，就派来了一个杨提督，还有教堂里的罗司铎，连洋人势力都插进来了！"

韦寸和班林媚交换了一下目光。班林媚还好奇呢，以为见到洋人是一件好玩的事。没想到，爹嘴里讲出的罗司铎，完全是另外一种样子。

"洋人只来了一个，也很厉害吗？"班林媚充满了新奇地问。

韦寸觉得班林媚问得好，那洋人长相是怪，见过他的人都说他丑。他本领再大，不就是一个人嘛！

"莫小看他一个啊！"韦一夫说，"他那教堂，占的地盘不小啊。"

这回韦寸更不解了，他提出了问题："不是说只要是九大寨地方，所有的田土山岭，还有树林河道，都属于土司王府吗！那该是我家的呀！"

韦一夫摇了摇头，又摆摆手："早不是了！罗司铎从那个叫杨荣之的提督那里要到了地，你们要不要听听洋人是如何把地要到手的？"

"要啊要啊！"班林媚显然听出了滋味，一迭连声说。

韦寸直点头，表示自己也想听。

韦一夫喝了一口碗里的荞米苞谷稀饭，又擦燃了火柴，把火柴梗放在桌子上，"吧嗒吧嗒"咂巴着开蓝花儿的叶子烟，眼皮掀起来又盖上，没有马上说话。

宋庭竹瞅了他一眼，把自己跟前的碗往一边推了推说："还是我来讲吧。"

韦寸的眼角感觉到一个人影闪过，他定睛望去，美贞不知啥时候从门口进来了。她远远地站在妈身后的一侧，双手交叉放在微微腆起的肚皮上，表明她是在等着侍候妈。

宋庭竹也看见她来了，手向她指了指，给儿媳道："林媚，这是我房里的侍女田美贞。"

班林媚点着脑壳，黑黝黝的脸上浮起一点笑，重复了一声："田美贞。"

美贞朝前走了半步，弯下腰施了一礼："林媚公主好。"

林媚赞了她一声："好白净的女子。"

宋庭竹开始讲起了罗司铎从清朝末代官员杨荣之提督手里要地的故事。

那时五寨街上还没有现在这样热闹和繁华，不过四乡八寨来赶场、寻生计的人已经多起来了。也不知这个长相怪怪的罗司铎是从哪里冒出来的，人们纷纷传说着他的面貌如何奇特，待人却是和善的，见人到了跟前就笑，看见什么都要问，都感觉稀奇。一次两次，多次见过他之后，人们也都见怪不怪了。有人说他从老远的英国来，不必大惊小怪的，紫云四大寨那边的苗族地方，也来了一个长相怪异的法国人，不过是个女的，有人喊她伍小姐，还有人叫她伍三娘的。霸着山头城堡里的大罗山，还把她视若上宾呢，客气得很。听说他们都是到云贵高原的大山村寨上来讲道理的，不干缺德的事，光干对苗族、布依族、彝族、谷族、基诺族、莽族乡民有益的事。给大家讲经、讲道理，看见在大山深处居无定所的猎户跑到街上来，讨吃要饭的娃娃，穿着马笼头般的破衣衫，头上包的帕子像鸡肠子，还有穿草衣、披蓑衣、背着弓箭猎网的穷汉子，罗司铎还施舍，给他们买米糕、粑粑、苞谷荞米饭吃。他还收养无家可归的娃娃，孤儿寡崽四处流浪的，他都收拢来住到租住下来的栈房里，供吃、供住，还给他们买来衣裳、铺盖。

也不晓得他那么多的钱是从哪儿来的，只听说求到他的穷苦"老干人""穷棒槌"，他一概都收留，还说主会把恩典赐给他们的。

听说朝廷派来的杨提督接到上头的传令，要善待他。

他也专程到杨提督的衙门里，拜访过这位朝廷派来的官员。

杨提督对他说："听说你讲经时，还经常拿饼干、牛奶，开水给那些'穷棒槌'吃，吃过的人都讲比麻饼、酥食、油炸糕还好吃呀！你尽给这些化外的夷民做好事，需要什么帮助啊？"

罗司铎回答道："都是主的恩典。要论帮助嘛，我现在住的地方，还有收留的主的这些子民，都住在我租借来的栈房里。我想盖一幢房子，遮风挡雨，也供无家可归的孤儿寡崽们食宿。"

杨提督问："盖房子要多大一块地呢？我给你。"

罗司铎拿手比画了一下说："要一张牛皮量得下来的地就可以了。"

杨提督哈哈大笑说："好，好！满足你们主的心愿，就给你一块这么大的地，你去盖房子吧。"

罗司铎加了一句："盖起了教堂，那教堂的地就归属我们教会啰？"

杨提督手一挥道："大清帝国，幅员辽阔，疆域直达天边。你只要一小块牛皮量得下来的土地，区区小事，给你，都给你！"

罗司铎笑眯眯地说："我听说这里的土地都属于九大寨韦府大院的土司官管辖……"

杨提督不等他说完就打断道："那是朝廷委托他管辖的。你尽管去量你的地，我来对韦一夫土司讲。"

过了些天，罗司铎请来了杨提督，杨提督把韦一夫土司也请去了，说是罗司铎请他们吃牛肉宴。

他们一行人一起来到了放牛坝，一片九大寨五寨附近平顺的山地上，当着众人的面宰杀了一头黄牛。黄牛肉当场用清水炖来摆起长桌尝鲜。黄牛皮铺在草坡上用泉水清洗干净。

杨提督转脸对韦一夫笑道："看这洋人如何在这一张牛皮大的地基上盖他的房子。"

罗司铎拿出他带来的酒，说这是他从自己国家漂洋过海带过来的苏格兰威士忌，和九大寨的烧春酒一样香，风味却不同，尝尝。

清水煮牛肉蘸水豆豉，味道鲜美奇特，有点辣，有点九大寨苦葱香，有牛肉的嫩香，又配上洋酒，有刺激舌尖的回味。刚吃上兴头，罗司铎取出两把尖长雪亮的剪刀，递给随同他来的下人，两个人走到晾牛皮的小坡上，埋头剪起牛皮来。慢吞吞地，那牛皮不好剪。

等到一瓶苏格兰威士忌喝完，众人在临时摆设的长桌旁吃饱了。

两个剪牛皮的下人挽着两大圈牛皮绳，走到长桌前来向大家展示。

哇，一张牛皮被他俩剪成比筷子还细的皮绳子。

看得杨提督和韦一夫不知怎么回事。

罗司铎不慌不忙吩咐说，就从这个地点开始，拿着牛皮绳，绕着放牛坝走一圈回来。

于是乎，一个汉子拿着牛皮绳的一端，另一个背上牛皮绳，绕着放牛坝宽大辽阔的土地，走了一大圈。

所有人的目光追随着绕圈的汉子，只见他越走越远，越走越宽。他肩膀上架着的牛皮绳，慢慢地逐渐缩短。

待绕圈圈的汉子走回到长桌跟前，罗司铎笑眯眯地站起身来道："说出来的话，泼出去的水，收不回的。杨提督，这一块牛皮量下来的土地，就属于我们的主和他的子民了。"

杨提督目瞪口呆地看着这一幕，拉长了尴尬的脸道："不就是块放牛吃草的地儿嘛！它还在我们韦土司的地盘上。"

放牛坝这样一个四面环山，平顺而又绿草茵茵的地方，就成了教会经管的地方。罗司铎在这里建起了一幢别致的尖顶教堂，在属于他的经堂里，讲经上课。而教堂周边的土地，就成了庄园。庄园里有菜园，喂鸡鸭牛羊，还种田，供教堂里的人们吃喝，还赚钱。钱赚多了，罗司铎再去购买土地，把田地租给那些家里没田没地的"穷棒槌",像地主老财一样收取租子。

没多少年,教堂的财力越来越雄厚,教会的势力越来越大。杨提督成了教堂里的常客。连土司府土司韦一夫,要在九大寨范围内办点啥事儿,还得找到五寨去,同杨提督和罗司铎商议商议。

一顿早饭,听妈讲了两件近乎传奇的往事,韦寸只觉得脑壳里茅塞顿开,一下子眼光看得远了,心胸开阔了,看着原先十分熟悉的九大寨,也好像不一样了。

班林媚似从梦中醒过来一般道:"好厉害的洋人啊。"

韦一夫把面前的碗筷收拢一下道:"就像流官一点一点削弱土司的权势那样,现在啊,官府和教会,也在把他们的爪爪,伸进九大寨来。土司府得适应这种变化啊,你们一点一点地熟悉起来吧。走,看一下韦府大院的朝门去。"

说着,离桌站起来。

"昨天随执事人的喊声走进韦府大院这个朝门,我心里就想问,"来到朝门口,班林媚又把心中的疑问提出来了,"为啥进朝门要拐这么一个弯,还得去这高高的九级台阶呢?"

宋庭竹问她:"你觉得费劲吗?"

林媚摆手:"只觉得费事,力气我倒是有。班家荞族土司的大朝门,就直对着宽宽的门前坝,迈腿就进去了。"

韦一夫站在九级台阶中的拐弯处，指点着朝门高处和左右两侧的三个比铜板略大的洞说："看见这三个孔孔了吗？"

林媚顺着韦一夫的指点，看清了以后皱起眉头问："这是留来通风的吗？"

"防强盗、土匪和想打进来的贼的。"韦一夫说，"械斗、拼杀、抢劫的风刮得凶时，有人想来打家劫舍，冲进韦府大院来，只要有三个家丁，一人一杆枪，守住这三个洞子，关严了朝门，再凶狠的歹徒，即便冲上了台阶，一露头，一枪就把他打下去了！"

"嗨，还真是这样呢！"林媚的双眼顿时变得辉亮辉亮的，"真有强盗来，给我一杆火铳，我都能把龟儿子打下去。"

她这话一说出口，不但和她新成亲的韦寸，就连韦一夫和宋庭竹，还有随他们走到朝门口来的美贞，都从不同的角度，对她那种飞扬的眉眼瞅了一眼。真是个非同小可的土司公主。

韦寸心里说，这个新娘子，土司家的公主和儿媳妇，看来以后真能助自己一臂之力。

韦一夫赞许地点着头，用欣喜的目光瞅着她道："我听你爹夸过你，说你骑马、耍刀、打拳、开枪样样都行，只有你这么一位公主，他是把你当男儿哺育的。你看看我们这韦府大院的房子。"

韦一夫半侧着身，一一指点着由低及高，顺着山的坡势建起来的韦府大院麻石巨木结构房屋，说了起来。

　　韦寸从小就在这幢大院里长大，可说是高高低低、里里外外都不陌生，但是经爹指点着青瓦盖顶，牢实凝固的麻石打地基，两侧建有封火墙的房屋，一一道来，还真觉得自家的大院，既有谷族人家的特色，又汲取了汉族房屋的优势，像座碉楼般，耸立在麻石堡寨子上，傲视着整个谷族人家哩。

　　不说别的了，光是前后两个院坝，就既不同于谷家院落，又不似汉族的几间房屋，而是有高有低，一个呈长方形，一个呈四方形，显得既气派又有层次。两大院坝的周边，全是一间一间的房屋，让人感觉数也数不清。

　　而正对朝门的堂屋，则包含了接待客人、家人交流、合家吃饭、休息闲聊、婚丧喜庆所有的功能。

　　林媚越听越觉得欢喜兴奋，两条有点显浓的眉毛不时颤动着。

　　韦一夫在介绍完毕之后，用一句话交了底："你们的祖父，我的父亲韦石山，为建这个大院，费尽了心思。建造完成之后，他就上奏宣慰司，把土司席位传袭给了我。以后，还要传授给你们。韦寸和林媚，你们俩就慢慢学着点吧。"

　　林媚当即用脆朗的嗓音道："还望爹多教教多带带我们。"

　　韦寸只朝着爹和妈鞠了躬，一句话也没讲。

　　韦寸的眼角看见了，自己鞠躬的时候，一直陪侍在旁的美贞，也跟着作了个揖。

　　韦一夫和宋庭竹交换了一下眼神，宋庭竹开腔道："韦寸，你再和林媚在麻石堡转转，让她熟悉一下街面。"

"爹还有啥吩咐？"韦寸恭顺地问。

韦一夫的目光从韦寸身上，转到林媚脸上，还往一边的美贞瞥了眼说："住满了三天，韦寸你还要陪着林媚回门，这两天里，白天和夜晚，你们不要太累着了，歇着身子。"

宋庭竹接嘴对林媚道："对了，林媚，你空下来到我屋头来一下。"

"干哪样，妈？"

妈嫣然一笑："回门时，我们两老还要给亲家公、亲家母回点礼啊！你当公主的，给我讲讲，送啥子好？"

回门的路山高水远，一路都是险途。

麻石堡派出去接亲的队伍，新娘子要坐轿，去得去三天，回程又是三天，足足一场的时间。

回班府娘家的门，闷在花轿里那么长的时间，新娘子班林媚再不要坐轿了。她执意要同韦寸一起骑马去，说这样，去只消两天，回来也只要走两天，既节省了时间，又少受了坐轿子的折腾。

韦寸依了她的主意，问她，骑那么长时间的马，你受得了吗？

她挑衅地回了韦寸一句："只怕在山道上跑起来，你还跟不上我。"

韦寸将信将疑地望她一眼。

上了路，韦寸信服了，新娘子骑上健壮的川马，无论走的是宽敞的马车道，还是坡上弯弯拐拐的猫狗小路，她都一阵风般跑得飞快。尤其是上了马之后，她就背上了弓箭，挎上了马刀，顿显出一股英姿飒爽之态，令韦寸刮目相看。

成亲之后，他俩连续三四天日日夜夜待在一起，她说不像他那样进五寨的汉人学堂读过书，可当土司的爹从小把她像男崽崽一样带在身边，在班府院内训练，上山打猎，钻树林，喝山涧里的泉水，一般的莽族汉子还不是她的对手。她是班府土司的公主，没有亲兄弟。但伯父家有三位堂兄，班大虎、班二龙、班三豹，大伯自小把这三兄弟当成武将培养，说长大了就让这三兄弟辅佐当叔叔的班兴友，统领莽族的武装，管辖好莽族方圆团转的几百个村寨。班林媚和三个哥哥在一起练拳习武，和三兄弟过招时，还经常和他们中的任何一个单挑能打成平手。

新婚几天中，韦寸和林媚在后头的大院坝练身手时，果然看到，提了刀剑长枪上场的林媚，完全是个汉子的模样，况且她长得黑，舞动起刀剑来，野得很。韦寸和她对试身手时，都不易占上风。

把个站在楼道暗处观看的美贞，惊得脸都变了色。

韦寸心里忖度，和她相比，他不过在识字读书和思考方面，比她强一点罢了。

爹妈在他俩临行之际，叮咛了又叮咛，还亲自做了细微的安排。两天的路程，爹派出了二十个汉子做儿子儿媳的护卫。武艺高强的韦开亮带队，有蛮力又敢冲敢拼的耿老贵、韦二憨都派上了，还有行事细心、多少有点智谋的木匠蒙庆文，一来年岁大点，二来性格稳得住。

一路上万一碰到点啥事儿，爹嘱咐韦寸要和蒙庆文多商议，说他终究比其他人经得多一些。当天夜里，就在头寨土目韦二叔那里住宿。

离开韦府大院之前，爹把韦寸喊进屋内，说："礼品的事你妈会关照林媚，你不必多操心。出门在外，虽是到岳父母老泰山家中去，你仍得睁大眼睛，眼睛多留神角落，耳朵静察四周动静，时时处处警觉一点，不要让自己和新娘子受到伤害。"

说着，爹掏出一把手枪递给他，放低声气让他揣好，万不得已时可以防个身。"韦府中唯一的一杆钢枪，交在韦开亮手中，其他汉子带的都是长枪短刀、火铳。山外头的世界，洋人们手中已经有了连续扣发的机关枪了。我们九大寨，有杆钢枪，还是稀罕物。爹托付了你妈老家旧州的亲戚，再去买点钢枪回来。保家护院，九大寨需要啊。"

经爹这一异乎寻常的嘱咐，韦寸不觉得回门是件好玩好耍的事了。他握着爹揣进他腰间的小手枪，觉得这把小小的手枪沉甸甸、沉甸甸的了。

爹悄悄买回这把手枪和子弹，他是晓得的。跟着爹到山岭上树林边练习射击时，他只打过几枪，勉强学会了打枪。莫非，这一次陪伴林媚回娘家，拜见岳父母，还用得着这玩意儿？

爹把话说完，退出屋去。韦寸一抬头的当儿，竟然见屋角晦暗处，田美贞的身影一闪，朝他走来。

新婚成亲几天工夫，都没面对面和她交往说话，韦寸几乎时时处处都和林媚形影不离地待在一块儿，也没时间顾及她，只在练武耍刀，或是在院坝里走动时，不经意间会瞥见美贞的身影。

这会儿她走近他的跟前，韦寸竟有些骇然和惊喜。

她飘然而至，韦寸轻唤："美贞……"

美贞脚步轻柔地走到韦寸跟前，她径直挨紧了韦寸的身子，圆圆的洁白的脸颊贴到韦寸的脸庞上来，倏地一下，便退了回去。

韦寸愕然望着美贞，他清晰地感受到了从她的身上拂过来的气息，温馨的、柔情的、芬芳的，他似乎还听见了她嘴里低微的叹息和耳语，听来既像是浅笑，又仿佛啜泣。韦寸瞪着她的脸庞时，还看见了她眼睛里噙满了晶莹的泪。一瞬之间，短促得不等韦寸回过神来，她又像刚才忽然出现时一样，走开去了。

泥塑木雕般站着的韦寸心头掀起波涌似的发着呆。是的，美贞的喘息和她身上女人的体味，和这几天差不多时时刻刻在一起的林媚的女人味是不一样的。林媚的体味天生有一股莽族的山野气息，像是野花、野果、野桃的味儿。而美贞呢，她的气息和体味给韦寸一种优雅的想象，一种更透彻肺腑的滋味，激发着韦寸去进一步沉浸探索。尤其是她像刚才那样挨近他，脉脉含情地瞅着他，整个体态和神色都露出股淡淡的忧愁的样子，让韦寸只觉得目瞪口呆。

　　遵照爹的吩咐和安排，韦寸陪同林媚回门的路程分两步走，头一天仍然滞留在九大寨的山山岭岭之间。从五寨麻石堡出发，黄昏时分走到头寨，由头寨上爹指定的土目负责在栈房中订下一行人的铺位，吃过晚饭后就在头寨过一夜。头寨的土目韦二叔，韦寸见过。

　　过了头寨，不过三四里地的样子，就属于林媚家祖先世代沿袭的莽族土目的地界了。接下来的路程，几乎全都属于上坡路。云贵高原，无论是五尺官道的古驿道，还是山岭间更近一点的崎岖小路，甚而至于是九大寨人称呼的鸡肠小路，一路都是逐渐地往高处行。

　　官府组织的专门押送朝廷物资的保警队也好，汉族生意人和财主雇佣的私人保商卫队也好，土司家族自己配备的家丁团练也好，都晓得，从贵州腹地往滇地方向走，一条路全是上坡。相反，由班府土司那边往黔地这边走，一路尽是下坡，坡势很缓，也好走。

　　说到底，保警队收费也不一样。

　　头寨的土目晓得韦寸少爷和新婚的林媚公主回门，得到土司王韦一夫捎来的口讯，就做了精心的安排。宰杀两头高坡草原上的羊，让灶房里专门制作了头寨出名的谷族羊九碗，配上苞谷酒，招待韦寸少爷回门的二十多人，众人猜拳喝令闹了一个欢。

第二天早晨上路之前，土目准备的早点是羊肉粉和荞粑，有干有稀，还给昨晚上喝多了酒的汉子醒了酒。

临行之际，土目把韦寸一行人送到头寨的寨门前，还关切地问："韦寸少爷、林媚公主，走不多远，过二岔路口，就是荞族的地界了，要不要你们韦二叔派队送一程？"

头寨的土目和九大寨每个大寨子的土目一样，选的全是同宗同族的韦姓。他们效忠于土司王韦一夫。往常天，对于周边团转的中小村寨的几万谷族乡亲而言，他们就是头寨王、二寨王、三寨王，很有权势和武装实力的。

刚成亲的韦寸这辈子还是第一次和他打交道，他望着韦二叔额颅上一颗比巴山豆还要大的黑痣，不卑不亢道："道谢二叔了，昨天从五寨一路过来，清风雅静的，就不劳烦二叔派人相送了。韦寸和林媚就此别过。"

韦二叔哈哈大笑，豪爽地道："韦寸少爷客气。回程转来，仍到头寨上来宿。韦二叔等你们回归。"

林媚跃身上马，抱拳向土目施礼告别。韦二叔眯眯含笑，向林媚公主还礼，嘴里不住地说："要得，要得！"

骑马拐过弯，韦寸转脸问林媚："你说韦二叔连声说着'要得'，是啥子意思？"

"夸你呗！"林媚不假思索地道。

"夸我啥子？"

"嗨，这还用问。是夸你知书达理，斯文，对他尊重，他受用啊！你没见他笑眯眯？"林媚一面持缰绳骑行，一面不屑地道，"要叫我说啊，你没必要对他那么恭敬的。我爹在莽族的村村寨寨巡察时，那些土目和寨邻乡亲一样，无论是七老八十的还是细娃嫩崽，清一色都要跪在地上向土司大老爷磕头的。"

韦寸想说，爹关照我，要对土目客气些，以礼相待。不过他没说出口，只是拖长声气应了句："这样啊！"

林媚又清脆地笑了起来："几天里，我都看出来了，爹把你送进五寨的学堂，读汉族那些圣贤书，读得心子软了，像一只火巴壳鸡蛋。"

"哪里……"韦寸不承认。

"还怕不是？"林媚加了一句，"没点儿男子汉大丈夫的雄气。"

说完，紧扯了一下缰绳，放马往山路上"嘚嘚嘚、嘚嘚嘚"地疾跑而去。

韦寸没有及时地追上去，只是任凭川马踏着稳健的蹄子，慢慢往前走。

晚秋的滇黔山地，高耸的连绵无尽的山岳一直延伸到看不见的天边。山巅高处，有雾岚在升腾。

太阳追到云层照耀下来，在山路上洒下一片一片的花花太阳。从峡口那里吹过来的风，有了飒飒的响声。

给韦寸的感觉，比昨天在九大寨地盘上的风明显的要大些。

真个是"十里不同天"的气候，感觉刚刚吃过晌饭没多久，逐渐厚积起来的云层把太阳遮住了。山谷里的光线随之晦暗下来，骑在马上的汉子们不说话，山野里有一股深沉的静寂。

只听见马蹄叩击着路面"嘚嘚笃笃"的响声，幸好林媚已从眼前的景物认出来，这地方离荞族的班府大院不远了。随着一阵风刮过，她双手拢在嘴巴前，拉开脆亮的嗓门，朝着前前后后二十多人的马队喊了一嗓子："快到了！还有一顿饭工夫，就到我娘家啦！"

韦寸骑在马上四顾，山野里一片荒凉不见人相的气象，不由狐疑地问："都没见一幢房子，你凭啥说就要到了呢？"

林媚笑嘻嘻地指着一座尖尖地插向苍凉的天空云雾里的山峰："看见这座山了吗？"

"这座山好怪哟！"跟在韦寸身后的耿老贵接话道，"这山叫啥子？"

"天角山，"林媚脆声朗朗地说，"没看它的峰巅插进云层里去了嘛！荞族老乡自古以来就叫它天角山。平时，看见了天角山，我骑马跑得快点，吃顿饭的时间，就拢到班府了。"

可能是两天的路途上平平安安，啥事儿都没发生，韦二憨开了嗓门，唱起谷族的小调来：

九月初九是重阳

井边挑水会龙王

龙王见水就来雨

少爷公主配成双

尽管是他胡诌的歌调，林媚还是听出了二憨是在夸她和韦寸的成亲，待他歌声一落，喊了声好。

韦寸只是笑笑，没吭声。

耿老贵不甘寂寞地沿用着韦二憨的调门，也唱出四句：

九月焦心到重阳

只见菊花遍地黄

万紫千红已不见

单剩哥子伴秋露

一路上话儿不多的木匠蒙庆文，用瓮声瓮气的嗓音唱起来：

九月劝贵不要急

十分劝下九分一

十分劝下九分九

她来会郎依不依

韦二憨粗着嗓门问蒙庆文："蒙哥，你屋头婆娘娃崽都齐全，是过来人，你教我一下嘛，咋个把姑娘要回家中来？"

"教你？"不多话的蒙庆文大概也谙到安全了，一路过去不会再有麻烦，兴致也上来了。他仰起脸瞅了一眼云雾越来越浓厚的天空，说："你约没约过姑娘去'花撩房'呢？"

"去过呀！"

"姑娘对你好不好呢？"

"好啊！在'花撩房'里头，花也好，果也好，都钻进了一个被窝里头，有啥不好的。"说得很坦白，他拍马快走几步，紧挨着蒙庆文，两匹马差不多齐头并进地占据了路面，说，"可第二天一分手，人家就不理我啰！蒙哥，还不是一回哩，好几回了，姑娘长得乖也好，胖也好，个儿高高的也好，都是一个样，头天要得好欢的，隔天就不行了。你说这是咋子回事啊？"

"那是你啊，得到了姑娘的身子，"蒙庆文慢吞吞地在马背上晃动着身子，不慌不忙地道，"没得到姑娘的心。"

"姑娘的心，我又看不到。"韦二憨哭丧着脸，一只巴掌无奈地晃了晃，又在半空中摇了摇，"心长在姑娘身体里头，我摸都摸不着，哪有法得到啊！"

两个人说的话题，显然引起了护送马队里所有汉子的兴趣，前后的人都向他俩靠拢过来。后面的人让马快走几步，紧跟在他俩身后；前面的马呢，有意地放慢了速度。

韦寸也觉得这话题有趣，他和田美贞睡过那么多次，又与班林媚成了亲，他算不算得到了她俩的心呢？

这么忖度着，韦寸同样仄起了耳朵，想听比众人年长的蒙庆文说个究竟。

蒙庆文感觉到了大家伙儿的关注，他昂一昂脑壳道："你要有法子，让姑娘的心牵着你呀！"

"啥法子呢？"连已成亲的耿老贵也急巴巴地喊出声，"我那婆娘，生下了娃娃，和我也不亲了。"

"是啊，又不能拿根绳索，拴住姑娘的心。"

"蒙哥，你快教教我们。"

跟在耿老贵后头，好几个汉子在哼。

韦二憨的嗓门更大："老贵比我还强点。这一阵子我约人家姑娘，人家都不太愿随我钻进'花撩房'，快一年了，连个姑娘身子都没摸过。"

"那你太亏了，"平时耍刀弄枪总能吸引一堆人围观的英武汉子韦开亮，其一个人身手拳脚可以对付三五个蛮汉，游方"摇马郎"时也总有姑娘和他对歌、钻林子的麻石堡俊小伙子，也凑了上来问，"蒙哥，前后和我进过'花撩房'耍得欢的姑娘，少讲也有十几个了，你说我又为哪样得不到姑娘的心呢？"

"哈哈！"蒙庆文放声笑了起来，摇着脑壳道，"我屋头只娶得一个婆娘，我能说出啥道道。"

"哎呀！"耿老贵急得叫起来，"蒙哥，你不要卖关子了，把你的诀窍，给我们讲讲嘛。"

蒙庆文的眼角瞥了韦寸一下说："姑娘跟你进'花撩房'，那是对你有好感，不等于把心给了你。她愿意钻进来，是跟你玩、跟你耍……"

"是的嘛，我也是觉得玩耍得好。"韦开亮道。

"可她在同你玩、同你耍的过程中，也在看你呀。就像你看着她一样。"蒙庆文一五一十地道，"你看姑娘啥子？"

"看她长得好不好，耍起来舒服不舒服？"

韦二憨抢过话头坦率地道："有的女娃儿，奶子都没长大哩，像小花苞儿，摸着不得劲。"

蒙庆文把手摆了摆："姑娘和你进'花撩房'，她不但要看你的身体强壮不强壮，有没得力气，两个人耍起欢不欢，她还要看你，是不是把心交给了她。"

耿老贵的眼珠都快弹出眼眶了："先要把心给姑娘？我家那个，都讨进家门了呀！啥心不心的。"

韦二憨同样跟着问："这……唧个给啊？"

蒙庆文任由川马慢悠悠地走去，仰着脸道："漂亮姑娘上坡对情歌时，经常唱：想吃果子种果园，想吃大米去耕田。几种果子哥吃过，问哥果子哪个甜？她这么问你，就是要你答出来，你当哥哥的汉子人，相中她的是啥子？说一千，道一万，再贪玩爱耍的姑娘，她出来耍，她到'花撩房'里来跟你过夜，是要摸清楚你的性情，看你这个人是不是适合在同一个屋檐下过一辈子。"

耿老贵显然都没想过这些事儿，他拉长了声气，道："是这样啊？"

"就是这样。"蒙庆文正色道，"有情妹子都会唱：枝挨枝来叶挨叶，结的果子妹晓得；枇杷好吃要吐籽，只有花红味道绝。有心的姑娘，都在寻找那个对她胃口的花红。你看我们韦寸少爷，土司官从来不准他晚上出去钻'花撩房'，和班府公主成亲之前都没见过，成亲同房才几天啊，你们问问林媚公主，韦寸少爷是不是对你胃口的那个花红啊？"

"哄"的一声笑，麻石堡出来的汉子们都把脸转过来，在马背上盯住了林媚看。

林媚的脸瞬间涨得通红通红，那张俏丽的脸上泛出害羞的光泽，她抿一抿嘴，薄薄的嘴唇一掀说："面是没见过。不过谷族的韦寸少爷，在我们莽族的落河坝街上，名气大着哩！"

成亲几天，韦寸还没听林媚这么说过自己，不由得把脸转了过来，望着骑在马背上英姿勃勃的林媚。蒙庆文的话，显然对他也有触动，他脑壳里头正在想，田美贞和班林媚，他的心给了哪个呢？

"你们落河坝，"韦二憨问林媚公主，"是如何讲我们韦府少爷的？"

"说他呀，武艺高强不算，还在学堂里读了不少圣贤书，学问大得和他的年岁不相称。"林媚提高了嗓门，尖声拉气地道，"你们看他呀，是不是那个样吗？"

班林媚公主这么一说，马背上的汉子们都侧转了脸，来打量韦寸。

韦寸只是淡淡一笑道："哪里有啥子学问啊！"

耿老贵盯着林媚问："那么你呢，林媚公主，成亲这几天儿，你把心交给我们韦寸少爷了吗？"

"还怕不是，"林媚的脑壳昂得高高的，眼角斜了韦寸一眼道，"早把一颗心，巴在他身上啰！总觉得他看不够。"

说完之后，她紧紧地一拉缰绳，给了马背一巴掌，川马腾起蹄子，疾疾地朝着前面一条大道飞跑过去。

马队响起一片畅快的高高低低的笑声，跟着林媚公主的坐骑跑去。

大家似乎都意识到，莽族的大寨子，班府土司坝院快要到了。

马队朝前跑出没多远，只见山道顿时宽敞了好多。麻石堡出来的二十个青壮汉子，不知不觉簇拥着韦寸少爷，往林媚公主走的方向骑去。

"韦寸少爷，"骑在最前头的韦二憨指着路面上裹卷而来的一阵烟尘，叫起来，"你看，有人跑来了！"

众人放慢了骑行的速度，定睛望去，只见四匹快马，几乎是平行地朝着回门的马队，飞驰而来。

顷刻工夫，韦寸一眼认出了仍穿着新娘彩服的班林媚：她咋又跑回来了？

正愣怔间，四匹快马已在马队前面停住，每匹快马都在喷吐着鼻息。林媚指着她身旁的三匹快骑道:"这是我大伯家的三位哥哥,班大虎、班二龙、班三豹。他们是专门奉了我爹的令,前来迎接大伙儿的。"

三个五短身材的汉子在马背上,齐向韦寸抱拳施礼:"欢迎韦寸少爷,恭贺韦寸少爷。"

韦寸瞅着一色的红头帕,青布衣衫的三位堂哥,只见他们个个身材矮而壮实,声音洪亮粗浑,除了年岁看上去有大小,三张脸庞几乎长得一样,个个脸色都比林媚还要黝黑。只是,三兄弟的眼睛没林媚的大而亮,而是个个生了一对小眼睛,鼻梁的中央,却又共同地隆高出一块。

三兄弟施礼完毕,韦寸同样在马背上抱拳到胸前:"给三位哥哥有礼,请多加关照!"

三兄弟环顾左右,相视一笑,老大班大虎把手一抬道:"请喝进寨门酒!"

眨眼工夫,老二班二龙、老三班三豹的双手之中,各自擎出了两只牛角杯,班三豹把一只牛角杯给身旁的班林媚,班二龙把右手的牛角杯递给韦寸。

韦寸接过酒,瞥了一眼林媚,只见林媚把牛角杯擎到嘴边,喝了一口。韦寸也把嘴凑到牛角杯上,尝了一口酒。

韦寸见班二龙、班三豹把另外的两只牛角杯递给了身边的耿老贵和韦二憨,林媚把她喝过的酒递给了蒙庆文,便知这进门酒,每个客人都要喝,就把手中的牛角杯递给了紧随在自己身侧的韦开亮。

众人轮流喝着进门酒时，班大虎又一声大笑说："哈哈哈，这地方不是喝酒的场合，进了班府大院，我们今晚畅怀痛饮，一醉方休！"

韦寸心中暗暗叫苦，他回味着喝进嘴里的莽族米酒，有一点苦，还带一点甜，回味中的酒气，又很冲。想起在韦府大院那晚上喝的缠溪水酿制的烧春酒，没喝多少，就醉得不省人事，今晚上的回门酒宴，他如何应付过去？

韦寸抬起不无担心的目光，一一地从热情招呼马队弟兄喝酒的班三豹、班二龙脸上移到班大虎身上，看这三兄弟的模样，都是豪饮的汉子。他该怎样做，才能躲避烂醉的狼狈呢？

喝过进寨门酒，韦寸和林媚公主大婚回门的马队，缓步向落河坝子走去。

这落河坝的地势十分奇妙。在九大寨方圆几百里的地盘上，韦寸还没见过这样的山势和地形。

从马背上望，这地方全是黛色浓郁的山山岭岭。头一次来到这莽族土司王府的地面，周围团转山抱着山，山围着山，山牵着山，真是围得好哟。林媚公主出生在这里，也在这片山水土地上长大。哺育着她长大成人的莽族百姓也都世代生活在这里的村村寨寨上。成亲之后，这里的河谷山川，以后也要同他韦寸的血脉联系在一起，同他韦寸的命运联系在一起。爹不是说过嘛，谷族和莽族，几百几千年前，原本是同宗同族的兄弟，只因九大寨那一片山野里的百姓，以吃米和苞谷为主，而山岭更高、风更大，十冬腊月凛冽的落河坝周围，以吃荞麦为主，渐渐地，以吃荞麦面为主的百姓，就被称作高原荞族，而以种稻、吃米吃苞谷为主的百姓，称之为谷族。溯根求源，在其繁衍传承中，谷族和荞族，其风情俚俗，其生活习惯，其没有文字，只靠一代一代人口耳相传的历史，乃至婚丧寿庆、节庆礼仪、乡规民约、饮食服饰或工艺绘画，都是相同和大同小异的，都可以从老祖宗那儿找到出处。

故而他们之间没有通婚的禁忌，他们还有一种你中有我，我中有你的心态。

天擦黑时分，看到班府大院里从堂屋连到台阶及内院坝的排场时，韦寸更加认定了这一点。

只见四只大灯笼悬挂在回门宴的四个角上，每只大灯笼上都醒目地写了一个大大的"班"字，这"班"字的中间一点，写得就像会蹦跳起来一般。韦寸意识到，这是林媚的父母做了充分的准备。这大字肯定是请汉族人写的。

要独自面对这么盛大的陌生场面，爹和妈又不在身边，韦寸真有点儿怯场。好在，进门入客房时，韦寸已把自己的心思给林媚和几个亲近的谷族弟兄都说了。

林媚亲昵地在他身边说："没得事，是在我家爹和妈跟前，他们也是你的父母，不会难为你。"

"哈哈哈！"韦二憨拍着胸脯道，"韦寸少爷，刚才在寨门前马背上，那酒我尝了，糙是糙一点，没啥大感觉。他们硬要你喝，到时我替你出头。"

耿老贵大包大揽地道："喝酒啊，包在我和二憨身上。如果比喝酒，也能赢来一个荞族妹子，让我喝一坛我都干。"

年长些的蒙庆文道："韦寸少爷讲得对头，还是多长一个心眼好。"

"我会留神的。"韦开亮对韦寸道，"韦寸少爷你放宽心，我会一刻不离你身边。"

听了这番话，韦寸才心安了些。

事实证明韦寸的直觉是对的，冲突果然由酒引起来。

四只大灯笼亮起来，光线晦暗处还添点了烛，班府堂屋、台阶连接着青冈石的院坝，仍然朦朦胧胧的，看得不是很分明，有些暗得阴森。

风紧起来，从门外刮进来的风声，带着股寒冽冽的阴冷。

韦寸明白了，白天高原的太阳照着，晚上吹凛冽的风，怪不得荞族的男女老少，脸色都要比谷族人黑一些。

回门酒的头一道规矩是新婚的女儿女婿拜见父母大人。

韦寸还是第一次见着林媚的父母，走进堂屋来时，边上有人吹起了荞族的芦笙，那调调是悠扬婉转的。韦寸一眼望去，林媚的爹，荞族大土司班兴友，穿一身土司官的绸服，扎一条红颜色的头帕，红彤彤的脸上挂着淡淡的微笑，不无威仪地端坐在八仙桌的左侧。两支龙凤大红烛，亮灿灿地把八仙桌面上韦府的回门礼醒目地映在众宾客眼中。那是林媚事先交给她妈放在那里的银圆两筒。两筒银圆一头的包纸已经扯开了，让银圆光闪闪地告知众人，这是一份贵重的回门礼。看那两筒银圆的长度，结算一下，不会少于一百枚。

这是不言自知的气派。

林媚拉着韦寸的手走到父母跟前，双双跪下磕头施拜见礼。韦寸放声道："为儿拜见老泰山岳父岳母土司官大人，衷心感谢二老把这么好、这么安逸的林媚公主恩赐给韦寸！"

磕了一个头，又磕一个头。

堂屋里外响起一阵高高低低的笑声。还有客人故意叫着："好会说话的韦寸少爷！"

确实，这句话的前半句，是照着回门规矩一定要讲的，而后半句话，则纯粹是韦寸的自创。

班兴友土司的手微微一抬，林媚利索地一捅韦寸，新郎新娘双双道一声谢，站在父母双亲面前。韦寸觉得岳父大人比自己爹要胖些。

岳母满脸慈祥地一扬手道："嘴多乖的小婿啊！你这句话，说得为娘的心都甜了。"

韦寸急忙躬身作揖，再次道谢。他看清了岳母一张富态慈祥的圆脸，也看到了岳父历经沧桑颇有谋略的目光。

班兴友从林媚身上望到韦寸脸上，炯利的眼睛和韦寸的眼神相接，韦寸被岳父望得心突突地跳，谄媚地笑着："岳父大人多加关照。"

"韦寸少爷，"班兴友说话的语调带几分亲切，"我不是第一次见你了。"

在韦寸的记忆中，这是他平生第一次见到班府土司官，他张了张嘴，露出诧异之色。

林媚转脸望着他，一扯他袖子问："你还记得吗？"

韦寸不知如何作答。

班兴友笑眯眯地摆了摆手说："他是不晓得的。这是我和他爹私下为你们俩的婚事讲定之后，在五寨学堂里，韦寸还在跟着老师背《增广贤文》，我去看了他。哈哈，靠着窗棂，我一眼就把你相中了。哈哈哈，我的公主，为爹的没有替你选错人吧？哈哈哈！"

韦寸总算吁了一口气，悬起的心放了下来。他转脸瞅了一眼林媚，第一次看到，爽利干脆的林媚脸上，露出害羞的神色。

林媚朝着班兴友深深地作了一个揖："谢爹爹！"

班兴友一手撑着八仙桌沿，陡地一下站起身来，高声道："小女林媚大婚回门宴，现在开始！你两个可以入座了！"

有几个穿着花裙、身佩银饰的苗族女子，随着芦笙吹响起来的曲调，跳起了舞蹈。韦寸和林媚擎着酒杯，向岳父母敬过酒，才在他俩新郎新娘的席位上入座，开吃回门宴。

林媚凑近韦寸耳边，急促地提醒他："快吃，一会儿敬酒的多。"

回门宴丰盛而又别致，牛肉、猪肉、羊肉各自装盘，还有炒的、蒸的、炖的、炸的，花色繁多，鸡、鸭、鱼肉做成各种滋味，包含了酸、甜、苦、辣、咸，林媚不时地给韦寸介绍着各种菜肴特别在哪里，还怕他漏了哪种味道没尝到。

岳母欣慰地瞅着林媚的一举一动，班兴友的眼角，时不时地瞥一眼女儿女婿，更多时候，他的目光锐利地扫向堂屋里外的一张张桌面。韦寸木讷地垂坐着，在入座之前，他已经看得分明，回门宴共设了八张席，算不得铺张，前来吃酒的，该都是莽族的旗头、土目和附近村庄的寨老及班府近亲吧。

正如林媚提醒他的，韦寸觉得每样菜肴初初尝了个新鲜，一拨一拨的客人就走近前来敬酒了。他们往往先敬班兴友土司夫妇，转而又敬一对新人。敬酒客人都明了林媚和韦寸的身份，看在班兴友的面上，对他俩十分客气。

韦寸虽觉得尚能应付，可每拨人前来，他都抿一口酒，接二连三地喝下来，他仍觉得酒劲在体内涌上来，没待多久，他的脸颊上就觉得温乎乎、热腾腾的了。他埋头一一地把林媚夹给他的菜，慢慢地吃起来，酱的干牛肉片、白切的羊肚、干煸肉丝、穿汤鱼肉、斑鸠丁豆腐、水豆豉拌绿叶、风肝、酸鱼……正在咀嚼中对比着班府的莽族菜和谷族菜的异同，班大虎、班二龙、班三豹兄弟鱼贯跨上台阶，走到桌前来敬酒了。

他们齐刷刷地站在主桌跟前，一人端一只浅浅的板栗色土碗，先给班兴友土司叔父、叔婶敬酒。班兴友笔挺着腰板坐在椅子上，不曾站起来。

是老大班大虎讲的话："我们三侄子，给土司官叔父、叔婶敬酒。"

班兴友把自己的酒盅朝三兄弟举起来，从左往右转了半圈，喝下一盅酒。

林媚扯了扯韦寸的袖子，示意他拿起酒杯，面向三位哥哥。

这回是老三先开腔："韦寸少爷，今日你是第一次回门，三哥先敬你和林媚公主的大喜，干杯！"

韦寸和林媚双双端起各自的杯子，班三豹就伸手拉住了他俩："嗳，不行，不行！我是用这土碗喝的，你们回敬我三哥的酒，不该拿这么小小的酒盅吧！"

他用巴掌盖住了韦寸和林媚的两只小酒盅，粗声叫道："说了要畅怀喝的，来，来，来，拿碗来，斟满，斟满！"

说着，拿过一只板栗色土碗，从身后伙计手里抢过一只足足装有五斤的酒坛，往土碗里斟酒。

洁白透亮的酒液倒出来，装满了一碗，又斟一碗。

天哪，韦寸哪里见过这样喝酒的阵势，他为难地瞅了林媚一眼。

林媚的眼里透出兴奋之色，毫不迟疑地端起满满的土碗酒，豪爽地道："喝，三哥，我同你对喝！"

"嗳嗳嗳！"班三豹连连摇着巴掌，"林媚妹子，回门酒敬双不敬单，韦寸少爷要同你一起喝。"

说着，睁大了双眼，盯在韦寸脸上。

林媚尖声拉气喊道："韦寸，喝呀！"

韦寸瞅了一眼兴冲冲的林媚，又望了一下正用双眼瞪着他的岳父岳母，不知所措地道："呃……这……我不胜酒力啊！"

"这是啥子话吗，男子汉大丈夫，莫非你还不如我家林媚妹子？"班三豹粗嗓大门地吼得堂屋里响起阵阵回声，他端起土碗，"韦寸少爷，喝了我三哥这碗酒！"

说着，直把酒碗往韦寸嘴前送。

林媚跟着道一声："喝吧，韦寸，这酒不冲啊！"

阵阵酒味直往韦寸的鼻孔里钻，韦寸畏怯地瞥了一下岳父母，双手端起酒碗，张嘴"咕咚咕咚"把酒喝了下去。

他把酒碗放到桌上时，一眼看到，林媚已早把酒喝完，带着满意欣喜的目光瞅着他，仿佛在对他说："你不也喝下去了嘛！"

班三豹一手抱着酒坛，又往新郎新娘的碗里斟酒。

韦寸正要伸手阻止，班二龙一把逮住了他的手道："韦寸少爷，林媚妹子，今天这碗回门酒，你喝了三豹的，一定也要喝我二哥的。来来来，二哥敬你们一碗！"

说着，把班三豹斟得满满的酒碗朝他俩面前推来。

林媚两眉往上一挑，英气十足地道："喝就喝，妹子奉陪你们三位哥哥到底！"

说着双手擎起土碗。

韦寸却不端酒，他的脸上透出苦恼之色，连连摆动双手："二哥，这酒喝下去，我就站也站不稳了。"

"韦寸少爷,你这是啥子话呢?明天,是我家三兄弟,设专宴欢迎你们回班家门。"班二龙笑嘻嘻地打断了他的话,回头又瞥了一眼叔父道,"今晚上这酒,是我们莽族土司大人,回请你们新郎新娘。莽族规矩,这酒呀,你会喝就得喝……"

韦寸连连摇头,哀求般道:"二哥,我实在是不会喝呀!"

"不会喝?"班二龙的食指点着韦寸的脸,笑眯眯地道,"也要喝。不喝也要喝啊!"

韦寸不及说话,身边韦二憨笑容可掬地站了出来,他顺手又把一碗酒端在手里:"二哥二哥,二龙哥!我们在马背上已经喝过酒了,可以说是一回生二回熟了,我早看出来了,你二龙哥是条汉子!"

"嘿嘿,在落河坝,哪个不晓得我班二龙班哥。"班二龙得意地一仰脑壳,"班府二爷!"

"我们韦寸少爷嘛,是个读书人,你看他嘛,还是个年幼的弟弟。这碗酒呢,韦寸少爷领情了。"韦二憨把酒端到自己嘴边,"我代韦寸少爷,把这碗酒喝下去。"

说着,一仰脖子,把一满碗酒,灌进自己嘴里,遂而重重地把碗"咚"一声放在桌面上,瞪大一双眼睛,指着班二龙面前的酒:"轮到你了,来,你把它干了。"

班二龙一时愣住,举起酒碗,张开大嘴就喝,酒液从他的两边嘴角滴滴答答落下。

班大虎挤到班二龙身前,拖腔拖调地对韦寸和林媚道:"回门是件大喜事。娘家的回门酒，更该喝得欢。你们两个说是不是？”

“是啊，大虎哥，你说咋个喝？”林媚抬起一满碗酒道，“小妹陪你喝。”

“嗳，”班大虎一手端起碗，递到韦寸面前，“回门酒，该你们两个一起喝。大伙儿都说说，是不是啊？”

满场子的客人，见着他们主桌上的两个新人被围住桌子闹酒，早都停下了说笑和猜拳喝令，院坝里芦笙不吹了，舞蹈不跳了，纷纷仰着脸，兴味浓浓地瞅着他们。班大龙这一问，众人齐刷刷地抬高嗓门应道：“一起喝，一起喝，齐声喊来要哥喝！”

“看到了吧，韦寸少爷，这碗酒你不喝下去，大家伙儿都不依呢！”说着，班大虎双眼紧盯着韦寸的脸。

林媚提醒般盯了韦寸一眼：“喝吧，我带头喝！”

“哎哎，小妹，你不要急。”班大龙又把她拦下了，“夫妻双双来回门，你要等到新郎官！”

韦寸刚才那一碗酒下肚，酒力已在全身弥散开，这阵儿，众目睽睽之下，再被班二龙和班大虎一逼，已经泛红的脸，这会儿整个儿涨得通红通红，脑壳热烘烘的，眼里都充了血，那模样儿看上去有些怕人。他尴尬地摆着双手：“大虎哥，我自小不会喝酒，今晚上这酒，我已经喝多了……”

话不及讲究，耿老贵往他身前一挤，夺过那碗酒道：“我们麻石堡谷家都晓得，韦寸少爷能文能武，唯独碰不得酒。这样，这碗酒我来替韦寸少爷喝了。"

说着，就把酒碗高高抬起。

"你说啥子，"班大虎一把逮住了耿老贵的手腕，"韦寸少爷既是能文能武，那咋个一点儿没男子汉大丈夫气息？你喝下这碗酒，我问问。"

耿老贵把一满碗酒喝下肚去，手背往嘴上一抹，脑壳直往班大虎头上顶过去："你问啊！"

班大虎把耿老贵往前一推道："韦寸少爷敢不敢在众人面前亮个身手，和我们班家三弟兄过过招，比试比试！"

耿老贵带着一股酒劲，把脸转向韦寸少爷："人家指名道姓问上来了，我不好替你答。"

班林媚充满期待地瞅着韦寸少爷。

韦寸往后退了半步，淡淡一笑说："都是自家兄弟，我年少初学，咋个能对三位哥哥动武呢。"

班大虎朝前逼了一步，酒气冲天地道："酒喝不得，比试你又不敢，你算个啥子大丈夫？"

"是嘛！"班三豹从班大虎身后走上前来，"在大院坝比试亮身手嘛！我们可以不打枪，不动刀剑和长矛，就比一个棍棒击打，点到为止，新郎你说行不行啊？"

"对头，还是三豹说得好！"班二龙也站到大虎的另一边，叫嚣一般道，"新郎官，我们三兄弟，你随便挑选一个，陪你过过招，你说呢！"

班林媚俏丽的目光从三兄弟脸上，移到韦寸身上，焦急地瞪着他。

韦寸犹豫地和林媚交换一下目光，又把眼睛转向端坐在主位上的岳父母身上。班府土司官班兴友淡定地环视众人，土司夫人的眼里，透出没把握的神情。

堂屋、台阶、院坝里外，所有的人敛神屏息地等待着，刚才热闹非凡的场面刹那间静寂下来。

谁都感觉到，这静寂的氛围越往后拖越紧张。

"哈哈哈！"班大虎把手指举得高高的，粗野地点着韦寸的脸庞数落道，"我就认定你是个火巴壳蛋，啥……"

话音未落，只听响亮的一声枪响："砰！"

震得整个大院里的人们心里一惊。

谁都没注意，韦寸身边站着一个气度不凡的谷族汉子，手中一支枪的枪口，横了过来，眨眼工夫，第二颗子弹，已经装进了枪膛。

堂屋里外的人们都把目光转向韦寸和他身边的韦开亮。韦开亮英气逼人地环视众人。

只听韦开亮声音不大，却十分镇定、清晰地对班府三兄弟道："你们看看对面的这只灯笼！"

说着，右手臂直直地指过去。

灯笼正在晃荡着，上面那个大大的"班"字中央，被钢枪子弹恰好打穿在那个点上。

"告诉你们，"韦开亮又用人人听得分明、声震屋瓦的嗓门道，"这一枪是我打的。韦寸少爷的枪法，比我的准头还要厉害一些，说打左眼，不会打中你右眼。要比武，可以，比钢枪，比刀剑，随你们挑。我们韦寸少爷奉陪到底。今天先说定了，明天比武场，你们三兄弟哪个先上？"

"嘿嘿，这位弟兄，"班三豹走到韦开亮跟前，笑嘻嘻地作揖道，"酒喝到兴头上，大家伙儿高兴嘛！韦寸少爷不是说了嘛，都是自家兄弟自己人，比武，只是比个棍棒，点到为止。是不是这样啊，韦寸少爷？"

"那也请你们三兄弟选个先后，"韦开亮一脸正色地道，"当着这么多人的面，说定了，哪个最先提棒上场，和我们韦寸少爷过招？"

说着，韦开亮的目光盯着班三豹。

班三豹把脸转向了班大虎："大哥，你看……"

班大虎的手指向老二："二龙，你头一个上场。"

班二龙连忙把两个巴掌往外推："论聪明才智，三豹点子最多；论年岁，理该是你老大为先，事情也是你挑起来的，你带先，你带先，我哪能抢在你前头啊！"

韦寸不卑不亢地道："不要推一推二了，耍棍弄棒嘛，不伤人，我看你们三兄弟一块儿上。"

话声不高，全场所有人不由"噢"了一声，都情不自禁张了张嘴，面面相觑。

班林媚的脸色，在这一瞬间，像涂了彩一般，闪亮闪亮地像是把一大坛酒喝了下去。

大虎、二龙、三豹听了韦寸的话，不由得交换着眼色。

土司官班兴友站了起来，移动着脚步，直接走到韦寸、林媚和班家三兄弟面前，咳了一声道："这样吧，明天，你们三兄弟，就按老大、老二、老三的顺序出场，和韦寸做一比试，过个招。我这个老丈人，都没见识过韦寸的身手哩！"

第五章 │ 较量

大虎、二龙、三豹挨着次序上场来，
一一和韦寸交手，结果都是不到三个回合，
一个一个败下阵来。

清早起来雾沉沉

听到快婿来踩门

左脚踩门带金银

右脚踩门带喜讯

进条鲤鱼跳龙门

添个外孙跳蹦蹦

锣鼓敲来锣鼓打

花锣花鼓要闹春

——莽族民歌

"你掂量了吗？对付得了我三个堂哥？"

"该可以吧。"

"咋个叫该可以？"

"耍棍弄棒啊。"

"你真能打得过他们仨？"

"你说呢？"

"我看你不行。"

"凭啥子？"

"你看嘛，无论是大虎、二龙、三豹，他三兄弟往你面前一站，个个都像座塔似的，雄壮粗蛮，推也推不倒。你啦，瘦筋筋一个，只怕被他们中随便哪一个，一棒就打翻了。"

韦寸轻松地笑出了声："我能那么容易被人打吗？"

"你莫笑呀，韦寸，我是真为你忧心。"林媚把脸贴在韦寸胸膛上，顶真地道，"早晓得要惹出一场比试，你还不如把二龙、大虎的酒喝下去呢。"

韦寸把手搭在林媚裸露的肩头，说："真把两碗酒都喝了，只怕我一觉睡到大天亮，都醉得醒不了呢。"

"那也比被人打翻在地，丢人现眼好啊！"林媚真切地为韦寸担心，"传开去，明天坝上这一场比武，落河坝的寨邻乡亲，都会来围起看。"

"你就认定了，我必然要输？"

"明摆着的嘛，韦寸，你是没见过这三个哥哥的凶狠，我是妹子，亲眼见了的，几乎每个莽族汉子都怕他们。"林媚的手，张开了巴掌，在韦寸胸前抚摸着，"你呢，我只和你在坡上跑过马，见你一个人在院坝里练过拳，还真没见你和人交过手。你不晓得啊，大虎哥力大无穷，被他当胸一拳打过的，没有三五天缓不过劲儿来。"

"真这么狠？"

"是啰！大虎的特点就是粗蛮，劲儿大，出手猛，喝起酒来凶。"

"二龙呢？"

"比起大虎来，二龙要好说话一点，他会见弯就拐。"林媚沉吟着说，"你最要提防的，是三豹哥，他不但出手快，往往让人措手不及，更厉害的，是他奸诈、狡猾，即使和人交手时，也会耍出种种出其不意的花样。你莫看他们三兄弟时常同出同行，相互之间，也是我算计着你，你提防着他的。"

"为啥要这样？"

"我出嫁前一阵，就开始了。爹说了，等我嫁出去，莽族这里，要选出一个旗头，来统领几百个大小莽族村寨。明摆着，这个旗头，就是接爹土司官位置的人。从那时开始，三兄弟就明里暗中争开了。"

"争啥呀，老大老二按着顺序轮着来不就行了。"

"这你就不懂了，照莽族各方寨老千百年来的规矩，家族中的老幺，最有资格接班。他们三兄弟，班三豹是最有可能接位置、擎旗杆的人。"

"那又是为啥呢？"

"我们莽族中间，流传着一句俗话：皇帝爱长子，百姓爱幺儿。"

"是啊，在五寨学堂里读史，讲汉族皇帝，都是把皇位传给长子的。"

班林媚笑出声来，说："在莽族中间，在我们落河坝，土司家族也好，土目、旗头家族也好，再穷再小的百姓家里也好，都是把山林、田坝、坡土、房子，哪怕就是茅草房，都是传给幺儿的。"

韦寸"噫"了一声，忍不住问："这又是为啥子呢？"

"记得我问过你，去过'花撩房'的话吗？"

"记得啊！"韦寸一边应着林媚的话，一边感觉新奇。他听得出，一片幽暗的房间里，林媚可能喝多了酒，一点没有倦意，说话的兴头正浓呢。林媚既在为他担心，又在叮嘱他。

"钻'花撩房'的，不管是十六七岁、十七八岁，还是小得只有十三四岁、十五六岁，玩得肚子腆起来了，怀上了自己喜欢的男人的娃娃了，才能找这男人，嫁到他家中去，成就这门婚事。"林媚的语调放慢下来，细细地讲给韦寸听，"肚皮不腆起来，没怀上娃儿，姑娘就能尽玩尽耍，哪怕她已到了十九二十岁、二十多岁，还能耍下去，耍到她不想享受了为止。"

"那她怀上的，不仍旧是男家的娃娃吗？"

"可能是，也可能不是。"

"这话又咋个讲？"

"晚上进'花撩房'中玩耍，找来的男伴有'游方'时约的，有赶场碰着了约的，也有'摇马郎'时对歌对上的，随意性很大。"班林媚一句一句慢慢地讲给韦寸听，"玩得高兴的姑娘，相貌好的女子，一段时间里，往往约过几个人。而当她确认怀上娃娃时，有时候连自己都记不清，这娃儿是哪个让她怀上的。"

"那怎么办呢？"

"好办啊！赶紧找一个情深意浓、心投志合的男人嫁啊！"

"这……"

"这情形，钻'花撩房'耍的男人女人都晓得。"

林媚讪笑一声，韦寸听不出她这笑声是觉得好玩，还是多少有点无奈，只听她接着道："故而祖宗流传下来的风俗中，就有了老祖宗留下来的所有遗产，只传幺儿不传长兄的规矩。就如同我们女娃儿，没资格得到家族的祖产一个样。"

韦寸这才恍然大悟："原来你们还有这种讲究。"

"这已经有了改变了，"林媚好像越说越兴奋了，她抱了一下韦寸道，"照原先的规矩，像你陪同我这样回到娘家，完成了回门仪式，明天你就一个人回麻石堡老家，我就留在娘家不去了！"

"你不走了？"韦寸说话的声气带着焦急了。

"我是要跟你回去的。"林媚轻轻笑了一下，道，"我是说要像原先的规矩，我就不回去了。"

"那要等到啥时候回呢？"韦寸更不解了。

"要等到我怀上了娃娃，才能再去婆家。"

"你若没怀上呢？"

"那就永远不用去了，还能像原先当姑娘时一样。"林媚翻了一个身，在床上躺得更舒展一些，说，"照样去'摇马郎'、对山歌、'游方'、赶场时交男朋友，晚上去钻'花撩房'玩，你说好耍不好耍？好玩不好玩？"

韦寸不知如何回答，讷讷地道："怪不得，爹甩着马刀对我讲，不准我钻进'花撩房'去。"

"现在我相信了，"林媚的嗓音低弱下去，"韦府大院里的谷族家教，是严厉的。韦寸，睡吧，说半天话，我的瞌睡虫也上来了。"

韦寸长长地伸直自己的手臂，打了一个哈欠。

落河坝班府院里的夜，深了。两个人一不说话，班林媚公主出嫁前的这间闺房里，静寂得啥声息都听不见。

韦寸蜷缩了一下身子，往散发着湿热气息的林媚靠了靠，合上了眼。

落河坝这天像赶大场一样的热闹。韦寸在林媚和二十个谷族弟兄的簇拥下走进平坦的坝子时，只见一片人浪淹没了以往空阔的大院坝，有长着胡子的荞族老汉在笑谈："嘀嘀，我活六七十岁了，没见场坝上这么热闹呀！"

男的女的老人娃崽，都穿着荞族青色的服装，头上扎着醒目的白帕子、花帕子，唯独不同的，是女子下身套的是裙子，中老年妇女的裙子素一些，绣两条绲边，表示她已成了家。没成亲的姑娘，裙子上则都绣了花。

班府林媚公主回门时带来的姑爷，要同土司官班兴友老爷的三个侄儿比武的消息，风一般传开之后，收获之后已经闲下来的荞族乡亲，都涌来看热闹、看稀奇了。

班府三个侄儿的勇猛、凶狠在荞族老乡中是出了名的。而林媚公主的夫君韦寸少爷，是大名鼎鼎有传奇色彩的谷族土司韦一夫的儿子。都说谷族土司和荞族土司两大家联姻，将来这方圆四五百里的滇黔山地边境，不就都要属他们管辖和统领嘛！

哪怕是看一眼那韦寸少爷长什么样，也是眼福啊！

至于比武的输赢高低，四乡八寨涌到落河坝来看稀奇的寨邻乡亲们，他们倒不咋个关心。反正，女儿女婿、亲侄儿，都是班府土司老爷班兴友的小一辈，是一家人。

吃过早饭，陪伴韦寸走过来的路上，林媚特地把这底细讲给韦寸听，让他放宽心，哪怕比输了，也是输在自家人身上，没多大关系的，只不过就是让这一趟回门，给荞家百姓多一个摆龙门阵的话题罢了。

韦寸心里是明白的。林媚之所以这么讲，就是让他甩开手脚去和三个堂哥比武。

真正摆开架势打起来，给荞族那么多男女老少，带来的却是一种不过瘾的感觉。

大虎、二龙、三豹挨着次序上场来，一一和韦寸交手，结果都是不到三个回合，一个一个败下阵来。

拿出泰山压顶之势，挥舞着一根棍棒朝着韦寸冲过来的大虎，气势汹汹地连续自高而下、从左往右、从下而上、从右往左斜扫，上三路、中三路、下三路都呼呼有声地朝着韦寸逼过来。有几次他甚至直冲着韦寸的脑门子直接打过来，让所有观看的老乡都屏住气息，以为他是玩真格的，非得把韦寸一棍子打趴下不可。好几棍扫打过来，都引得人群中的妇女、娃娃高一声低一声地惊叫，遭这一棍，不死非残不可。

却不料，他的凌厉攻势，不是给韦寸轻轻巧巧地避开了，就是让韦寸用棍头一点，反弹回去。就在大虎使出浑身之力直冲韦寸心窝一棍捅来时，韦寸的棍子像会飞一样，旋转着一棍打着大虎的脚踝，痛得大虎一声惨叫，跌倒在地，手中的棍棒同时失手飞出老远，重重地落在青冈石板上，滚动了几下才停住。

韦寸收了自己的棍子，主动走上前去，伸出手，扶起大虎："大虎哥，得罪了！"

班大虎撑起身子，想要双脚着地，不料被击的脚刚一用力，他又痛得咧了咧嘴，"哎呀"叫出了声。

全场沉寂了片刻，继而不晓得哪个带头拍起巴掌，叫起好来："要得！"

"韦寸少爷那一棍，是咋个打的，我都没看清，太快了！"

"这本事，是咋个练的？"

……

韦寸转脸看去，莽族土司班兴友和他的岳母两人，不知啥时候，一人一把椅子，坐到了面朝场坝中心的位置上，不动声色地瞅着场上发生的一切。

有人在喊："大虎输了，该二龙上场了！"

围观的乡亲们渐渐安寂下来，头缠红帕的二龙接一根长棍潇洒地走动着，在场子边缘来回走了两道，遂而走向场坝中心，先给韦寸抱拳作揖："韦寸妹弟，献丑了。"

韦寸急忙还礼："二龙哥，见笑！"

话音刚落，班二龙手中的长棍就直通通地冲他的前胸捅来，韦寸一个闪腿避过了二龙的锋芒，二龙收拢长棍，紧接着把一条长长的棍子越舞越快，呼呼生风，那"飒飒飒"的声气，几乎能传到所有围观者的耳朵里。只见长棍在二龙的手中越旋越加出神入化，顷刻工夫，长棍旋转出的光影，似乎把二龙整个人包裹起来。韦寸稍一弯腰，细观着二龙手中的长棍，只把自己手中的棍子，试探性地前后逮了两次。

场上的气氛不知不觉紧张起来。

说时迟那时快，只见韦寸就地一滚，手中的棍子直插二龙旋转的棍圈之中，只听"当"的一声响，被二龙舞得让人眼花缭乱的长棍，从他手中飞了出去。

没待惊讶的二龙看清自己的长棍为何飞落，韦寸的棍子已经笔直地冲到他的胸前，只差那么一点，就捅在他心窝上了。

二龙喊叫起来："认输，二龙认输，妹弟厉害！"

说着，二龙一手抓住了伸到胸口的棍子，不待他抓紧，韦寸轻轻一收，已把自己的棍子立在身侧。

全场又是一阵叫好之声，拍巴掌的声音比头一轮更加热烈。来围观的寨邻乡亲，都在交头接耳地说着啥，从他们脸上露出的笑容和赞许的目光，韦寸看得出，人们都十分认可他的功夫。尤其是林媚站的地方，一帮花枝招展的莽族姑娘，叽叽喳喳尖声拉气对着她说话，林媚黑红黑红的脸庞上，堆满了欢欣的笑，露出自豪之色。

"轮到三豹少爷了！"不晓得哪个汉子喊了一声。

韦寸循声望去，三豹一个贴地翻滚，眨眼工夫已站在场坝中央，抱拳说声："韦寸妹弟有请了。"

韦寸微微一笑作揖还礼："三豹哥请！"

班三豹的棍术让人意想不到，他把棍子一点地，遂而像麂子在岩岭间腾跳一般，左跳几下，右跳几下，手舞着棍子不知不觉朝韦寸逼来。

韦寸突地一手持棍，照准了他的棍头狠狠打下去，只见棍子在三豹手中颠摇了两下，又被他抓稳了，直冲而来。

韦寸避开他勇往直前的势头，拖棍似要往边上逃去。

三豹的棍子一阵风般横扫过来，眼看韦寸已无处可躲。

只见韦寸腾空而起，跳到楼层那么高。正在所有人惊愕地发出"哦"一声惊呼时，三豹手中的长棍已被韦寸牢牢地踏在脚下。

三豹手中失了棍子，转身就跑，韦寸再次腾跳着追了上去。哪晓得三豹佯作逃窜，回身过来，一把尖镖直冲韦寸飞来。

尖镖寒光凛凛，还未刺到韦寸身上，只见韦寸手中的棍子往胳肢窝下一挟，直飞过来的尖镖已被棍子击打下来。

"好险啊！"

"真中了镖，韦寸少爷不残也得出摊血。"

"打中了心窝，只怕土司公主哭都哭不赢。"

"这一手恶啊！"

"不是说就只比棍棒，不伤人吗？"

……

围观老百姓你一言我一语七嘴八舌的议论声，嘈嘈切切地响了起来。

韦寸支着棍子，站在场坝中央，挽起袖子抹着额头上的汗。

林媚惊魂未定的脸上，一对惊恐的眼睛扫到班三豹脸上。

三豹站在场子边上，定睛瞅了一眼毫发无损、镇定如常的韦寸，堆起一脸的佯笑，双手抱拳道："韦寸妹弟，我是试一试你的机灵劲儿，哈哈，三豹佩服，佩服！妹弟果然身手不凡。"

林媚离开观看比试的人群，跑到韦寸身旁转脸怒视着三豹，"呸"了一声道："有你这样试身手的吗？韦寸，我们走，回麻石堡。"

话音一落，只听场坝上韦二憨粗声吼着："借过借过！请让一让，马队进场啰！"

挤得满满当当的人群散开去，二十多匹川马被谷族回门的汉子们牵进了场坝。没等众寨邻乡亲看清是怎么回事，韦寸、林媚和随他们来的二十个汉子，已翻身上马，来到坐在场边正中央的土司班兴友夫妇面前，齐刷刷地施礼告辞："谢岳父、岳母老泰山！孩儿们就此告别。"

韦寸从腰间拔出一把小手枪，朝着天空打了一枪。

"砰"的一声响，马队由慢而快，朝着落河坝外的大路，疾奔而去。

一阵疾跑，回门马队仗着马儿吃足了夜草，在山道上跑出了十几里地，这才放慢了速度，任由马儿缓缓地信步骑去。

韦寸明显地感觉到，林媚在这一路之上，形影不离地跑在他的身边。他快她也快，他稍缓一些，她也随之放慢骑行的马步。再不像来的路上，归心似箭的她总是独个儿跑在最前头。韦寸心里想，比武时和她三个堂哥的对阵，让她为自个儿担惊受怕了吧。这还是第一次在她面前耍棍，在她眼里改变了他是个读书郎的印象。

"今天在落河坝的这一场打，打出了韦寸少爷的威风！"耿老贵是在马队慢摇慢行中第一个挑起话头的，"说老实话，和班大虎第一个对阵时，我看他杀气腾腾的凶狠相，哪里像比试啊，恨不得一棍子把韦寸少爷往死里打。"

韦二憨跟着叫起来："我也替韦寸少爷捏把汗哩！那个班大虎，眼里的凶光就像吃羊子的狼。"

"幸好吃早饭时，班土司对我们作了关照。"蒙庆文慢条斯理地道，"我也让开亮做好了准备。"

"嘿嘿，他们敢！"背着钢枪的韦开亮笑了一声，"昨晚上我朝着灯笼开的那一枪，就是警告他们。"

蒙庆文提高点嗓门说："林媚公主，我看你这三个堂哥，对我们韦寸少爷有点不怀好心啊！"

"都是我爹说，要在他们三兄弟中间，选一个旗头惹出来的。"林媚气咻咻地道，"他们就觉得，我嫁出去了，选出来的旗头，就是以后莽族的土司官，争着称雄当头哩！"

"呸！他们三个只不过是侄儿，不是亲儿子。"韦二憨"哇啦哇啦"叫道，"照京城里皇上的规矩，世袭土司，只有亲儿子才能当。"

"二憨，你又犯憨了是不是，"韦开亮以开导的语气道，"京城里的大清皇上，都被掀翻了，现在是民国了！都在那里争着当大总统。"

韦二憨不服气道："民国了也不兴侄儿犯上作乱啊！"

耿老贵不无担忧地道："林媚公主，你还是嫁给了我们韦寸少爷好，以后照样当土司夫人。你要留在落河坝这地方像奢香夫人那样，当个苗族的女土司啊，你那三个堂哥，哪一个都不是省油的灯。"

林媚没答耿老贵的话，只是转过脸，和韦寸交换了一下眼色。韦寸静听着这些族中弟兄的话，始终都不答言。吃早饭时，岳父大人班兴友土司在他耳畔低声叮咛过，比试结束，无论是赢是输，都不要去吃他三弟兄的饭，喝他们的酒。他会让家丁们把马队骑来的川马，一匹匹都牵到场坝边上等着，比试一完，马上离去，即使大虎、二龙、三豹盛情挽留，也要说麻石堡九大寨上有事，要急着赶回。路上吃的和班府给韦家男方的回礼，都已经备好了。

韦寸心知肚明，自己的岳父老泰山对他的三个侄儿，是有戒备心的。幸好三个灰溜溜败下阵来的堂哥，一个都没挽留他们下来喝大酒的意思，他们当机立断，离开落河坝，还是利落的。照这速度，今天回到头寨上歇，该没有多大的问题。

韦寸颇有含意地回望了林媚一眼，点了点脑壳。话题涉及土司家族的世袭，他和林媚，都不便随口胡乱说啥的。

蒙庆文叹了一口气道："就因京城里那些有军队有枪炮的争过来，夺过去，都想着当大总统，世道才乱啊！"

"关我们这天高皇帝远的地方啥子事啊！"韦二憨满不在乎道，"我们是在麻石堡，过我们的日子。"

耿老贵马上顶他的嘴："还说不关我们的事？这滇黔山野里，出的事还少吗？"

"是啰！"韦开亮马上应和耿老贵的话，"这个寨上出纷扰，那个山洞里又有人竖一杆旗，称大王，还有暴乱。二憨你忘了，今年春上我们一夫土司官和韦寸家妈，从五寨上回麻石堡，还遭人打冷枪，堵住路了。要在平时，哪个敢出来拦？"

"是啊！我说的就是这意思。"蒙庆文用老成持重的语气道，"打家劫舍的，神出鬼没抢人的，本就心头有仇的敌对、械斗、拼夺，我们听见的还少吗？"

"连滇黔道上的保商生意，都红火得很，"韦开亮接过话头说，"不是都说我枪头子准哪，从大热天开始，好几拨人找到我，要拉我去干保商队，说那是个非常好的发财门路。"

"干得呀！开亮，你枪法准，和韦寸少爷一样，有'仰打飞禽跑打兽'的本事。"耿老贵羡慕地说，"干上了，光是那保商费也不少哩。听说，滇黔道上走一趟，抵得在家春夏秋冬勤扒苦挣地刨一年泥巴哩！"

韦二憨又咧开嘴叫得欢："就是比你上山钻林子打猎，也强啊！"

"来拉我入伙那人还说了，跟着商队去，顺道自己捎带些大烟，尤其是陈土，还可赚一笔。"韦开亮补充道。

耿老贵奇怪了："那你咋不去呢？"

"你们都以为那是天上落下来的银子，跑去捡捡是不是？"蒙庆文嗓音不高不低插上了话，"世道乱，路途上也不太平呀！那些商队，不管经营的是啥，合法的不合法的，为啥要请保商队护卫，就是怕抢呀！抢人的还会对你客气？你在明处走，他在暗处躲。有时候走着走着，冷枪打来，你连倒下来了都不知是哪个打的。保商，哼，那是拿命换钱。"

兴冲冲的耿老贵和韦二憨没有话了，韦开亮接了一句道："我也就是像庆文哥说的，才没敢上路。"

"这世道，险恶啊！"蒙庆文又加重了语气说了一句，是在教训马队里比他年轻的汉子们，"要在往常，韦寸少爷回门，是件多招人欢喜、吹吹打打欢天喜地的事情。而今呢，一夫土司王爷让我们二十人的马队，带上家伙跟着他俩跑来回。好在，有惊无险，我们总算让新郎新娘安然回来了。"

听到这里，林媚接上话头道："连我都没想到，三个堂哥会耍上这一手。真是谢谢你们谷族兄弟了。"

"爹说啦！"韦寸接上林媚的话，仰起脸来，提高了嗓门，故意让马队里所有的人都能听见，"回到了麻石堡，有赏银！"

话音刚落，前头寂静的山谷里，"砰咚！"响了一火铳。

韦寸和麻石堡马队警觉地朝前方望去，不由勒紧了马缰绳。

火铳声是来接韦寸少爷马队的头寨土目韦二叔派出的汉子打出的。

韦寸、林媚和马队的伙伴们看清了对方的服饰和装束，悬着的心就放了下来。

奉韦二叔之命，十多个谷族汉子一大早就上了路。

两支队伍汇聚在一起，人多势众，又是在九大寨地盘上，走着就轻松了。

抵达头寨歇息下来，这一顿酒就喝得分外的酣畅和尽兴，真正地达到了"二晕三晕，一醉方休"的境界。美不美，家乡酒，让韦寸第一次感觉到了那内在的含义。那不仅仅是讲的酒和水啊，那是指的家乡的水、家乡的酒，都产自他生于斯、长于斯的九大寨山野土地，连迎面吹来的风都和他在落河坝时不一样。

第二天回麻石堡的山路，走得就更加自在顺当了。

爹出言有声，说到做到，在麻石堡韦家大院堂屋里"打牙祭"，迎接韦寸和林媚安然无恙回到家的宴席上，不但上了香味扑鼻的烧春酒，又给回门马队的每个汉子赏了几块银圆，还让他们吃饱喝足之后，带上女方娘家送的腿肉、血豆腐、荞粑、花帕子等回门礼给家人。对领着马队拿主意的蒙庆文，负责给二十二匹马喂稻草的韦二憨，形影不离贴身站在一对新人身后的耿老

贵，特别是关键时刻放那震惊酒桌一枪的韦开亮，多赏了一块
银圆。

　　一帮汉子得了赏，一路之上又豪吃豪喝了好几顿，虽有提心
吊胆的时候，但总算平平安安回到了麻石堡，一顿土司王府宴吃
完，都欢天喜地，带着点醉意摇摇晃晃地踏着麻石堡的石阶回家
了。月色很好，一家四口站着说了几句。一场大婚的所有礼俗，
按照谷族和荞族两大家都能接受的方式，热热闹闹、风风光光、
体面而又气派地举办完成，爹妈都长长地吁了一口气，对韦寸和
林媚露出了少见的笑容。

　　"好好回屋头睡个够。"韦一夫对两个新人道，"韦寸你年方
十七，头一回以韦府大院的名义，带着二十人的回门马队走这一
趟，让为父心头悬着的一颗心放下来了。"

　　"你们不知啊，从麻石堡到落河坝，山水离得远，两个土司
老爷商量你们的婚礼时，"宋庭竹指了一下韦一夫，又瞥林媚一
眼说，"把'递文书''讨年庚''过礼''取满意''亮彩''喝花
圆酒''摆礼'一道道烦琐婚俗，能归并的归并，能省略的省略，
就是为了省却一趟趟地来回跑，出个啥三长两短。唯独这回门，
是男方和女家，谷荞两族的老祖公订下的，省却不去。那天你们
一离开麻石堡，我和你爹就没安心过，几个晚上没睡好呢！"

　　"我还真不知呢！"听了妈这一说，韦寸才恍然醒悟，原来
这表面欢天喜地的回门，原本就不安宁啊。

　　林媚却拉一拉宋庭竹的手："倒是出嫁前，妈都给我讲

了的。"

"哎呀，林媚公主，你爹妈这一趟太客气了。"宋庭竹双手回过来抓住了林媚的巴掌，在自己手里抚摩了两下，转脸对韦一夫说，"一夫土司爷，你还不知，韦府大院交林媚送进班府去的回门礼，那两筒二百枚银圆，荞族土司爷，她的爹妈，我们的亲家，都让你这媳妇带回来了，还添了一筒。"

林媚接过话头道："我家爹妈说了，从今往后，我就是韦家的人，以后生儿育女，花钱的地方多着呢！"

韦一夫轻轻一跺脚，瞪了林媚一眼："哎呀，我的公主媳妇啊，这钱你不该带啊！"

林媚摊开双手，无奈地说："我没拿，妈就挂在马身上，硬要让我驮来。爹还说，班府韦府，以后就是一家子了。我要生下了娃娃崽崽，个个身上都淌着韦、班两族的血脉。"

爹不再说话，只是沉吟着点了一下脑壳。

妈瞅了瞅爹，又把目光移到韦寸脸上："那你们也早点歇息吧。"

盥洗完毕，韦寸和林媚双双躺上婚床时，韦寸有一种难得的如释重负之感。稀里糊涂之中，他好像是避过了一劫。

熄了灯的薄暗中，林媚的一双手，在轻轻地、慢慢地、探索般抚摸着他的身子，韦寸凝神屏息地感受着她的轻柔。昨晚上，在头寨韦二叔给他俩安排的床上，她也像今晚上一样，有过同样的试探。可韦寸把她的手抓在自己手上，用几句话搪塞过去了。他对她说，不晓得为啥了，一躺下来，他的双眼总是看见她的三个堂哥张牙舞爪地挥动着棍子朝他打来的模样，好像他们不是在和他比试武艺，而是在山岭里碰见了野猪、豺狗、灰狼似的恶斗。

这个话题果然奏了效，林媚把脸凑近他的脸庞，身子紧紧地偎依着他，搂着他身子和他说开了话。她说她也感到吃惊、害怕、恐惧，紧张得把啥都忘记了。

"我在一边看着，三个堂哥挥棍朝你打来的脸相，恨不能一口吞了你，心都揪紧了。"林媚忧切地说，"心里说，你是头一次和他们仨相见，不该这样的呀。"

"是啊，是不是头晚上不喝他们的酒，也没有敬他们？"韦寸沉吟着，一面猜测着，一面伸出手去，把林媚搂到胸前，轻轻安抚般捋着她的一头乌发。韦寸觉察到了新婚没几天，上了婚床，林媚都喜欢把一头长发放开，披散下来，让长长的乌发随意地垂落到肩头。她的头发很像她的性格，一根根又粗又长，几乎可以耐心地细细数过来。韦寸摸着她的头发道："看到你三个哥的凶神恶煞相，我替你爹和妈忧心。"

林媚扭动一下身子，让自己睡得更舒服些，挨得韦寸更紧了些："爹现在的身子壮实，家丁卫队看管得严，还不至于……忧心的是他们老了。"

说着，林媚的脸凑近韦寸笑道："真看不出，你的棍术，打得这么灵巧，出神入化，叫人看得眼花缭乱，把他们三个都打败了。"

韦寸笑："除了读书，爹对我盯得最紧的，就是要把拳、棍、刀、剑、长枪、飞镖，样样练得蛮汉子近不了身。"

"那好，以后啊，我天天陪你一起练，一面练，一面比试。"林媚跃跃欲试地道，"你晓得我的强项是啥吗？"

韦寸摇头："我还没看出来，只看见你骑马不差。"

"嗨嗨！"林媚出声地笑了，"告诉你，我的弓箭练得有准头，仰射飞禽，横追跑兽，野兔麂子啥的，百发百中。"

"还真看不出你有这一手哩！"韦寸不无逗趣地道，"爹说过，武艺要练得出色，最好有绝招……"

"身怀绝技？"

"是啰，你一个女子，能百发百中，已经了不得了。"

"我还有一招哩！"

"是啥？"

"不跟你讲，讲白了，就不是绝招了。"

"讲给我听。"

"不。"

在婚床上说着悄悄话，韦寸只觉得身心完全放松下来，这是韦府大院里的家，安然、寂静。远远的地方，从麻石堡哪一家的院坝里，传来婴儿的啼泣声，夹杂着一声两声的狗吠。

林媚又在他的胸大肌上轻轻抚摸了两下，韦寸的意识里，分不清是在头寨韦二叔给他们安排的房间里，还是在自己新婚的屋头了，他只恍恍惚惚地觉得，随着天天夜晚和林媚的同床共寝，随着夫妻之间交流的增多，随着和林媚一次一次的肌肤相亲，他对原先十分陌生的林媚，越来越熟悉，越来越亲昵了。韦寸的热血在舒展的四肢间奔涌，他身心的欲望在升腾。林媚的脸挨近他的同时，把她热切的吻落在韦寸的眉角、面颊、额颅、嘴上。

韦寸回吻着林媚，他觉得今晚上不能像在头寨那样了，回到家里以后，他再没啥可以担心的了，他该回应林媚的希冀和渴望了。他的手从林媚的肩上移到她的胸前。林媚当即"哼"一声，侧一点身子，裸突起她的一对坚实的乳房，"哦"了一声，仿佛在鼓励和催促他抚摸它。

林媚的乳房坚挺，耸得高高的，显出一副雄赳赳的可爱模样。她和美贞的乳房最大的不同，是她的乳头硬硬的像一颗核桃。韦寸不由得探索般多摸了几下。

韦寸脑子里一个念头瞬间掠过：回到韦府大院来之后，还没见到美贞的影子哩！她在哪儿？在和她相好之前，她在不在，韦寸从来都不曾在意过。她随时跟在妈的身边，韦寸熟视无睹。她不出现，韦寸也未在意。可现在不一样了，她已经怀上了他的娃娃，他去落河坝回门几天，回到韦府大院了，她咋个连面也不露一下？

韦寸心上闪过一点儿疑惑。

林媚低吟轻哼起来，她在表示着欢悦和爽心吧。她的性致愈加浓郁了，喘息也一声声显得愈加舒缓。

"韦寸。"她在轻声叫他。

韦寸"嗯"了一声答应她。

"你说，你真没进过'花撩房'吗？"

"真没得。"

"那你见过头一次去'花撩房'过夜姑娘的血吗？"

"更没得。"韦寸听了她的话感觉莫名其妙。他连美贞的血都没见过。

林媚笑了一场："现在我坚信，你一个谷族土司的独儿子，明知要世袭土司王位的，没得进过'花撩房'。可我又心奇，新婚第一夜，你和我咋个又做得那么好？"

韦寸答不出来，他的嘴张了张，没发出声来。他是没进过'花撩房'，可他和美贞同过房。美贞是过来人，他是在和美贞的一次一次同房中，学会男女之间这件事的。韦寸心里晓得，嘴上却说不出来。

林媚没有因为他不答言不悦，她的呼吸还是平静的，她放在他身上的手没任何动作。他心里疑惑，回到自家的这间婚房之中，从林媚的身上，她温暖的皮肤和身子上，他都能嗅到一股幽幽的素馨，似乎是从她嘴里呼出来的气息，又好像是从床榻上散发出来的。在班府大院林媚原先的闺房里，在头寨韦二叔为他俩准备的客房里，韦寸却没感觉到这股好闻的味道。韦寸紧紧地搂一下林媚，在她光洁的额头上投下一个吻，低声发问："回到我们的婚房里，和你躺在这张床上，我觉得气味好香好醉人。"

"憨包！"林媚的笑声像林间的鸟儿，她嗔怪道，"你才闻到啊！"

"头天夜里躺下就有。可到了外头，回门那几夜，就不觉得了。"韦寸如实地说出自己的感觉，"今天一回家，又有了！"

"那是我身上，抹拭了莽族新娘用的花香油，"林媚道出了底细，"床榻上呢，洒了花香水。花香油会让我这身子，更有男人喜欢的女人味。"

"真的好！"韦寸由衷地道，忍不住在林媚肩头投下一个吻。

"跟你说，莽族的'花撩房'里，讲究还要多哩。"林媚和韦寸并肩靠在枕头上，"你要听吗？"

"想听。"韦寸说，"就讲讲你钻进'花撩房'和莽族小伙的事。"

"少见多怪！"林媚嘴上虽然这么说，仍然放轻嗓音，一五一十地在韦寸耳畔讲起来。

林媚说，赶场、游方、上山坡林边"摇马郎"唱情歌，约定了心仪的小伙晚上去"花撩房"过夜之后，女娃儿只要管好自己，除梳洗打扮，沐身漱口，穿上最漂亮的衣裳外，啥都不要操心了。那位小伙子，就要忙乎开了。尤其林媚是班府土司家公主，他必须要想方设法讨得她的欢心，对他留下难以忘怀和割舍不下的印象，他得千方百计让这一夜在笑语欢乐中度过。他会到山坡田间草坡采来一朵朵鲜花，把花儿铺展在整个小小的"花撩房"的小木楼里，让满屋都弥漫着诱人的花香，让林媚公主看一眼就欢喜不尽。

林媚进入"花撩房"之后，会尽情地赏花，会在催情花儿散发出来的花香味中陶醉，还会给男方发出信号。

韦寸听到这里时，忍不住发问："小伙咋能听到你发出的信号呢？离得远了，听不见咋个办？"

"怪你真没进过'花撩房'吧。小伙啊，早等得毛焦火燎的了。"林媚道，"天一黑，小伙早就在'花撩房'的阁楼下面或是附近等着了，其实他是在暗处，看着姑娘步上'花撩房'楼梯的。听到姑娘一声咳，或是故意自言自语一句，再就是姑娘轻柔悠扬地唱上一句，白天他们对歌时唱过的情歌……"

韦寸听出兴致来了，插嘴问："唱啥子呢？"

"比方说，妹唱'月儿弯弯在西天，情妹想哥在花园'。"林媚随口哼了一句。

"小伙会怎么回答呢？"

"小伙会紧接着唱：半天不见妹一面，好比炒菜断油盐。"林媚在韦寸胸前用手指划拉了一下道，"也有小伙怕唱歌动静大了，干脆学雀儿叫啊，狗叫啊，猫猫打呼噜啊，总之是告诉姑娘，我早在近旁等着哩！"

林媚接着说，后面的过程更好玩，更逗人。当姑娘笑一声，或者用约好的话示意一下，小伙子就会像小偷一样，蹑手蹑脚地不发出大的声响爬上"花撩房"，匍匐下身子，爬进"花撩房"

虚掩着的门。这会儿，"花撩房"里静悄悄的，姑娘会装作在瞌
睡，一动不动地躺着。由于她是班府土司的公主，进"花撩房"
的小伙必须趴下身子，亲吻公主的脚，亲了左脚还要亲右脚，一
个一个脚趾头亲过来。亲完了，还要亲脚心脚背。这个过程一定
要慢，要细心、耐心，不要扳痛姑娘的脚。如若把她惹恼了，一
脚踹过来，小伙就得扑爬翻滚出"花撩房"。不过，这样的情形
很少出现。往往是小伙子亲到公主的脚背心，公主觉得痒痒的，
"扑哧"一声笑出来。小伙子这才安心下来，从公主的脚后跟，
一步步慢慢地爬向前来，爬到公主的枕头边，两个人这才可以相
搂相抱，开始一晚上的鱼水之欢。

韦寸听得入神了，不由问了："你是十几岁进'花撩房'
去的？"

"莽族寨子上，十三四岁的姑娘，胸脯隆起了，老人们讲花
苞开了，就许进。"林媚坦然道，"我是班府土司的公主，爹定下
了规矩，要迈进十六岁的门槛，才许我约小伙。"

"那你还记得吗，前后约过几个？"

"有……有七八个吧！"

"如若不成亲，仍可以约下去？"

"是啊！"

"约到哪天是个头呢？"

"约到怀上娃崽了，班家土司有后代了，就得准备婚事。"

"那你约过七八个，都没怀上吗？"

"我不晓得咋个回事，那些小伙，个个想尽各种各样方式讨我的欢心，他们做得也尽心尽力，就是没一个让我怀上。"林媚的语调里透着困惑，"说真心话，他们是费尽心机盼我怀上的，拿老辈子的话说，给兜上个瓜儿的。有了娃崽，就做人上人了。兴许，韦寸，这就是我和你的缘分，天注定我要为你怀一个娃娃，这娃儿身上，流着谷族的血，也流着荞族的血，了却两个土司爷的心愿。"

说到这儿，林媚的手从韦寸身上一下子滑到韦寸的下体："瞧你啊，韦寸，看你多好啊！"

一边脱，林媚就一个骑川马的姿势，跃上了韦寸正熊熊燃烧的身子，和他紧紧地相拥相抱在一起。

林媚的主动和热情火种般点燃了韦寸热腾腾的身子，他只觉心田里涌起一大股贪婪的欲望，只想把自己的整个身心一起给了林媚。她是黑里俏，她的美有点儿妖冶，她是荞族班府的土司公主，她的热情中带着股火辣辣的滋味，哦，他要和她生下一个两种血液混合在一道奔涌的后代。

第六章 ｜ 火井

　　韦寸看韦二叔完全变了样，和他回门路过头寨时，他那自信自在的神情像变了一个人，心突突地跳得凶起来：一定是出了大事！

怕被小人安荙套

怕我情郎绳索绞

害怕夫君遭暗刀

心爱情郎命要保

都说我俩门第高

万年相逢在一道

秧苗最怕烈日烤

烤得秆黄枯叶焦

我想邀郎共种桃

只求今生同郎好

——莽族民歌

腊月尽，九大寨要过年。

韦寸做梦都没想到，血雨腥风的战火会在这个时节烧过来。

听得让韦府大院人心惶惶的消息是头寨的韦二叔带来的。

人说，进入九大寨，才知山岭险。时令到了十冬腊月，九大寨就变得阴沉沉的，细雨天多。这阴冷已经让谷族百姓离不开火了，有事没事，在火堆边坐着；再加上随着呼啸不息的风，毛毛细雨也来了。这细雨可恼人了，从这家门口走到对门的屋檐下，可以不当回事，不需要戴斗笠、披蓑衣。如若多行几步，看嘛，这细雨就会浸透人的衣衫，让人冷得直想找火。

阴雨天里，一眼望出去，九大寨远远近近都是层层密密云遮雾罩的岗峦群山。没被雾气盖住的地方，都看得见连云连山的树林，插进云里去的峰巅，更多的连绵无尽的山山岭岭，被云雾笼罩成一个浩浩茫茫梦幻般的世界，让人看不见天，也摸不着无底的峡谷。脚下走的路好像都被油擦过，往山岭里走不多远，就辨不清方向了。

已是年三十了，擦黑时分要开年夜饭。宋庭竹让韦寸到灶屋里，叮嘱厨师给儿媳妇林媚备一份清淡点的汤。韦寸还是腊月二十三才晓得林媚有喜啦，给他怀上娃娃了。管这娃娃将来是男是女，那都是韦府和班府两大土司之后啊，韦寸自家都刚交十八哩，就要当爹啦！当然是喜事啰！

这消息无疑给韦府大院的大年，倍添出了几分欢喜之情。是啊，成亲几个月了，韦府上下都在为这事儿盼呢！

韦寸到灶屋叮嘱了之后，走进灶屋旁厢房的大火塘边来。

一进屋，就看见了头寨上的韦二叔，正在脱下水淋淋的被细雨打得湿透的衣衫，换上爹吩咐人拿来的棉衣。韦二叔是土目，他来必有事。

韦寸主动上前招呼："韦二叔，来啦！"

"是啰是啰！韦寸少爷，"韦二叔的脸冻青了，瞥见了韦寸，急忙招呼着，把手伸进了棉袄的袖管，笑对韦一夫说，"一夫老爷，这一换衣，就暖和多啦！多承多承。"

"你快坐，先烤着火，慢慢说。"韦一夫的脸色变得很难看，他对韦寸一招手，"你也坐下，一起听韦二叔说说。"

韦二叔接过下人递过来的茶水，喝了一大口，放下杯子，双手搓动着展开巴掌探着燃得旺旺的炭火，忙不迭地说："出大事啦！接二连三的事啊，土司老爷，要不我也不会在这大年三十狼狈成这样跑过来。哦，惨啦惨啦！"

说着，韦二叔抱紧自己脑壳，呜咽起来。

韦寸看韦二叔完全变了样，和他回门路过头寨时，他那自信自在的神情像变了一个人，心突突地跳得凶起来：一定是出了大事！头几天，韦府大院里的人们都在说，从头寨到九寨的土目、旗头们，都要在初一以后到麻石堡土司韦府来拜年呢！

韦一夫手里拿着两根夹炭的长竹片，又给炭盒中加了一块新炭，嘱咐韦二叔："现在到府上了，你再喝口水，喘口气儿再说。"

说着，拿起茶壶给韦二叔放在炭架上的杯子斟水。

韦二叔连忙拿起杯子，双手捧着接爹的壶嘴。

斟满杯，韦二叔又接连两口，把茶水喝光了，喘了一口气说："土司老爷，大过年的，我真难开这个口啊！可不赶来说又不行……"

"说吧，出啥大事了？"韦一夫用沉着的语气道，"这里就我们两父子。"

韦二叔的眼睛往韦寸哀怜地瞅了一眼，两片冷得发紫的厚嘴唇颤动了一下，吐出一句话来："韦寸少爷，我带来的是坏消息。你那老泰山，岳父母，班族的土司老爷，林媚家爹妈，被杀了！暴尸在落河坝院坝里……"

说完，韦二叔一手遮眼，长叹一声："惨哪！"

"啥子？"韦寸一声惊叫，只觉得脑壳里头"轰"一声响，心怦怦地骤跳起来，他瞪大愕然的两眼，盯着韦二叔。他才回几个月？

"什么人干的？"韦寸听见爹在问。

"还能是谁？他的三个亲侄子，我们头寨谷族百姓说他们仨是如狼似虎像豺狗一样的三兄弟。"

韦寸眼前掠过和他对阵过的班大虎、班二龙、班三豹三张黑苍苍的脸。这三兄弟咋个下得了手，杀害当土司的叔叔？

韦寸从侧面望过去，爹的眼睛瞪得大大的。韦寸从他的眼神里，都能看出震惊。只见爹拍了一下韦二叔的膝盖道："你亲眼见了吗？"

韦二叔摇头："我亲眼没得见，先是听到风传，后来多方传来消息，说得活灵活现，三兄弟公推班大虎当寨老，班二龙撑旗头，班三豹为土目，统领莽族落河坝以下一百七十七寨。有敢于不听从号令的，当场挨刀，悬吊在寨门口示众。"

韦一夫冷笑一声："他们都不争着当土司了。"

韦二叔的语气稍稍平静了一些，"这三兄弟，听说也同滇黔道上专为运送烟土的保警队有联系，不但从他们手中买枪，也从他们嘴里听说了，宣统皇帝被掀翻了，朝廷换了旗号，称民国了，土司也无人封了。有财有势、有枪有队伍就能称王，故而他们以土目、旗头、寨老自封，说是大哥二哥三豹，一个不比一个差伙。回门时韦寸少爷带过去的那一杆钢枪，打了那一枪，把他们全震倒了。三兄弟住进了班府大院，把银圆抢到手，第一件事情，就是买钢枪，说是买不到汉阳造，广造的也行。"

说到这儿，韦二叔瞅了韦寸一眼。

"韦开亮打的那一枪，还给他们开眼了。"韦一夫说，"看样子不会是假的了。"

"不假，土司老爷，"韦二叔双手摊开，接着往下道，"枪，他们买来了，拉起了队伍，自以为兵强马壮，打过来了呀！"

韦一夫移动了一下身子："你是说，他们朝我们谷族打来了？"

韦寸环顾了一下自家的厢房，炭火把厢房烤得温暖如春，可他听到这里，却觉得厢房里吹进了冷风，凉飕飕的。

"那些钢枪厉害呀！"韦二叔显然还没把话全说完，他眼角露出惊惶之色，瞥了一眼韦一夫道，"要不我咋守不住头寨，他们十几支钢枪打头阵，砰砰嘭嘭炒爆豆般地一打，我头寨那些火铳守不住啊！弟兄们眼见身旁的伙伴中了枪弹就倒在地上，吓得脸都变了色，一哄而散，都跑了！老爷，我对不住你呀，没把头寨守住，这年，在头寨上是过不了啦！"

韦二叔终于啜泣出声，哭丧着脸，把话说完了。他的两只手探在炭火上头，十根手指似在颤抖。

韦一夫把手中夹炭的两根竹片愤愤地往炭火中一插，炭火溅起几颗火星，他关切地问："你跑来了，那你家人呢？"

"家人？"韦二叔仰起脸来，韦寸看得清清楚楚，韦二叔四十多岁的人，眼泪汪汪的，"家人随我逃到二寨，我跟二寨的土目韦昌亮说了，过完大年再来给你报信，昌亮说，大祸临头了，顾不上那么多了。他让我把家人安顿在二寨上，赶紧来给你报信。土司老爷，可怜的是头寨上谷族的寨邻乡亲，听到那班家三兄弟杀过来了，他们……"

"他们躲哪儿去了？"爹急忙问。

"还能躲哪儿去？我的老爷，二寨上有亲戚的，随我逃到二寨来了。没亲戚投靠的，就跑去山上的洞子里偷生。这么冷的天啊！"韦二叔说着，抹了一把泪，"我没替你保护好这些谷族兄弟姐妹啊。"

韦寸看到爹的脸色泛了青，一双眼睛盯着烧得正旺的炭火，两边嘴角鼓起了咬肌，一言不发。

韦二叔张眼试探地瞅了韦一夫一眼，提醒般说："老爷，赶紧拿主意呀！班府那三兄弟，同他们的名字一样，比豺狼虎豹还凶啊。有效忠班兴友土司的，不服他们管的，他们杀的杀，烧的烧，抢的抢，无恶不作。一踏进我们头寨地盘上的小村寨，见谷族汉子就杀，就砍，见女子就抢，我带着火铳枪队赶过去，只看见火光熊熊，浓烟蔽日，大人哭，娃儿叫，家园全毁了！苦了我们谷族的寨邻乡亲了。唉，咋个会变成这样？"

韦寸听着，只觉得祸事临头了。怀了身孕的林媚，要晓得她的亲爹、亲妈都被她三个堂哥杀了，不知会哭成个啥样了。

思忖着，韦寸忧心忡忡地抬起头来，不知啥时候，妈站在厢房一侧，把韦二叔的话都听见了。从妈受惊的两眼看，她也大感意外。

韦二叔也看到了宋庭竹，站起身来给她作揖，"夫人来了。"

宋庭竹走近火塘边，双眼望着韦寸，嘱咐道："林媚身上有孕，不要对她讲她父母被害的事，要不，对她肚里的娃娃……"

"夫人放心，"韦二叔先答应了，"我也不去见她。"

韦寸也答应妈："晓得了。"

宋庭竹追着叮咛："消息早晚要传过来的。她问起，就说她爹妈正组织人要打回班府去，没往这边逃来。"

"明白了。"韦寸再次答复。他晓得，妈这都是为了他的娃娃着想，为班林媚的身孕着想。

韦一夫让韦二叔坐下，对他说，来都来了，就在麻石堡过了大年夜再作打算。韦二叔急切地道，他只在麻石堡住今天这一夜，明天他就赶回二寨去，那班府三兄弟占下头寨之后扬言，翻过年，吃饱喝足歇够了，他们就要势如破竹地打二寨。韦二叔要去同二寨的韦昌亮商讨如何守住二寨。

韦一夫仰起脸来问韦寸："从安顺旧州买回来的那几箱子枪，韦开亮带着那些弟兄，练得怎么样了？"

"都能打了，爹。"韦寸照实答道，"只是，枪法不像韦开亮那么准。"

"要抓紧练，这个年，看来是过不太平了。"韦一夫说，"班家三弟兄不是有十几支枪吗，我们总共也买了十五杆枪，练好了枪法，该是能和那三兄弟较量的。况且，他们是攻方，我们是防守，地形选好了，他们不可能打进九大寨来。"

韦二叔的眼睛红了："老爷，那头寨和团转周边被他们占了的地盘呢？"

韦一夫沉吟了片刻说:"打顺手了,再收复失地。"

韦寸万万没有想到,他和林媚回门以后,绘声绘影地讲了韦开亮一枪震住了整个场面的过程,撺掇着爹买回来十五杆枪,这么快就能派上守卫谷族家园的用场,心中在暗自庆幸,幸好枪买回来了。要不是,只有一把小手枪,一杆长枪,火铳再多,也抵挡不住气势汹汹的班府三兄弟。

烽火惊天,韦府大院笼罩着一股不祥的气氛。

年夜饭桌上,林媚见到远道而来的韦二叔,带着惊喜和他打招呼,连声问着头寨上的情况。韦二叔脸色有些尴尬,支支吾吾、东拉西扯答着,酒喝得不多,饭也吃得少。一桌的过年菜,都不见他夹来多吃点。不等吃完,他就向韦府一家主人告退,说路途上淋雨着了寒,身体不舒服,回安顿他的屋头去歇了。

林媚还是起了疑,问韦寸,韦二叔这是咋个了,像失了魂一般,大年夜赶到麻石堡来,是不是出了啥大事?

韦寸和爹妈交换了眼色,都没及时吭气。韦寸装作啥也不知,搪塞说韦二叔专程为谷族的事,赶来找爹的。

韦一夫却不接嘴,只对林媚说,过大年,你好好吃点。

林媚闻到酒香,想斟来喝,宋庭竹趁机拿过了她面前的酒盅,说身子怀上娃娃了,不能喝这种烈性的烧春酒。引得林媚疑心更重了,吃完年夜饭回屋头去的路上,林媚追着韦寸问:"你们是不是有事儿瞒着我?"

韦寸只得说，头寨上的谷族，和你们班府所属的荞族村寨，为争山林闹起了纠纷，快打起来了。韦二叔想到你嫁过来了，两族之间的事，还不是一家子的事，想让步。可头寨上的乡亲们不依不饶，他不晓得该咋个办了，赶在年前来问爹。

韦寸说出的这个理由，好像林媚听进去了。她眼里透出焦虑的神色，问韦寸："要不要我去跑一趟呢？我劝不住，还可以去把我爹搬出来。"

韦寸连忙摆手，用不以为然的语气道："不用不用，这点点事，爹有办法。"

林媚眼里有狐疑之色："韦二叔不该愁成这样子啊！"

韦寸继续掩饰着，自圆其说："咳，他还不是头一次碰到这么棘手的事。要在往常，打便打，退就退，他一个土目就能做主。"

回到他们俩的卧室里，坐在床沿上，林媚心中还是有疑惑，她摇摇头说："不对，韦寸，这点事，怎么我看爹妈还有你，都是心事重重的？"

韦寸双眼望着林媚，不晓得用啥话编来骗她。事态远比他编出来的情况严重得多啊，他怕随口说出的话，引出林媚更大的怀疑，愣怔了一下道："两个老辈子的事，我也闹不清楚。要不，你先歇着，我去找爹再问问。"

林媚瞟了他一眼，默然点了点头。

韦寸逃遁般走出了房间。

横祸飞来，韦寸才意识到，这个名为土司的官，是不好当的，至少得像平时出门赶个远地方的场一样，做到"晴带雨伞，饱带饭粮"般时时防着意外发生。他终归刚交十八岁啊，爹妈做什么事情，都要比他想得远，看得透。从落河坝回门到家的几天里，始终没见到美贞，韦寸问过妈：咋不见美贞了？妈告诉他，美贞被送到妈的娘家安顺旧州去了，她有了身孕，肚皮腆得越来越高，眼看来年的春天就要生了。娃娃生下来，在麻石堡这地方，人多嘴杂，说啥子的都会有，闲言碎语的，一旦传到林媚耳朵里，惹得她生疑心，对你们两口子都不好。还是让美贞去旧州，让他们娘俩在那条老街的宅子里，过太平日子。娃娃大一点，还能像你去五寨读书一样，进旧州更正规的学堂里读书，也好确保九大寨韦府大院里有后。

韦寸看得清楚，妈说这些话的时候，脸上没啥表情，就像平时在吩咐美贞收拾房间一样，语气是不容置疑的。她还说美贞花销的钱是带够了的。

韦寸不敢还妈的嘴。不过他心里是不理解，也不以为然的。

就让美贞把孩子在韦府大院生下来，莫非娃娃就不能在大院里长大？韦府大院修得那么牢固坚实，会有啥危险？

直到今天，韦寸多少有点对爹妈的这个做法，悟出点道道来了。

你看，韦寸和林媚回门到落河坝的时候，林媚的爹妈，班府的土司爷，多么风光，多么受人拥戴！无论是喝回门宴，还是在坝子上观看比试，都是前呼后拥，服侍的人那么多。可是说没就没了，而且还是被自家亲侄儿子打死的。

至于岳父母老泰山是怎么个死法，韦寸都不晓得。韦二叔是听传的，他们又是听韦二叔说的。但韦寸有感觉，从比武时班大虎、班二龙、班三豹三个恨不得活活把他打趴下、打残甚至打死的那个凶狠面貌，韦寸可以想象，林媚的父母，莽族的世袭大土司，皇上颁授圣旨册封的管辖一方土地的官，死得是很惨的。

想到这一点，韦寸就心痛。他和岳父母大人只见过一面，就觉得心痛得吃饭不香，如若这不幸传进林媚耳里，她会伤心成个啥模样啊。

韦寸不敢想。

走进堂屋里，爹一个人坐在八仙桌旁喝茶。韦寸感到，爹好像猜得到他会过来一样，八仙桌上，除了爹面前一盅茶，还有一只空茶盅放在桌上。

爹抬眼看他一下，用韦寸很少听见的亲切语气道："坐。"

韦寸和爹隔桌坐下，爹拿起茶壶，给他斟茶，韦寸连忙站起，双手伸到茶盅边。爹斟完茶，他急忙道谢。

"听了韦二叔报来的灾情，你咋个想？"爹转过半边脸问。

"不晓得咋个把实情给林媚讲。"韦寸连忙说，"她都起疑心了。"

爹缓缓点头："先让她有点预感，慢慢把实情告诉她。你妈的意思，不能让她伤心过度。"

"我晓得了。"

"瞒得了一时，瞒不了长久，娃娃生出来，照莠族规矩，还得带上外孙，让外公、外婆看一眼，见一面的，能瞒多久？"爹一字一顿地说，"你看，九大寨该怎么办？"

"打呗，像你说的，爹，一过完大年，就吆喝着，"韦寸道，"准备起来，我们有十五杆钢枪呢。"

爹的眉头皱起来了："只怕仍然打不过班家三弟兄啊！"

韦寸奇怪了："韦二叔不是说，他们只买回十多杆枪吗？"

"你韦二叔没读过书，人耿直，蛮勇，凡事也还能顾到谷族兄弟们的利益。"爹用推心置腹的语气对韦寸道，"可他只晓得拼杀，不识大局啊！"

"大局？"韦寸脑壳里头同样没想到。

爹端起茶盅，揭起盖子，呷了一口茶，接着道："有一首寨邻乡亲们唱的山歌，你听到过吗？"

"山歌？"韦寸听着有点糊涂了，爹在这节骨眼上，咋个还提山歌？

"唱的是谷族、莠族通有的世情，"爹慢吞吞地说着，便哼了起来，"嗯哪，打架只为争田水，嗨呀，结仇只为争河沟。"

韦寸双眼睁得大大的，他盯着爹的脸，仍然不明白爹为啥唱这讲械斗的歌。班家三兄弟杀他们的亲叔，是为了夺取土司的王位啊，和天雨天干啥关系！

爹朝着韦寸，扳起了左手的指头道："往常年景不愁来水的田头，裂了口子栽不下秧去，望水田连苞谷都不结籽籽。坡土田坝都荒着，颗粒无收。荞族的百姓唉声叹气地哼啊：猪年大旱河水断，鼠年田头颗无收，牛年连着三载旱，树皮充饥命难留。这就是荞族上头一百多村寨的实情。上头的荞族百姓，日子不好过啊。"

韦寸吃惊："爹，那不是旱恼火了吗？"

爹把两片嘴唇抿得紧紧的，道："荞族大饥啊，频频死人，尸弃荒野，无人收骨埋葬。"

"我们九大寨的村村寨寨，这三年，不都风调雨顺的。"韦寸不懂，睁大诧异的双眼问，"荞族那边，旱得……"

爹的嘴角露出一缕笑纹说："这是谷族的老祖宗，给九大寨选定的好地盘。荞族就不同了，云贵高原，滇黔道上，这方圆四五百里的地盘。就是这么怪。"

"怪？"

"都叫高原，荞族的地盘，要比我们谷族的地方，高出六七百尺。"爹指了指桌上的茶壶和茶盅，给韦寸细讲，"你和林媚回门去落河坝，你察觉没有，谷族的皮色，都要比他荞族百姓的皮色，细洁白净一点？"

韦寸想到自己亲眼见到的，他心里也有疑惑："这又是咋回事儿？"

"他们那一片，十冬腊月风更大，吹到身上更寒冽。"爹细细地给韦寸道出天象，"到了酷暑炎夏，他们的太阳晒得时间更久一些。你看，你和林媚在一起，她要比你黑得多。"

"嗯。"韦寸似懂非懂地点着头。

"田土也一样啊！韦寸，我们脚下的这块田土，也是像人一样的，要滋润，要养育的。"爹接着道，"荞族那些地方，风刮得凶，就把泥巴的肥水吹走了，雨落得久，就把肥气冲走了，天干的时候，更是把啥都抽空了。故而，他们的灾年就多。但像这三年，连年的旱，说是百年难遇。"

韦寸心里仍有不解的地方，"爹，为啥子会这样？走起来，我们和荞族，离得并不远。"

"十里不同天。"爹简单明了地说，"韦二叔管辖的头寨，是紧邻着荞族地界的，这半边在下雨，那半边隔座山头，就是烈日炎炎的。"

"这又是为啥？"

"天注定吧！"爹笑起来了，"你再追问下去，爹都答不上来了。反正，爹这大半辈子，看到的天象气候，就是这个样子。都说，一方水土养一方人，也有这意思吧。"

"那这天象，和三个侄儿杀亲叔父这大逆不道之事，又有啥关联？"

"关联大着呢！一来，这三兄弟有野心，想要霸占和管辖荞族那一方；二来，他们看到了我们这谷族的地盘，风调雨顺，人世间的这份日子，要比他们荞族过得顺畅和安逸，早就眼红和羡慕；三来，恰逢天旱灾重，树皮草根蕨菜充饥，日子过得早也焦来晚夕愁，三弟兄杀了土司，又一煽动，荞族百姓就跟着他们打过来了。"爹把眼前的局势一一地给韦寸分析着，"当然，你和林媚的联姻成亲，也让他们班家三兄弟感觉到了威胁。你那岳父班兴友，土司的女儿不愁嫁，到班府向林媚提亲的，那么多人，为啥都回绝了，偏偏专程找到我，提这门亲事？照常理，也该是我们男方这边，向他求亲啊！"

"是啊！"韦寸似有点明白过来了。

"班兴友主动向我提亲时，"爹向韦寸招着手，嗓门压得低低地说，"说得明明白白，古来女婿半个儿，他是要你以后接任土司时，连带着把荞族地方一起管辖起来。我当爹的，自然是求之不得啰！你想想。"

说到这儿，爹的双眼睁得大大的，望着韦寸的脸。韦寸依稀记得，同样的意思，爹妈在第一次告诉他和荞族的婚事时提起过。他点头道："嗯。"

"我们心中明白的事，"爹一巴掌击出一个响声，"那班家三兄弟，能看不明白？上次你去回门，我让二十个人的马队跟你去，就是怕你遭了那三弟兄暗算。"

韦寸的脑壳里迅疾地闪过回门时在落河坝遭遇的一个个画面，回想起来，还真是那么一回事。

爹又喝一口茶，长长地叹息了一声道："落河坝，落河坝，说的是有一条河从山上淌下来，你去回门时，看到河了吗？"

韦寸在自己脑壳里搜索，茫然地一摆手："还真是没见着，爹。"

"那是干啊，可见旱得真恼火！"爹断然道，"水都断流了，你想莽族百姓的日子能好过吗？"

韦寸心中仍有着困惑，他和林媚回门到班府，宴席桌上吃得不是很丰盛嘛。但他顾不上问这话了，他有些急切地问："那我们，这会儿该咋个办呢，爹？"

"打一仗是免不了的，得赶紧准备起来。"爹朝着韦寸伸出两根手指，"一、手中拿到钢枪的，一个个都要给他们讲清楚，要他们这些天，枪不离身，带足子弹。二、你要选几个机灵的，会见机行事的，过二寨那边去打听消息。"

韦寸问："韦二叔不是明天就要回二寨吗？"

"他是他，你仍得选人去。"爹沉思着道，"我怕他听到的消息不全。"

"那好，过完大年，我就去找人。"

"不要等过完年了，你明天一早，就得去办这两件事。"爹一劈巴掌，"这个年，是过不太平了。"

"要得。"看到爹盯得这么紧，韦寸当即答应。

九大寨的天，久雨必晴。

昨天大年夜细毛雨下得这么密，从麻石堡韦府大院望出去，山野全是雾沉沉的。没想到下半夜刮起风，清早起来峡谷里的雾变得浓稠浓稠，乳白色的了。太阳一出来，大年初一迎来了一个大晴天。

灶房里的下人们奔走相告，这老天爷，好像都晓得九大寨谷族要过年一般，露出笑脸来了。

趁着天好，韦寸带着土司大院的喜粑，一边给那些亲密的兄弟伙伴拜年送喜粑，一边把爹要他叮咛的话传给哥子们听了。他心里清楚，在这些人心目中，他是韦寸少爷；而在年龄上，他们都比他长，是他的哥。好在他到五寨学堂里读过几年书，识得字，用他们的话说，他脑瓜子灵，见多识广，主意也多。他们个个都说，老爷买来的钢枪，一杆杆那么讨人喜欢，连晚上睡觉都放在床边呢。别说白天了，去哪儿都会带着。韦寸少爷你发话了，我们都会把子弹揣着。

韦二憨是赶马车的，本来就比一般寨邻熟悉九大寨的道。韦寸让他在车上随便丢些干谷草，赶着马车往二寨方向去打探消息。

韦开亮不仅枪头准，矫健勇武，而且胆大心细，韦寸要他去另外的山间羊肠道，穿过几个村寨往二寨方向去，看看有啥动静。

把爹要他做的事安排完，韦寸回到家中，刚刚端起饭碗吃大年初一的午饭，惊人的消息接二连三地传来了。

麻石堡的街面上，坝墙角，一家一户的朝门内外，陆陆续续地坐满了二寨、三寨上逃来避难的男女，他们拖儿带女，有的挽着包袱，有的带着铺盖，还有的挑的箩筐、背篼里，带着过年吃的喜粑、蓑衣、斗笠。在麻石堡有亲戚的，直接就进了院坝，上了台阶，坐进了堂屋，投亲靠友来了。

不消等吩咐去打探消息的韦二憨和韦开亮回来了，他们带过来的消息已让人心惊肉跳，不知如何是好了。

就在昨晚大年三十的下半夜，趁着月黑风高，细毛雨不再飘泄，莽族班家的三兄弟带着他们的汉子们，偷袭了二寨。

虽有准备的二寨土目韦昌亮仓促应战，寨子上打猎用的谷族火铳，哪里抵挡得住班家蛮汉们的钢枪啊。一阵火铳打出去，没等躲在坝墙后面的谷族汉子们装上第二筒火药，莽族汉子们的枪弹就一颗一颗射过来了，"噼噼啪啪""砰砰嘭嘭"的枪声一阵紧似一阵，打得谷族汉子们完全丧失了招架能力，眼看着身边的兄弟倒在地上，汩汩地淌着满地的血，断了气的翻了白眼，受了伤的倚靠着坝墙哀声叫着救命。

韦昌亮见到来势这么凶，想到整个二寨的妇孺老幼，哪里还有抵挡的心思，只得说快快撤出寨子，各家各户上山进洞钻树林逃命。

一刹那间，大人哭，娃儿叫，女人凄厉的惨叫声响遍寨子。所有人顾不上多带东西，趁着下半夜，仗着平时走熟了的路，逃往山坡上。

到了坡上林子边，回头一看，只见沿着大坡脚建起的二寨，这儿那儿，寨头寨尾，竹林旁堰塘边，高低上下，都燃起了火光。夜空当中，那熊熊烧大了的火势光影里，还有人影子在动。

居高临下，有眼尖的娃儿伸手指着哭喊："妈，我家被他们烧了！"

当妈的赶紧把哭叫的娃娃嘴紧紧捂住道："不要喊，让那些强盗听见。"

二寨道路两旁，来不及逃出的谷族百姓，统统被拿着枪、提刀舞棍的荞族人喝令跪在寨路的两边磕头求饶，不跪不求的，当场砍杀。

撕心裂肺的惨叫声不断地传上坡来。

天蒙蒙亮，趁着雾浓，又没落雨，躲上山去的二寨乡亲们，不敢在山涧林子里久留，纷纷借着重重雾气，经过三寨、四寨，朝土司王韦一夫所在的麻石堡逃难而来。一大清早寻着猫狗小路惶惶地逃命，直到太阳移过头顶的晌午时分，才抵达麻石堡坐下喘一口气。

过三寨和四寨的时候，三寨、四寨上的谷族乡亲们听到了头寨、二寨已经落入凶残的荞族之手，遭此大难，纷纷在土目的指挥之下，砍树枝，割刺芭笼，抬石头，来筑补寨墙和坝墙，寨门口堆上了石头、石片，把火铳、棍棒刀枪分配给体壮力大的汉子，并派人到寨子前头去放哨，一旦看见荞族人身影，赶紧前来报信。三寨上的老人、娃崽、妇女，就和二寨逃过来的乡亲一起，到麻石堡避难。

临近黄昏时分，麻石堡寨子上，家家户户的门前院坝和屋后，都坐满了二寨、三寨逃过来的人。

这简直是崩山塌石般的灾难。见此情形，韦寸的脑壳都炸开了。还说是韦府和班府联姻，谷、荞两族是一家人哩！班大虎、班二龙、班三豹的所作所为，是要势不两立，世代结仇啊！他三兄弟亲手杀了叔父班兴友的消息，也随着寨邻乡亲们的蜂拥而至，在麻石堡传开了。再想瞒住有了身孕的林媚，恐怕也难了。

过年的饭菜，照理准备得丰盛些，荤素汤水，都要比平常好吃一点。韦寸咀嚼在嘴里，一点滋味儿也没有。他吃饭迟，爹妈和林媚都不在，他现在迫切地想要见到他们。看见林媚是要把她堵在韦府大院，不要走出去。她一出去见到麻石堡忽然来了这么多外边村寨逃难避险的乡亲，准定会听说已经发生的事。等见了爹妈，韦寸想问问爹，事态变成这个样子，他们父子该怎么办？赶紧喊拢人来，杀回去吗？

韦寸只扒了一碗饭，转身就往屋里跑。走进他和林媚的房间，没见她人影。韦寸又来到堂屋里，见爹和妈正相对坐着，韦寸连忙问："妈，见到林媚了吗？"

宋庭竹转脸瞅了韦寸一眼："她听见院墙外的嘈杂声，走出去了。"

韦寸的脸色一变："那她听说了自家父母遭害的事……"

话未说完，韦一夫把衔在嘴里的烟杆拔出来，摆一摆说："让她在外头听说了，我们再来劝她。"

"瞒是瞒不下去的，"宋庭竹接过话头道，"韦寸，你莫要焦急，我正和你爹讲这件事哩！是祸躲不过。当务之急，是要拿出个办法来。"

韦寸站到爹妈的跟前，把脑壳里怎么也拐不过弯来的问题提了出来："那班家的三兄弟，还是林媚的三个哥子，仇恨咋个这么大，对自己的亲叔父都下得了手？"

"我这些天眼角总是跳，心里就忖度着会不会有啥大事发生。世道乱，群雄四起，京城里在争着当总统，昆明、贵阳两座省城里，也是你争过来、我夺过去地要当布政使、督军、总司令，坐地方上的江山。我们九大寨和以落河坝为中心的莽族地盘，也同样啊！"韦一夫给韦寸讲话，一开口就讲离得很远的大事，京城、省城、世道、时局，而后才落到九大寨，韦寸现在着急的，是班府三兄弟，提枪拿刀地打过来了如何对付？韦寸大睁双眼，要听爹讲该怎么办。

韦一夫却还是慢条斯理地在说："班府三兄弟是着了魔，就如同狗疯了要乱咬人，对疯狗不能讲理，也无理……"

韦一夫讲到这里陡然停下了，两眼睁得大大的，望向门口。

韦寸诧异地一转身，只见林媚肩背弓箭，一手持一把梭镖，一手拿一把短刀，走进堂屋来，黑黝黝的脸上满是悲愤道："爹，你赶紧点齐人马，让我去杀了那三个挨千刀的。"

韦寸分明看到，林媚眼里的泪都没擦拭干净。

宋庭竹赶紧站了起来，走近她身旁："林媚，我们就在说这事儿，你先坐。"

"我坐不住。"林媚耍开了公主脾气，脑壳一犟说，"我要替爹妈报仇！"

韦一夫用手中的烟杆一指："你就拿手中这点家什去报仇？

他三兄弟都带着钢枪呢！不是单针①，是一次可以装几颗子弹的钢枪。你这个样子，人没到他们跟前，只怕就被他们打趴在地上了。你那三个堂哥，是凶残的疯狗。你进来之前，我在对韦寸讲，同疯狗是无理可讲的。你爹妈是怎么被害的，你出门听那些逃过来的乡亲说了吗？"

林媚的泪水从眼里夺眶而出，凄声道："野牛烂马样的畜生，他们一人给了爹妈一枪，从前面、后面、旁边一齐开的火铳……"

没有说完，林媚就在宋庭竹的搀扶下坐倒在椅子上，嘶声抽泣着哀求："爹，你要替我报仇啊！"

"这仇，是要报的。"韦一夫说着，又摆动了一下烟杆，示意韦寸也坐下，接着道："可这三条疯狗，现在是领着饿慌了的荞族汉子们，穷凶极恶地打过来，杀过来了。爹现在要闹明白的是，他们为啥会变得如此凶狠、嚣张？你看看，头寨、二寨的大村寨的谷家，都没抵挡住他们的进攻，还死伤不少。你说得上来吗？"

林媚脸颊上挂满泪，听得愣怔住了。她显然没想得这么深。

宋庭竹站在林媚身旁，俯身对她道："俗话说，知己知彼，百战百胜。要报仇，爹是想摸透你那三个堂哥的底细，才能想出制服他们的招啊。"

---

① 单针：一次只能装一颗子弹的步枪。

林媚似听进了宋庭竹的话，一双黑而亮的眼睛，瞪得直直的。

宋庭竹退回她的原位坐下，韦寸双手扶膝，浑身不安地望着妈和爹，不时地转过脸瞥一眼伤心欲绝的林媚。看得出，莽族亲家的无端被害，死得又那么惨，爹和妈同样难受，终究，这门婚事是他们做主的。

林媚听到她爹妈的死讯，没有悲痛到呼天抢地的程度，也让韦寸心安了一些。

堂屋里静默了片刻。

林媚寻思着说："班家那三弟兄，早不学好了。出嫁之前，我听爹妈说过，他们不把自己管辖的莽族村寨治理好，整天寻思着贩大烟，抢人，干保商的活，偷着掖着种大烟……"

"又种又贩？"韦一夫听到这里，问了一句。

"不是说，云烟贵土嘛，贵州山里出的大烟，最能卖得出钱。听说，一两大烟土，卖得一两黄金哩！"林媚接着往下说，"而我们莽族地方，以落河坝为中心，方圆一二百里的山上，出的大烟最好，最受外头世界的欢迎。滇黔道上，年年到了大烟收割时候，那些贩烟的商人，就来收大烟土。他们花大价钱收买来了，怕走出去的路上遭抢，就要找人保商。总有人说，这些一担担的烟土，到了安顺府就要翻个价，运去贵阳还得翻个价。再从贵阳弄到重庆，重庆坐船到下江地方的南京、上海，一两黄金的本钱，要翻好几倍。而最要紧的，是买到第一手的好烟土，然后运到安顺府去。他们干上了这个，哪里还愿意听我爹的话，在田土上勤扒苦挣地种苞谷、荞麦，连'万年田'的稻米，都不愿意种了。爹妈对他们很不满意，也无从讲起。有一回……"

林媚拿出一块帕子，抹拭着脸颊上的泪，把班府土司家庭不对外讲的往事，细细说了出来。

三兄弟给班府土司爷拿来了一块"陈土"，连声说着是"难得的金贵"，"越放越值钱"，这么一块陈土，比得同样重的黄金价，放在土司王府既可以辟邪，又能治病，无论是老人和娃儿，脑壳疼和肚皮痛，只要掐下指甲盖那么一小点儿吃下去，都能治好。哪怕小小的娃崽痛得死去活来，整夜哭叫，吃下去就好。

三兄弟你一言我一语，眉飞色舞吹得花好桃好时，被叔父班兴友厉声地打断，痛骂一顿，训了个狗血淋头。班兴友说这三个侄儿子祸害乡里，不思劳作，违反荞族的祖训，把他们一人分管的一个村寨上的乡民都带坏了，说人一吸上大烟，那就不是人了，变成鬼了，如此干下去，整个荞族百姓都要被他们的所作所为祸害完了。爹还放了话，你们三兄弟，哪个最先把自己的村寨管好、经营好，让一整个寨子的荞族乡亲个个吃上饱饭，姑娘小伙穿上件像样的衣裳，有像模像样的房子住，谁就能先出来当旗头、土目，等到土司年老管不成事儿，还能挑头承袭土司王位……

"事情明明白白放在那里，"林媚把班府家庭里的往事一一说出来，韦一夫听完后吧嗒着叶子烟说，"你那三个丧心病狂的堂哥，见你爹不愿同他们联手干，又看你嫁到了韦府，回门时的武艺比试让他们领教了韦寸的功夫，韦开亮开的那一枪，更让他们看到了钢枪的厉害，也让他们开了眼。用钢枪干保商的活，比他们带着火铳保商，那是愈加如虎添翼了。于是乎，他们起了反心，谋害了你爹，从土司王爷你爹妈那里，抢夺了银圆，去买来了增强实力的钢枪。你们看是不是这样子？"

说着，韦一夫扫视着韦寸和林媚问。

林媚"嗯"了一声说："我听逃来的人说，爹是被火铳打的……"

韦寸觉得，事情好像就该是这样。

只有宋庭竹忖度着说："这只是你判断的一种可能。"

韦一夫征询地瞅了宋庭竹一眼："那你说说，又该是怎么回事？"

"那三兄弟来势这么凶，完完全全是一不做二不休的做派，也可能早就谋划了，他们既然干了保商的活，还可能跟外头的什么人勾结。"宋庭竹说出了她的想法，"你想嘛，一夫土司，你买钢枪，还要去找我娘家托人，他们那些枪，就那么好买？"

韦一夫的眉头皱紧了，眉心之间结起一个疙瘩，慢慢地点着脑壳赞同："嗯。"

韦寸急了，忍不住催促道："那眼下，我们该怎么办呢？"

韦一夫反问一句："你派出去打探消息的，回来了吗？"

"不见二憨和开亮回来。"韦寸摇头，"他们不回来，我们就不拿主意了？"他晓得林媚急着报仇哩！

韦一夫显得胸有成竹："头寨和二寨上，你韦二叔和韦昌亮，都是我们谷族中勇猛的汉子，面对这三兄弟带来的十几条枪，还有放开来抢夺的莽族汉子们，都打不赢。我是怕，他们的攻势和火力，正在准备同他们交手的三寨，也抵挡不住。"

"那怎么应付？"韦寸觉得心中更无底了。

林媚的双眼同样愕然瞪圆了，上下两片嘴唇都咬紧了。

"不能守着寨子打。"韦一夫把手中的烟杆在八仙桌角上敲击了一下，放在桌面上，"莽族的钢枪火力猛，攻势又强，他们又站在高处，居高临下往下压着打。我们三寨上抵挡的，主要还是火铳和石头，要吃亏。"

韦寸连忙道："那我去集合手中有钢枪的，增援三寨。"

"我跟着去！"林媚跟着说道。

韦一夫分别看了他们一眼，摆手道："只怕也来不及了。"

"那我们集中五寨和麻石堡上所有人马，赶去四寨，"韦寸跃跃欲试，"把所有钢枪、火铳啥的，都带过去，和他们拼。"

"不，"韦一夫拍了一下巴掌，断然地道，"要改变等着他们来攻的打法。三寨和四寨之间，有条牛马河谷，我们得把四寨、五寨、麻石堡所有人马，全拉到那边去打。"

韦寸面前豁然开朗，两只眼睛辉亮辉亮，大叫一声："好！爹你说，我怎么去干？"

牛马河谷是九大寨一个放牛放马的好地方。

说它地方好，是因为它水丰草美。除了头寨那边的高原草场之外，就数牛马河谷受到寨邻乡亲们喜欢了。一年四季，除了农忙牛要耕田，马要拖车之外，农闲时节老乡们都喜欢把牛、马、羊吆到河谷里来，让它们在望出去满眼都是绿色的河谷里吃草，吃够了又到溪水中去翻滚着洗净身上的泥巴。牛和马在清澈的溪水中翻滚踢腾四肢时，放牛的男女娃崽就会朗朗有声地鼓动着："再打一个，再打一个！"

牛和马们也像听得懂人话一样，尽情地在溪水中耍个够。

这是每个谷族娃娃对童年留下的美好记忆。

韦寸跟着到牛马河谷来耍时，就见到过这样的景象。

流贯整个九大寨区域的缠溪河，有一条支流穿过山洞，流到牛马河谷里来，在峡谷里弯弯曲曲地穿行，给整个牛马河谷带来了水汽，滋润着河谷里所有的花草树木。

牛马河谷一年到头春夏秋冬，给谷族老百姓的感觉总是绿油油的、绿茵茵的，绿到感觉凉意。峡谷两边的悬崖上，从高高的崖巅一直垂落到河边上，长满了郁郁葱葱、层层叠叠的长藤。远远望去，这布满峡谷山岩上的长藤，恰似满坡满岭的绿色瀑布从高崖上倾泻而下。走近了看呢，一条一条细长细长的藤枝上，长满了青葱诱人的小叶子。谷家人把它称作藤竹，意谓它似藤非藤，似草非草，似竹非竹。最难得的是，它终年都是绿色的，只是随着季节的不同，绿得青秀，绿得浓翠，绿得深幽，总让人看不够。清晨，满壁满崖的藤竹上挂满了晶莹的露珠，看得人欢喜不尽；雨后挂的水珠也好看，只是更大更圆一些，轻风吹来，藤竹晃动，雨珠吹落下来，落到人的头上、肩上，拂到人的脸上，有股凉意。冬雪天，藤竹上垂满了一片片的冰凌，看去又是一番令人惊喜的景象，仿佛晶莹的巨帘。

读过书的韦寸，总觉得牛马河谷充满了诗意。而谷家的青年男女，尤其是住得近的三寨、四寨的姑娘小伙，年年的秋后，把这里当作游方、"摇马郎"、唱山歌谈情说爱的理想之地。身为土司少爷的韦寸，虽然没能来这里和人唱情歌，但也晓得，这是人们爱玩爱耍的地方。

爹一提牛马河谷，韦寸心胸豁然开朗，眼睛一亮，顿时想到了牛马河谷的峡谷地形。从三寨那边进入河谷，是缓缓的下坡，走进河谷，自然而然会觉得进入了绿色世界。而要到四寨去，则必须走过长长的一截上坡路，踏上坡的时候，上坡路还有三五人宽，走上半途时，上坡路就留得只有一条羊肠小道，尤其离开垭口的三四十步，留得只能踏下一个人的脚窝。好多谷族老乡说这几十步路，走的是鸡肠小路，骑着川马过，都得下马牵着笼头，慢慢地引导马匹走过。

回门时韦寸来回走过两趟，对此印象深刻。特别是上下四寨垭口前后，放慢了脚步小心翼翼拉着缰绳过时，韦寸抬头看过，小路的两旁峭壁陡崖，满山都是褐色的岩石，好像随时遇到一声雷响，那石头就会滚落下来，砸中路人。

爹一提到这地方，韦寸觉得爹的脑子就是与众不同，他即刻联想到，这是一个天然的一夫当关，万夫莫开的地形，易守难攻。

　　班氏三兄弟手中拿着的钢枪再多，带来攻打四寨的莽族汉子再气势汹汹，守住了这里，哪怕真是虎、是龙、是豹，他们也攻不上来。即将迎来人生中第一场真刀真枪的仗，刚交十八岁的韦寸顿觉得浑身的热血在涌动，血脉在偾张。特别是耍棍比试时的班大虎、班二龙、班三豹都曾是他的手下败将，而恰是他们，杀害了他的岳父岳母老泰山，韦寸更觉得怒不可遏，非得报这个仇不可。

　　在爹吩咐之下，他当即让人把手中有钢枪的耿老贵、蒙庆文喊来，要他俩尽快邀集其他汉子，赶去牛马河谷，细细察看具体地势，做好开战准备。

　　人还没来齐，一早出去打探消息的韦二憨回来了。一跳下马车，他就高嗓大门地吼着："打得好凶，好激烈！狗日的冲了两回，都被三寨的汉子们打退了！"

　　他这一嚷嚷，在麻石堡街面上避难的头寨、二寨、三寨的乡亲，都关切地围了上来。老人妇女纷纷七嘴八舌向他打探消息："守不守得住？"

　　爹妈和林媚闻讯走到韦府大院的朝门口来，站在台阶上，他们显然也想晓得眼前交火的情况。

　　众人看见土司老爷走出来了，喧哗嘈杂的人群沉寂下来，纷纷望着爹。

　　有上了年纪的老汉抬头哀求道："土司老爷，一夫老爷，你快拿主意啊！家园保不住了。"

一人带了头，跟着好几个嗓门求起来："屋头被烧了，寨子待不下去了。"

"不是说，少爷和公主成了亲，谷、荞两族就成一家了吗？"

"几十年没械斗闹纠纷了，这回咋个就刀枪见血了？"

"来不及逃出来的，就造孽了！"

有老人和妇女，当众哭了起来。

韦一夫把手招了招，说："听听二憨说，三寨那边打成了个啥样子，二憨？"

韦二憨显然喘过了一口气，也不像刚才那样慌急慌忙了，他仰起脸粗声说："回一夫老爷，韦寸少爷让我去前头打探消息，一路上尽碰到头寨、二寨、三寨逃过来的乡亲了……"

"讲三寨那边的情况。"韦一夫截住了他的话头。

"要得。"韦二憨答应一声，咽了一口唾沫，说，"韦二叔，二寨的韦昌亮，已经和三寨的土目韦光扬合在一块儿。头寨是遭偷袭，毫无防备；二寨是没想到荞族汉子们会在过大年时打过来。三寨是有防备的，筑补了寨墙，准备了火铳子弹，加上头寨、二寨周围村寨的汉子们，人多火铳多，还商量了打法。我到三寨时，只听见鸡啼狗叫，人喊马嘶，砰砰嘭嘭打得凶……"

爹又打断二憨，"怎么个打法？"

"韦光扬还是有章法的。"韦二憨答，"他把手中拿着火铳的汉子们分成了三拨，那些狗日的吼叫着冲上来时，头一拨人先开枪，开完枪转身蹲下来就装药；第二拨人跟着往外打，再是第三拨人。装好枪药的，就躲在寨墙、坝墙后看动静，轮到他们时再打。莽族汉子们冲了几次，都被打退了，气得那喊着冲啊、上啊、冲进去抢啊的班大虎哇哇乱吼。"

围着听的寨邻乡亲们脸上显出缓过一口气来的神情，纷纷议论着：

"那还好，三寨还没失。"

"不能再退了，退到哪里去？"

"幸好是在过年，吃的东西是现成的，趁着不打的时候，可以吃点东西。"

"这些莽族汉子，太恶了呀！"

"都是些饿鬼、疯狗！"

韦一夫等喧嘈的声浪平息一些，又问韦二憨："依你在三寨看，我们谷族守得住吗？"

喊喊喳喳说话议论的，又都闭了嘴，细听起来。

韦二憨扭了一下腰道："我问了三个土目，他们说，要我报给土司老爷，看这样子，守到天黑没啥事儿。天一黑下来，大虎、二龙、三豹带的蛮兵，也要歇的吧。故而，韦光扬让我给一夫老爷报，他们可以守到明天早晨。"

韦一夫追着问了一句："为啥呢？"

其他听着的寨邻乡亲，也都把脸转向韦二憨。午后的花花太阳照在二憨的脸上，韦二憨还不怎么习惯当着这么多人讲话哩。

他撇一下嘴道："三个土目不晓得听到啥消息，说班家那三弟兄，见攻不下三寨来，哇哇叫喊着要去搬救兵。"

"搬救兵，那三条疯狗还能在后面搬来啥子救兵啊，瞎咋呼吓人的吧！"有人不相信。

韦一夫也把疑惑的目光投到韦二憨脸上。

二憨摇头："我也闹不清，反正三个土目说了，火铳的火药，都是备来打猎用的，对付他们到明天早晨，还够用。如若他们真搬来了救兵，那就抵挡不住他们的攻势，他们手里拿的是钢枪，火力猛。"

听说三寨最多只能抵挡到明天，人群里又嘈嘈杂杂地说起话来，都是忧心忡忡地道："那就只有退守四寨。"

"四寨还不是一样，能和人家对打多久。"

"把土司老爷十几条钢枪也押上去啊！"

"还是听一夫土司的吧，这样节节败退，总不是个事。"

人们嘤嘤嗡嗡地议论几句，声息又低弱下去，把目光移到一夫老爷身上。韦寸心里说，爹该把守住牛马河谷山垭口的打算说出来了吗？果然，韦一夫咳嗽一声，人群安静下来。

韦寸放眼望去，平时清清静静的麻石堡街上，韦府大院门前边，挤满了从头寨、二寨、三寨逃来的乡亲们，男男女女，老老少少，把一条街面挤满了，麻石铺的地，都看不见了。

韦一夫说话了，把准备守住牛马河谷山垭口的打算说出口之后，又道："十五条钢枪，加上头寨、二寨、三寨、四寨加在一起的火铳，又有这天险般屏障的地形，莽族汉子们枪再多，也打不过来……"

"他们的枪真多。"韦一夫的话被一个嗓音截住了。

韦寸循声望去，是派出去打探消息的韦开亮回来了，他站在人堆后头，举了举手中拿的那杆枪，有点抱歉打断了土司老爷的话，说："韦寸少爷让我走另一路去打听消息，我听说，班家三兄弟敢于掀翻莽族土司，杀了亲叔父，做出伤天害理的事，是因为他们勾结上了保警队……"

"保警队？"韦一夫接了一句他的话，显然也是晓得的，"有多少条枪？"

还有人开口打听："保警队？不是说他三兄弟干的是保商队吗？"

"保商队是他们班家三兄弟纠集了一帮人专门保护贩烟土的私人武装。"韦一夫干脆接过话头说起，"保警队是有官府背景，专门为滇黔道上过路的客商、上任的官员、盐帮、茶帮、上贡的财物保警。原先是朝廷给薪俸，现在是县里州里开支，发薪资。看起来，这班家三兄弟的水深得很呢！干干保商，又和保警队勾扯上了。"

"就是勾结在一起，他们顿觉靠山硬了，才敢于放手大干，放出话来要踏平九大寨，让我们谷族当他们莽族的奴仆，给他们做牛做马，交租交税。"韦开亮拉开了嗓门，激动地说，"土司老爷的点子好。我们占着牛马河谷河口的有利地形，我手中这杆枪，都能打退他们狗日的千儿八百兵，只要有人给我装子弹。"

韦开亮的话音一落，麻石堡街上围着的谷族寨邻乡亲，纷纷扯开嗓门嚷嚷起来，整个人群沸腾着像开了锅。

"狗日的强盗，想得美，想骑在我们头上拉屎撒尿！"

"拼死也要同他们打。"

"再不能往后退了！"

"他们真是饿惨、穷疯了，想来占九大寨的好田好土好风水。"

"太平年过不成了，打吧！"

"把他们打趴下！"

"我们土司老爷只有十几杆钢枪呀！"

"听土司老爷的吧，看一夫老爷拿啥主意。"

韦一夫听着吵嚷不息的议论，喊出了一嗓子："寨邻乡亲们，有枪的汉子，一会儿随我去牛马河谷垭口，老人娃儿和拖家带口的妇女，先在麻石堡住下来。有亲戚的投靠亲戚，没人投靠的，赶紧设法搭个茅棚，麻石堡的谷族人家，院坝里，房楼上，都腾挪一下接纳乡亲。时间紧迫，太阳一落坡，天马上会黑下来，来不及了！汉子们，我们走。"

韦寸紧随在爹身边，朝着麻石堡外头走去。他陡地意识到，韦府大院平静的日子结束了。从眼下开始，提刀拿枪相扑拼杀的日子来了，这日子必定会同血与火，同呐喊和厮杀交织在一起吧。

第七章 ｜ 局势

九大寨的雨落下来，韦府大院里潮腻腻的，入夜之后的风，又在峡谷山岭间吼啸着。

宣统坐朝不太平，

舞弊案多害良民；

富豪猜拳又喝令，

穷人无炊泪吞声；

银圆近百一斗米，

尸弃荒野连百村；

天公岂容民受难，

切盼擎天玉柱人。

————谷族民歌《荒年》

麻石堡汇聚起的一百多名汉子跟着韦一夫跑上牛马河谷的山垭口，劲头更大了，纷纷说这地方简直就是个天然的"卡子"，卡住了山垭的口子，再多的人也上不来。

韦寸耳朵里听着谷族汉子们的劲头一下子提那么高，尤其是在头寨、二寨上吃过荞族亏的那些汉子，他们纷纷说，守在这要到四寨去的必经之路上，哪消来这么多人啊，猫在垭口旁边几大坨褐色的岩崖石头后边，眼睛盯住了那条必须得像爬一般才能上来的鸡肠小路，露头一个打一枪，对方来再多的人，都攻不上来。

这地形对防守的汉子来说，太有利了呀！陡峭的鸡肠道两侧，脚都踩不上去，到处是杂乱琐碎的石头石包，石头丛丛里尽是刺笼、草莽，一不小心那些尖刺就会戳破草鞋，扎进人的脚板心。往上行非得跟着那条窄路走才行。走在前头那个人倒下去，跟在后面的人都得赶紧避让，要不连带着也会倒。

"哈，一夫土司爷，你那个脑壳，硬是比我们道道多啊！"

"蹲在四寨等着荞族打过来，他们又是保商队，又是保警队，几十杆枪砰砰嘭嘭打过来，我们也会像前头三个寨子一样，守不住啊！"

"要不，咋个是土司老爷呢！"

"他脑壳里头的水一转，点子就出来了！"

"把打仗的地方移过来，我敢说班家那三个狼心狗肺的兄弟，联络再多的人和枪，也打不垮我们谷家人！"

"唉，你别说，头寨的韦二叔，二寨的韦昌亮，我们都说他们是能人，也垮得这么快，有老人忧心，莽族这一回是要把我们谷族打垮、打趴下了！"

"休想！他们那么穷得恼火，还想占我们的家园！"

听着爬坡上来的汉子们你一言我一语，时高时低的说话声，韦寸从心底深处由衷地感觉到他们对爹的佩服和尊重。这一回，他算是看明白了，爹有心劲，稳得住，遇到这大祸临头的事，爹总是先问清情况，想明白了才对众人讲话，一说话，让寨邻乡亲们听得进去，提得起劲。听说头寨、二寨败退了，三寨尽管仍在守着，怕也守不住，韦寸心里乱成了一团，阵脚全乱了，脑壳里只在担心焦虑，过一个年的时间，就把大寨丢了两个，怕是不到正月十五的元宵节，九大寨完了呀！爹说了把仗移到牛马河谷垭口上来打，看，一下子把谷族汉子们的信心都提振起来了。

打婚床的蒙庆文在问韦一夫："土司老爷，你说说，我们在这里如何打？"

夕阳西斜了，那一轮正月初一的太阳，移到了西天边的山坡巅。

耿老贵恰好迎着夕阳站着，脸上满是金贵色的阳光，他跟着叫："蒙师说得对，太阳要落坡了，土司老爷，你赶紧吩咐，看我们做些啥子？"

跟上牛马河谷垭口来的汉子们全把脸转向韦一夫的这边，韦寸也仰起脸，望着爹正转悠着身子察看地形的模样。他看到，林媚也一起跟着上坡来了，她就站在爹的身后。

韦一夫不慌不忙道："趁太阳落山之前，我们捡拾些山上的石头、石块堆在垭口附近，苗族汉子冲上来了，不要轻易打火铳、放枪，一块石头砸下去，也能把他们打得扑爬翻滚退下去。"

马上有人赞成："是啊！砸中了脑壳，就能叫他们开花儿，哈哈。"

也有人道："还是打枪干脆，叫他们中了洋炮子，当场丧命。"

"一火铳的打中了，还不是要了他们半条命！哈哈。"

"土司老爷说得对，火铳枪弹、子弹，还是要节省点用，你晓得这些疯狗，来了多少啊！干吧！"

汉子们当即干起来。韦寸看见林媚也动了，赶紧朝她走过去。

局势果然像爹判断的那样，当天夜间，三寨上的乡亲们也都退到四寨和麻石堡来栖身了，还捎来了话说，明天早晨，三寨上的汉子们把火药打尽，打退了莽族天亮后的一场进攻，也准备撤退。也不晓得是咋个回事，莽族的攻势越来越猛，枪弹打在寨墙上"叭叭叭"地响，如若他们再搬来了保警队，就真的挡不住了。

当夜，在土司大院吃过晚饭，林媚坐在油灯的光影里，把她平时练射击的箭，一支一支排列在桌子上检查着。检查完毕之后，她又用一把锋利的篾刀，削制着尖尖的竹镖，把那些下人送来的竹子头上，削得尖尖的。饭桌上，宋庭竹劝她，牛马河谷垭口上的仗，她不要上去了，还说，你看你，甩着空手和他俩父子跑一趟，脸上都显疲倦之色了。你怀着娃娃，那是韦家土司的后，要当心的。林媚只是点头，不答话，回屋头的时候，宋庭竹又叮嘱韦寸，你再劝劝她。

韦寸瞅一眼林媚削到地上的竹屑，遵照妈的叮咛，劝林媚明天不要上牛马河谷垭口去，他说有一百多汉子守住垭口，准保万无一失。垭口那么小，而涌上去的人那么多，爹今天从垭口回来时都安排了，五六个汉子一组，轮流顶上去。你拿的是箭，轮不到你。

不料林媚道，她上到垭口看好了，两坨大石头之间有一条缝，她不和那些汉子挤在一起，她就从那里往下射箭，她要为冤死的爹妈报仇。

　　韦寸道，你的仇，谷族汉子们会替你报，让你三个堂哥不得好死。

　　林媚晶亮晶亮的眼睛闪着灼灼的光，两片嘴唇抿得紧紧的，要么不答话，要么只说那么简单的几句，每一句都是斩钉截铁的。这会儿，她又讲道："好多人不认识那三条疯狗。"

　　韦寸道："和我们一道回门去落河坝的，就有二十个汉子呢，他们都认识。我还会跟韦开亮说，让他盯着班大虎、班二龙、班三豹打。他的枪法准，神枪手啊！"

　　泪涌上了林媚眼眶，她大睁双眼道："我要去，韦寸。"

　　说完盯着韦寸，泪水直在眼里打滚。

　　韦寸还能讲啥呢，他看着林媚，晓得她心头堵着一团火，不让这团火冲出来，她待在韦府大院里，也是不安宁的。

　　这种打法韦寸从来没见过，枪声的激烈程度，也是韦寸没听到过的。

　　不是两人间的对打，也不是械斗时的你打一枪我打一枪，更不是悄悄地包围住了乱放枪。在班大虎吼声震天的叫喊中，那钢枪的子弹像雨点般"砰砰砰""嘭嘭嘭""噼里啪啦"打到垭口的一坨一坨大石头上，溅得石花乱飞。有人探头探脑往下望，子弹就从头顶、耳边"嗖嗖"地穿过去了，和打惯火铳的那种阵仗完全不同。

　　一阵弹雨响过，班大虎的嗓门传上来了：

"听清了，韦一夫，为你的谷族百姓着想，念你还是班林媚的公爹，乖乖地投降，我就不打了！班府大院和你韦家，还是亲家嘛。哈哈，老老实实跪在地上认输，我们三兄弟打下了九大寨，仍然让你当寨老旗头。你若不肯让出道来，等我打上来，男人全部砍光，妇女娃娃全都分给莽族汉子当婆娘。听没听见啊？我可是先礼后兵了，你韦府大院十几杆枪，打野兔的火铳，根本不是我们的对手。我只用了两三天时间，就把你头寨、二寨、三寨都打下来了。听见没得，狗日的！"

他那喊一声，停顿一下的声音，一句连一句从牛马河谷里传出来，带出声声峡谷的回音。

三寨的韦光扬，一个瘦瘦高高的中年汉子，侧身站在一坨大石头后，骂了一声："你一头恶老虎，我三寨不是你打下的，那是我退出来，引你到这里来的。你来呀，我等你来。"

"狗鸡巴日的，"班大虎一声粗骂，"给我往上冲。冲进了四寨，像进了三寨一样，屋头东西尽归你们分！冲啊！"

他扯起嗓门大喊大叫。

恶声恶气的回音在河谷里消失以后，牛马河谷垭口上下一片静寂。

韦寸在林媚选择的两大坨石头缝隙之间，探脸往坡下望去。

哇！班家三弟兄确实带来了不少的莽族汉子，他们一个个全都趴在牛马河谷坡脚下的石头堆里，每人手中一杆枪。这些钢枪有的扑倒拿在手里，另外一些干脆竖起来，让人看得清清楚楚。

韦寸倒抽了一口凉气，居高临下望去，那些汉子趴在地上的模样远远望去像一只只龟，龟儿子慢吞吞地在班大虎的鼓动和训斥声中蠕动。而他们随身带的枪，不用数数，就看得出，少说也有三四十根哩。真不少！韦寸心里说，看来这穷凶极恶、杀红了眼的班家三兄弟，是把保警队一起搬来了。瞧，有人还把乌洞洞的枪口对准了垭口上。

不晓得哪一个谷族汉子忍不住了，双手高高地举起一块人脑壳那么大的石头，朝着那条攀爬上垭口来的道上砸去。

石头凌空丢下去，落在叭道上，翻滚着，滚落到坡脚下面。

没砸到人。几乎与此同时，枪声响了，下面拿着枪冲锋的汉子发现了站起来砸石头的谷家人，瞄准了目标，三四杆枪同时开了火："砰、砰、砰、砰！"

连发四枪。

有两枪打中了砸石头的汉子，这汉子"哎哟"大叫一声，抱着膀子，蹲下身去。

垭口上防守的谷族汉子们大惊失色，这钢枪的厉害让他们亲眼见到了。

"哈哈哈！"坡脚下又传上来得意扬扬的大笑声，"看到了呗，砸下来的石头滚一边去了，尝到洋炮子味道了吧。快快跪下投降吧！"

这不是班大虎的声音，韦寸转脸望了一眼身旁的林媚问："这是哪个？"他觉得嗓音仿佛听见过。

"班二龙。"林媚一下子就听出来了。

韦一夫叮嘱的声音不高不低响了起来："不慌砸石头，也不忙打枪。等他们来得近了再打。保护好自家，不要露出身子。"

垭口上头的山野再次寂静下来。坡脚下进攻的汉子们，又在乱石、草莽之间慢慢地隐蔽着身子往上爬，时不时有枪托叩击着石头的响声传来。

大年初二，老天爷仍然出了一点花花太阳，冬日的阳光照得人身上暖和起来。

韦开亮叮嘱众人的声音传过来："听土司老爷的话，不要慌忙，等他们来得近了，近得看分明了，再打枪不迟！"

被打中膀子的汉子出血不止，韦一夫又道："不要硬撑着，哪一个陪他回去，找点药敷？"

"土司老爷，我还得行！只伤着皮肉，"受伤的汉子还不愿走，"没伤到骨头。"

"那也不行，"韦一夫的脸一沉说，"快回到四寨上去找药。"

"他们上来了。"有人提醒着。

韦寸看得分明，班氏兄弟让一些拿着钢枪的人不动，趴在石头后面瞄准垭口，只要看到垭口上露出身子，冒出脑壳，他们就打枪。另外一些汉子，提着枪，勾着腰，低着头往上利索地攀爬。

"来了，来近了！"垭口上有人叫。

"不慌！"韦一夫喝令，"让他们的人来得更近些，叫他们有去无回。"

　　韦寸的心突突地跳得激烈起来，真的，往垭口上来的荞族汉子，一个跟着一个，来得好快。韦寸手中的枪口，瞄准了头一个人的胸膛，刚对准了，他身子一晃，又移到一边去了。打活人和练习射击时对准靶子打，还真不一样。

　　还寻思着再次瞄准，"砰"的一声，枪声响了。山垭口上太静了，这一枪有种震耳欲聋的效果。

　　"哎呀！"一声，攀爬在最前头的那粗汉，身子一斜滚了下去。

　　"打中了，打中了！"有人兴奋地叫起来。

　　又一枪响了，第二个人又倒了。

　　耿老贵的嗓门叫起来："韦开亮，两枪都是你打的，这第三枪，你得让我打了！你歇歇。"

　　说着，他一枪放出去，没打中，子弹从第三个人肩头飞了过去，但也把紧跟在前头爬的第三个汉子吓住了，他身子一蹲，就势趴在地上，往一块大石头后面躲去。

　　有人在说："耿老贵，你哇哇咋呼得凶，都没打中。"

　　话音刚落，山坡下头"砰砰嘭嘭"的枪声一阵阵响起，子弹打得垭口顶上的大石头溅起好些石屑石粉，把人们的说话声淹没了。

　　冲在前头的一二十个荞族汉子眼见倒下了两个，都躲在半山坡的乱石、草莽后头，一动不动地趴着，一会儿从这边探个脸，一会儿从那边露个脑壳。

韦寸试着想对他们中的一个目标瞄准，总是瞄不上。唉，只以为放枪痛快，真打起来，不是那么回事。

中了枪的两个家伙，一个斜横起身子躺在半坡上，看样子是死了，另一个没见人影，只听到"哎哟哎哟"地喊痛，看样子是受了伤。韦寸放眼望去，从垭口这边，展延着往牛马河谷去的起伏山坡上，自高而低，乱石包缝隙中，灌木丛丛里，草莽后头，大石头后面，这儿那儿，趴着、蹲着、匍匐着的，来的人，真不少哩！

被打中了两个，看样子是把进攻的势头压了下去。

班大虎不满的声音又响起来了："往上冲啊，咋个上了坡躺尸啊？班木狗，你给我带头冲，你不是说要抢个奶子鼓的当婆娘嘛！"

"冲不得！大虎老爷，谷族占住这地势，冲上去了，不是送死？"

"那你说咋办？"

"等他们把子弹、枪药打光……"

"打你妈的屁股！给我冲，你不带这个头，我照准你就是一枪！"班大虎的斥骂声清晰地传了上去，"快冲！老子给你掩护，你跑得快点，子弹追不上你。"

说着，他往垭口上连打了两枪，其他的枪也都举了起来，往山垭口上放起枪来。

子弹不断地从人脑壳顶上、耳边飞过。

蠕动着的身影纷纷直起了腰，从石堆后头、灌木丛中、草莽边钻出来，随着一阵一阵枪响，朝山垭口上涌来。

人数真不少。连续打下了头寨、二寨、三寨，助长了他们的气焰和势头。

只听韦一夫一声喊："各自瞄准了，钢枪、火铳一齐开火！"

"砰砰嘭嘭""砰咚砰咚"，钢枪击发子弹的声音，火铳枪的声音，掩护进攻的枪弹，响成了一片。

韦寸瞄着两个冲上来的汉子，打了两枪，也不知打中没有。只见待在他身边的林媚，张弓搭箭，一箭射了出去。

往他们这边攀爬着石头堆冲上来的一个汉子，在石头上架起钢枪往垭口瞄准着，肩膀上被林媚射出的箭扎中，痛得他扭歪了脸，伸手去拔那根箭。

韦寸欣喜地转脸望着林媚道："射中了，你射中了一个。"

林媚又拿着一支箭说："只听见班大虎和班二龙的声音，看不见他们仨的身影。要引他们露出脸来。"

韦寸心里明白，林媚跑上坡来，报仇心切，一心要为爹妈血恨。

混乱嘈杂的枪声响过一阵之后，试图冲上垭口的莽族汉子们在半坡上横七竖八丢下了十几具尸体，哭爹喊娘地退了下去。终究谷族占了牛马河谷垭口这独一无二的有利地形，还有十几杆钢枪、几十支火铳，把班家三兄弟会同保商队、保警队和莽族汉子们的进攻打下去了。

可他们仍没有退回去，还汇聚在山坡脚说着啥，骂骂咧咧的，准备着再一次冲锋。

时间还不到吃晌饭，九大寨的太阳把垭口照亮了。垭口周边团转还不是山的最高处，只是两座大山之间夹出的一条半坡上的路。只不过这是三寨和四寨之间的必经道，无论是从外面翻垭口进入牛马河谷的，还是离开牛马河谷的，爬过一阵坡，都要在垭口的周围歇一阵气，久而久之，垭口上的地势逐渐拓展开来，宽阔起来。可像今天这样一下子跟着韦一夫涌上来百多个谷族汉子，还是把整个垭口上堵得严严实实了。

韦寸忽然意识到，在这天然的一夫当关，万夫莫开的地方，有十几个会使快枪的汉子，就是下头冲上来更多的人，到垭口前几十步，都得一个一个攀爬上来，十几个汉子就能把他们打下去。他指了指身旁的一块石头，对林媚道："你坐。"

林媚在石头上坐下，不由地问："你打到冲上来的人了吗？"

"好像只伤着一个。"韦寸没把握地说，"这钢枪，练枪法时，可好使，容易瞄准，打活人，还真得慢慢来。"

"跟我拿弓箭射人一样，"林媚道，"爹是让我骑在马上练的，我的箭射出去有准头。"

韦寸顿时觉得这办法好，以后他练打枪，也得骑马。阳光照在林媚黑黝黝的泛着光泽的脸上，韦寸望着她，陡然察觉才一个晚上，林媚的脸瘦削下来，眉宇之间添了些说不清道不明的忧郁。他晓得这是她听到了父母被害的消息造成的，那太不能让人接受了。是的，他娶了她，现在她已经像美贞一样怀上了他的娃崽，韦寸似乎直到这个时候，才意识他对林媚的了解是不多的。是的，她是荞族土司的公主，身份非同一般，和他这个谷族的少年，讲起来是门当户对，可她真正的性情怎么样，她的脾气是什么样的，她有些啥喜好，他都不晓得。他只知道她不识字，长成荞族女人之后，进过"花撩房"，和其他男人做过。她也像所有土司的女子一样，从小就有人教武术，一般男人近不了她身。她像其他谷族、荞族女人一样，会绣花吗？懂一点灶房里的厨艺吗？她爱吃啥子？他当男人的，一概不晓得。他真该快点熟悉起来。要不，像田美贞一样，忽然离去了，他才懊恼对她知晓得太少了！

韦二憨坐不住，摇晃着身子走来走去，顺便知会汉子们："要喝水的，到后面那岩石边去，有水喝。土司老爷想得就是周全，他让我们挑几桶水上来，我还不明白，不是打仗嘛，咋个还带水。嗨，打了半天，我还真渴了！喝了两口，真解气儿。"

"你都想到了，不也成土司老爷了吗，哈哈！"耿老贵逗他，"你哇哇叫着韦开亮让你打，你中了几个？"

"一个，我打中了一个，看着他倒下的。"韦二憨洋洋自得地说。

"打死了吗？"耿老贵盯着问。

韦二憨摸摸后脑勺，不好意思地咧了咧两片厚嘴唇，说：

"好像没死，我看他倒下去之后，就势一个翻滚，又退下去了。"

"跟你说，"耿老贵对他道，"我不像你叫嚷得凶，我打死了一个，说不定还是个干保商的凶徒哩。"

"你咋认定他死了？"韦二憨的双眼鼓得老大，不服气地问。

耿老贵手一指垭口外："他倒在地上，不动了。"

"他装死呢？"韦二憨脑壳一歪。

耿老贵咬定了说："肯定死了，那帮疯狗水退般全跑回去了，他都一动不动躺在那里。"

坐得高一点的蒙庆文接上话头说："死了，我都看清了。你们是没有经过大阵仗，打中一个两个就算了不得了。我小时候，见过一次拼杀，那年头，没有钢枪，就用我们打猎的火铳干，打得头破血流，山坡上倒一片的都有。"

在一边总是不插言的韦开亮，一直在擦拭着竖起来的钢枪，这会儿接话问："也是同荞族打吗？"

"还闹不清是啥族，那是一帮匪，山里窜出来的，一个寨子的人都来抢割我们的谷子。"蒙庆文点燃一支烟杆，吧嗒吧嗒抽了两口说，"他们白天是农民，和我们村寨上的日子过得一样。到了晚上，就一整个寨子人带上镰刀、纤担、扁担，来偷、来抢。被发现了就拿起火铳打，不发现偷起就走。"

"后来呢？"耿老贵听出滋味来了。

"不是说了嘛，山坡上死了一片人。"蒙庆文眯缝起眼睛说，"土司老爷'韦识仙'，就是韦寸少爷的祖祖，一夫老爷的爹，把他们全收编了！女的，娃娃，成了我们谷族。受了伤的，'韦识仙'给他们治好了。那年头，一夫老爷还年轻，冲在前头打得很勇猛的，见过血。一夫老爷后来给这伙归顺了谷族的百姓，划拨了万年田，让他们安居乐业。还对谷族寨邻乡亲们讲，敌对、偷抢、械斗、吞食、拼杀，你打过来，我争过去，只会流血死人，徒增苦难。村寨和村寨之间，民族和民族之间，还是得和睦相处。他身上有武功，可他管辖我们谷族，用的是文治。让韦寸少年和班家公主林媚联亲，就为的是和谐。哪晓得，班家会出了那虎豹豺狗样的三兄弟……噢，土司老爷来了。"

蒙庆文抬眼的时候，看见韦一夫走近了，连忙收了嘴，手里的烟杆不好意思地叩击着身边的石头，站起身来招呼。

韦一夫淡淡一笑说："你在摆古啊！"

"给他们这帮年轻小伙讲点往事。"蒙庆文连忙答道，"老爷，你有啥吩咐？"

韦寸的双眼也瞅着爹，刚才打得凶时，只顾着拿枪瞄准，韦寸没见到爹打没打枪，他只晓得，昨晚上爹把家中那把手枪，揣在怀里了。爹这会儿走过来，一定是有话要说。

韦一夫先瞅了韦开亮一眼，夸他道："开亮的枪法，打得准。你清点了没，打中了几个？"

"四个，土司老爷。"韦开亮站起来，毕恭毕敬说。

"花了几颗子弹？"韦一夫又问。

"七颗。"韦开亮不好意思地笑一笑，"他们的枪弹打得密，不好探出头找目标。"

"你还是厉害，"韦二憨插进话来，"老爷，我也打了七颗子弹，才打中他们一个人，还没打死。"

"是的，是的。"一边的耿老贵也在点头。想必他打死对方一个，也花了不少子弹。

韦寸看到，头寨的土目韦二叔、三寨的土目韦昌亮，也出现在爹的身边。

"把他们这次进攻打下去了，你们都出了力，了不得！一会儿，四寨上会给我们送晌午饭来，是四寨土目让他们村寨烧的。"韦一夫说，"大家都吃一点。"

"吃饭时，莽族又打上来了咋个办？"蒙庆文担心地问。

"我会让人盯着垭口下头。"韦一夫环顾着围上来的众汉子说，"不过，我在想，快到吃晌饭时分了，莽族和那两支保商队也要吃饭，说不定，还要抽几口大烟过过瘾。要攻上来，是他们吃饱抽足以后的事。"

众人都信服地点头称是。

韦一夫随即说："上半天攻一次，就在坡上躺下了十多具尸体，那班家三兄弟和保商队下半天就不会这么个打法了。我们也趁这当儿，看看如何应付他们的攻势。"

说着，韦一夫用双手指了指周边，示意众人坐下来。好几个人嘴里都在说着"要得"，在韦一夫的招呼下就势坐在垭口周边的石头上。

韦寸和林媚交换了一下目光，也一起坐在了人圈外头。韦寸把爹的一言一行全都看到眼里，他从来没像这两天一样，心里涌起一阵阵对爹的佩服和崇敬。他觉得，临到有事情了，天天生活在他身旁的爹，身上有股无形的吸引力。

如果说上半天的仗让韦寸觉得窝囊之外，下半天打得愈加激烈的仗多少让他出了一口怨气。

事实证明，歇气吃晌饭时，韦一夫对垭口上的谷族汉子们叮嘱的话，还是有预见。他提醒众人，火铳的枪药，要匀着打，不要图痛快，几筒一打，就没药了。钢枪的子弹，更要像韦开亮一样，瞄准了再打。子弹就那么几板，打光了就没了。所有人至少要维持到天黑下来，还要给晚上守在垭口的人留点，以防他们白天打不上来，夜半三更来偷袭。

这就等于告诉韦寸和汉子们，今天这仗，至少得打到晚上。到了夜间，即使可以退回四寨和麻石堡去歇，山垭口上还得有人守卫着。翻了脸，拉开面皮打开了，就不是一天两天的事。班家如狼似虎的三兄弟，可是杀人放火样样干，连亲叔婶都死在他们手里，他们啥事儿干不出来？

吃过晌饭没过多久，荞族和保商、保警队使惯了钢枪的汉子们又攻上来了。大约是上半天吃了亏，坡上躺下了十几个弟兄，他们改变了打法。只见坡脚下的每个凹进去、凸出来可以躲的地方，全都撒满了人。往上冲的时候，他们十几个人一拨，团在一起紧跟着往上爬，嘴巴里还叫着、喊着、吼着些啥子。头一伙人手里拿着的都是火铳，看得出是莽族的汉子，多半上山打过野猪麂子兔儿的猎户，黑包头，青色的对襟衣，立起来的小领子，大脚裤子，晃荡起来像女人的裙子。

紧挨着莽族汉子们的，准定是保商队、保警队那帮兵痞样的汉子，他们乌洞洞的枪口都朝着山垭口这边。还有人干脆把枪架在前面莽族汉子的肩上，人猫在莽族汉子身后，一旦看到山垭口上头有人影子晃动，他们就放枪。东一枪，西一枪，每一枪都在牛马河谷里激起阵阵回声。

枪声不像上半天交战时那么杂乱密集。那是山垭口上守着的谷族汉子们听了土司老爷的话，省着火药和子弹用，都不开枪。只有盲目地放枪的莽族这边，零零星星开着枪。

班大虎躲在河谷里一块大石头后面，脑壳也不敢露出来地挥舞着手中一杆枪，声嘶力竭地大叫："冲啊！快点冲，占住了垭口就打他狗日的。"

静静的垭口这边没啥动静，壮了莽族汉子们的胆，他们加快了爬坡的速度。来得近了，可以清晰地听见他们在用莽族的歌调，粗声粗气地喊着咒语：

> 牵走你的牛，
>
> 拉走你的马，
>
> 抢走你的山林做地盘。

哈哈哈，嗬嗬嗒！

抢走你的山林做地盘。

盘下你的土，

占下你的田，

夺去你的屋基起房梁。

哈哈哈，嗬嗬嗬！

夺去你的屋基起房梁。

眨眼的工夫，走在前头的荞族汉子手里，除了火铳，他们还多了一块盾盘，挡枪弹的！

"气死我了！"韦二憨听明白了他们一句一句在喊些什么，气急败坏地一举手中的枪，"土司老爷，让我跳出去和他们拼了吧！他们就是强盗啊！"

"拼！"

"和他们打个你死我活！"

好几个汉子跟着韦二憨大叫大嚷。

韦一夫的声气十分严厉："慌不得！他们手中的枪多，冲下去，会被他们打成筛子。"

韦寸是理解谷族汉子们的愤怒的，这帮龟儿子，咋个变得如此蛮横无理，明火执仗地要来抢夺谷族的家园。

韦一夫又用冷静的语气告知众人："他们手中拿着盾盘，我们要瞄得准些再打,千万不要慌张!"

进攻的队伍忽然漫坡撒开,在缓坡地上扑倒,往垭口上边探头探脑。

天险地势起了关键作用。

离垭口只剩咫尺距离,他们非得在窄窄的羊肠道上单个地往前攀爬。

这阵儿,没一个人敢于充当那冲在最前面的靶子。

山脚下的班大虎又吼起来:"班木狗,你又没腰杆了?老子咋跟你讲的?冲啊!"

班木狗在一丛灌木后头用沙哑的嗓门道:"弟兄们,跟着我上。"

话音刚落,一只盾盘遮住了脑壳,在狭窄的山道上摇摇晃晃地爬来了。

"当"一声脆响,一颗子弹打在盾盘上,盾盘剧烈地晃动了两下,又不动了。盾盘下响起班木狗洋洋自得的笑声:"嗨嗨,你们打不着我。弟兄们,跟着来啊,盾盘顶得住。"

韦寸看得清楚,刚才那一枪,是瞄得很准的韦开亮打的。盾盘不但遮住了班木狗的脸,也挡住了他攀爬中的身子,枪口一时还瞄不中他哩!

那怎么办?韦寸正在犯疑,他身边的林媚趴在一块石头边,从侧面张弓搭箭,找着角度瞄准。

韦开亮开枪的地方,被下面的家伙看见了,朝着他响枪的方位，连连地打来枪弹。

韦寸悄没声息走近林媚身边，轻轻地问："行吗？"

话刚出口，林媚手中的箭"嗖"的一下射了出去，只听见冲在最前头的班木狗一声惨叫：

"哎呀！我的妈啊。"

翻身倒了下去。

紧贴着班木狗跟上来的一个汉子猝不及防，被倒下的班木狗一撞，手中的盾盘"当啷"一声掉在山石上，连滚带翻地往后倒去。后面的汉子们见状，纷纷转身往下跑。

"砰砰砰砰！"

垭口上的谷族汉子们见这帮龟儿子露出了身影，枪声接二连三地响了。中了枪弹的莽族汉子们哀号着往山坡下滚去。

散开在坡上的莽族汉子们纷纷又躲避到石缝、草莽、灌木丛后头去。

进攻的势头被压住了。

韦寸看得清清楚楚，中了箭受了伤逃下去的班木狗不算，这一阵打，垭口前面的山坡上，又倒下了四具尸体。

韦一夫的脸上露出了满意的笑容："就该这么打，不要慌。在古代打仗时，没枪支的年代，一把大刀耍得好，占住了这万无一失的地势，几个人就能对付几十几百人。"

"我们只要有三五支枪，几个人也能守得住。"二寨的土目韦昌亮说，"二寨守不住，就是没有这么好的地形。"

"得隐住身子，不让对方打到。"韦开亮跟着说，"还得有足够的子弹。"

"这样就好，"韦一夫放心地道，"他们就莫想再打过四寨这边来。"

韦寸心里说，头寨、二寨、三寨和周边大大小小的村寨，山岭田土，好多好多的寨邻乡亲呢，莫非就被荞族占过去了？

第三轮攻势是拖到太阳落山时分才开始的。不少人还在嘀咕这帮荞族汉子死了十七八个人，还有人受了伤，他们是不是不敢往上攻了，哪晓得，拖了这么长时间，那班家三兄弟想出的攻上垭口的办法，会这么歹毒刻薄，让守在垭口上的谷族汉子们看得大眼瞪小眼，一瞬间不知如何对付。

荞族吆赶来了三四十头大牯牛和黄牛，它们在牛马河谷里吃饱了草，慢摇慢摇地朝着山垭口上一步一步散漫地爬了上来。牛们显然被主人们在农闲时节经常带来放牧，走得虽然慢，爬这难攀的垭口，却比人还来得稳当熟练。它们一步步地往上攀爬而来时，那些持盾盘的汉子在牛屁股后头催赶着。而提着枪的汉子们则跟在牛群后面，垭口上要朝着他们打枪，势必伤着牛。如若让一头头水牛、黄牛翻过垭口来，那么紧跟在牛群后面进攻的汉子们一拥而上，就根本抵挡不住。

一夫当关，万夫莫开的天险，此刻就会被攻破。

这些杀红了眼的汉子，今天又死了这么多的族中兄弟，就会加倍地劫杀谷家。

韦寸不知所措地看着一群牛踢踏踢踏地踩着山石上的脚窝走来。它们走得大模大样，不慌不忙，大摇大摆，既不忸怩作态，又不故意拖延，平时怎么上坡，这会儿仍然以往常的姿态走着。只有在屁股后面的汉子用盾盘敲出声音，催促它们走快点的时候，它们才稍加紧了一点步子。

韦寸望了一眼身边的林媚，林媚也被眼前这一幕惊得呆住了。牛是谷族和荞族共同尊崇的圣物，牛帮助谷族、荞族的寨邻乡亲们耕种犁田，他们不可能朝着牛群开枪，林媚更不会用箭射它们。

可当它们慢悠悠地一头一头翻过山垭口，拿着枪的荞族汉子和保商队的家伙，全都上来了！

这可怎么是好？牛蹄子踩着石头的响声搅得人心烦，气氛越来越紧张了。

韦寸把求助的目光移向爹。

快落到西边山巅的太阳变成了一片好看的金黄色，斜斜地把夕阳的光照在这群牛身上。领头的那牛角被太阳照着，闪烁着光芒。

嗬，这是哪家的牛？还套着铁角套子。可不能前去阻挡它，一挡它，连不到牛马河谷放牛的韦寸都晓得，它要起牛脾气，就会拿两只角来狠命地抵你。

韦一夫的脸上也显出了烦恼的表情，眉头皱了起来。韦寸猜测爹也犯难了。

三寨上的一个汉子手往牛群里一指："狗日的，把我家的月母子黄牛都赶上来了！"

他的一声惊叫，把头寨上的韦二叔、二寨上的韦昌亮、三寨上瘦瘦高高的韦光扬三个土目都吸引得往垭口外仔细望去。

走在最前头的那一头套着铁角的牯牛，瞪起一对硕大的牛眼，朝着山垭口露出来的脸望了一下，它那神情完全是漫不经心的，好像看见了啥，又似乎什么也没见。

韦光扬的双眼眯缝起来了，他的双眼鱼尾般的笑纹展开了，韦寸看着他把拇指和食指放进嘴里，吹出一声尖锐的长长的呼哨。这呼哨一下子撕开了垭口上下的寂静，让所有的人都吃了一惊。

稀奇的是，牛们都停住了脚步，戴着铁角套子的头牛昂起了脑壳，闷沉沉地叫了一声："哞……"

头牛的回音还没消失，只见它一个转身，腾开四蹄，就朝着山坡下头勇猛地冲了过去。牛们纷纷为它让开了道，遂而都像发了疯似的，顺着缓坡往牛马河谷里冲过去。

紧跟在牛群后面爬上垭口来的莽族汉子们，还没闹清楚是怎么回事，就有的被牛顶翻在地，有的一屁股跌坐下去，还有的干脆一阵翻滚，直往下倒去。

牛蹄嘚嘚地由近而远，一鼓作气跑到了山坡脚的峡谷里，四散撒欢而去。

班氏三兄弟费了九牛二虎之力精心组织起的又一次冲锋，再次败下阵来。

山垭口上，目睹了这一场景的谷族汉子们，爆发出一阵阵大笑。人们不由争着问："是你家的牛吗？"

"你都没喊它，一听哨声，它就为你冲了！"

"那头大牯牛，身架子多壮！"

……

韦光扬满脸是笑地对韦一夫说："这是三寨上的牯牛王，年前的斗牛场上，它是披红挂彩的大王，远近几十个大小村寨牵来的牛，都是它的手下败将。"

韦一夫也分外高兴地说："真有你的，把三寨管辖得那么好，连牛王都听你的。"

韦光扬摆摆手，惭愧地说："可惜被莽族占去了，我没守住。"

林媚笑得两眼闪烁着泪花，嘴里却在说："就是没见到那三个杀我父母的狗兄弟，不解气儿。"

韦寸晓得林媚报仇心切，他心头冒出一计，对林媚道："你先去站好地形，我来想法让他们露出脑壳来。"

说着，就转身去找韦二憨。

九大寨正月初头上的太阳，落坡得早，一会儿工夫，落日已有一半躲到高坡的后面去了。韦寸给韦二憨说好，回过头来，林媚已在垭口高处的一丛草莽后头，张弓搭箭，做好了准备。韦寸走到她身旁，往坡脚方向望了两眼。林媚选了一个既隐蔽又有利的好地形，她在这里山下的人看不见，而山坡脚的人只要露出身影来，垭口上可以看得一清二楚，况且直线距离又不远。

韦二憨不晓得从哪里砍来一根细细的长棍子，把蒙庆文脑壳上的红帕子挂在棍头上，举得高高的，在山垭口上左右摇晃着。

耿老贵扯开他的大嗓门，朝着牛马河谷高声嚷嚷："嗨，嗨……听着，听着啊！"

醒目的红头帕在垭口上一晃动，又加耿老贵的喊声直震峡谷，山坡脚下的人马上留意到了。班大虎的身影从一大坨褐色的岩石后头晃出来叫道："嗳，垭口上的，你们是不是要投降？"

叫声传上来，听到的谷族汉子们面面相觑，不晓得是怎么回事儿。转脸想问时，看见了正在拉弓的林媚，他们不吭声了。

耿老贵把双手拢在嘴巴前，又回答道："我们韦寸少爷有话跟你们讲！"

"行嘛！让他露个脸啊。"班大虎的声音当即回了上来。

韦寸在山垭口往起一站，把手举得高高的，遂而马上换了一个位置，高声叫道："班大虎！"

"有话快讲，有屁快放！"班大虎不客气地吼着，"想投降就快点！"

"我问你们三兄弟，"韦寸振振有词地责问道，"林媚家爹对你们三兄弟不薄，你们咋能做出这样伤天害理的事？你们不怕雷劈吗？"

"你真想晓得吗？"回答韦寸的，是一个拖长了的声气，不是刚才粗野的班大虎。韦寸听出，这是班三豹，三兄弟中最奸猾的一个。林媚猜过，毒点子就是他想出来的。说话的同时，他的脑壳在班大虎身旁一晃，旋即缩到一堆灌木丛后头。

韦寸问出的话显然也是垭口上下的人都想晓得的，没人放枪了，也没人嘈嘈杂杂、骂骂咧咧的了，山野里当即寂静下来。

韦寸等班三豹说话的回音在牛马河谷里消失，接着道："我就是想晓得啰！回门时你们仨不还要请喝酒嘛！"

"跟你道实情，就是林媚妹子嫁给了你这个外族汉子，"班大虎愤愤不平的声音又传上来，一面说话，他的身子一面从褐色巨石后头晃出来吼着，"我们心头不安逸！"

"他是要把土司王位传给你。"班三豹紧跟一句。

"那老子们得什么？"班二龙的嗓门也跟了上来，"莽族是老子们班家的，传了几百年了。"

"哈哈哈！"韦寸故意放声大笑起来，点着名说，"班大虎，比棍术你输了，你就来搞这背叛祖宗的事。有本事，你来和我一对一地对打，打啥子随你挑。"

一句话把班大虎激怒了，他的身子从大石头后面跳出来，手举过头顶，指着垭口破口大骂："韦寸小崽子，在落河坝便宜了你，打便打，看老子不掐……"

话不及说完，林媚瞄中了他的箭，从垭口上头直射而下，准准地射进了他一只怒火中烧的眼睛，只听他发出一声惨烈的大叫，仰面朝天倒了下去。山坡脚顿时乱作一团。

"好！"垭口上盯着下头望的谷族汉子们发出一阵欢喜雀跃

的喊声，人人喜形于色地望着身手不凡的林媚公主。

蒙庆文夸道："太好了！把班大虎打中了。"

韦一夫的手指向山坡脚圈成一团抢救班大虎的人堆，低沉有力地招呼着："韦开亮，你领头。其他手里拿着钢枪的，都给我赶紧朝下头打，狠狠地打！"

众人顿时从击中班大虎的惊喜中回过神来，枪口朝着山坡下头的人堆，一阵子射击。

随即听到下头传来声声哭爹叫娘的哇哇乱嚎。

韦二叔走到韦寸身边，点着头凑近他耳边说："解气，打出这个结局，才叫解气！"

韦寸晓得，韦二叔心里，始终在为他丢下了头寨上的乡亲而内疚。韦寸转脸望着林媚，只见林媚坐在一块山石上，低垂着脑壳，望着地上。

韦寸心里说，射出了这一箭，她的心中，也许多少会好受一些。

西天边的夕阳，整个儿落到坡后头去了，只剩下一片绚烂的晚霞。

"林媚公主一箭射退了班家三兄弟的狂妄进攻。"

这说法风一般传开了，以至多少年之后，这话仍在九大寨传播，且越传越神，越传越离奇，变成了这块土地上的传奇。这传奇像祖公韦石山的名字被人称作"韦识仙"一般，成了九大寨残存的精神遗产。韦寸老来，还有人在他面前提起。

下半夜，九大寨落雨了。正月初三天不亮下起的雨，落到天亮了后，山岭、田坝、坡土、树林和宽宽窄窄的山道，全都被浩浩茫茫的雾岚笼罩着。除了时大时小的雨点，雨丝在树枝上的扑落声和细刷刷的响声，山野里啥声响也没有。

昨晚天黑尽了之后，韦一夫就做了安排，牛马河谷没了声响和动静，他留下了几支钢枪和火铳，集中起枪药子弹之后，让其他的谷族汉子都退回四寨和麻石堡去吃晚饭，并歇息下来。没见班家三兄弟摸黑进攻，也没见进攻方的莽族在河谷里点起火来烤着驱寒，韦一夫点了几个谷族汉子的名，由胆大心细的蒙庆文带队，摸下河谷里去，探听一下情况。

林媚爹妈被害的消息传来之后，短短的几天时间里，韦寸只觉得自己像田头一株干渴的禾苗遇着了雨露，贪婪地吮吸着水分。他每时每刻留神着爹的一举一动，看他如何当谷族几十万寨邻乡亲的土司王爷，如何行使他在九大寨至高无上的权力。他只觉得，几天时间里，从爹的身上，从爹的言行举止中，学到了好些东西。

肚皮先饿了的汉子们刚开口，韦一夫就让他们都先退下去了，并嘱咐他们吃饱了早点歇着，还让他们捎话回去，头寨、二寨、三寨上逃难来的百姓，尽可能散到四寨、五寨、麻石堡附近的大小村寨去，栖身下来。要想收复被攻下的三个大寨，看样子得有些时日了。韦一夫留下了头寨上的韦二叔、二寨上的韦昌亮、三寨上的韦光扬三个土目，让他们点上各自寨子火铳打得有准头的汉子，准备在牛马河谷这个天然的险道口值守，白天黑夜不准间断。当然，四寨、麻石堡，还有一时没遭到威胁的六寨、七寨、八寨、"煞角寨"九寨上，都还有人会来增援……

正说到这里的时候，蒙庆文带着下牛马河谷去一探究竟的几个汉子回来了，他们兴奋地喊喊喳喳争着向韦一夫和几个土目禀告，牛马河谷里清风雅静，黑黢黢的一片，长长的峡谷里除了水流声，啥声音都听不见。一两个人下去待久了，阴森森的，风飒飒吹来，还有点怕人。

韦一夫判断说，林媚这一箭，射中了为首的班大虎，打了一整天，又让他们死了十几个人，不管班大虎伤得重还是轻，他终究得回去找药来治，看样子，他们是不会马上来攻了。

几个土目都赞成韦一夫说的话。韦二叔说，这三兄弟凶狠是凶狠，但也不是憨包。攻打了一天，他们也晓得了这天险地势蛮干是攻不上来的。韦昌亮讲，我看林媚公主这一箭，射中了班大虎的脸，不是重伤至少也得让这龟儿子脸上留个难看的疤。韦光扬则说，趁着他们一时不会来攻，我们正好可以知会所有的大大小小的村寨，开打了，要防备莽族勾结有钢枪的保商队、保警队，他们是怀了虎狼之心，随时会来偷袭的。

韦一夫留下了两支钢枪、三支火铳，让五个汉子在垭口上留守，抓紧把窝棚在避风处搭起来。其他所有人，都撤回到四寨和麻石堡所辖的其他村寨去休息。

韦寸始终悬着的一颗心，这会儿总算踏实了一点，和林媚一起，陪伴着爹踏着夜路，一步一步回韦府大院去。

雨落起来就不晓得个停了。正月初头上的雨，下起来和腊月间的感觉差不多，寒凛凛的，冷彻人的骨头。

老辈子的人都说，九大寨的风霜雨雪、雷电、冰雹、烈日，都带着高原上的性格，和他处不一样。这样的山水气候，也养成了九大寨人的性格脾气。

雨好像同样是这么个德行。十八岁的韦寸，敏感地感受和体会着大自然的变化。

事态正像韦一夫预测的那样，谷族的汉子守住了牛马河谷的垭口，白天黑夜有人守卫着，凶焰熊熊的班家三兄弟，带着他们莽族气腾腾的队伍退回去了。

感觉祸事就在眼前的四寨、麻石堡百姓，觉得喘过了一口气。

随后几天，从被莽族占领了的头寨、二寨、三寨部落，不断地有一些消息传过来。三个大寨被班氏三兄弟瓜分了，班大虎占在头寨，班二虎占了二寨，班三豹称自己就是三寨的旗头，代替了原先的土目韦光扬的位置，三寨及其周边大大小小的村落，全都得称他为三豹王，山岭田坝坡土和一片片的树林，都归属于他，种的稻田坡土都给他交租，砍山上的树木，得先向他禀告获得允许，有不服从的，当众砍杀，不准收尸，任由野狗啃噬。

遂而，爷人听闻的事儿一件一件风一般传来了：他们占下了房子，抢来女人当婆娘，有不从的，当众强奸之后砍死；小娃儿尖声大叫的，尖刀捅死之后钉在墙上；遇到反抗的，用火铳轰烂了胸膛示众；有个汉子只是怒目而视，表示不服，就被一火铳打去，轰掉了半边脸，当场毙命……抢劫烧杀，惨不忍睹的随意杀戮，让听到的人无不触目惊心。

惶惶然的情绪在谷族的寨邻乡亲们中间蔓延，所有的人都感觉忧心忡忡，不断地说着幸好守住了牛马河谷的垭口，要牢牢地守住啊，若是让这帮野牛烂马、亡命土匪样的人杀了过来，这种骇人听闻的事儿就会在我们这里发生。大祸临头的阴影笼罩着村村寨寨。血性的谷族老乡都盼着土司老爷韦一夫领着大伙儿抗暴拼斗，和这帮比豺狗恶狼还凶狠的家伙决一死战。

韦一夫愈加忙碌了，这天吃晚饭时，他又没回到韦府大院里来。宋庭竹说，土司老爷留了话，这些天他忙着在周边团转的村寨上转悠，和寨老土目、旗头们商量抵挡班家袭扰的事儿，到了吃饭时辰，不消等他。

林媚喜食酸，宋庭竹关照灶房特意为她炖了酸萝卜羊肉汤。

林媚吃着啧啧称道，喝了一碗又盛一碗。宋庭竹扬起眉毛瞅了她一眼，说："林媚啊，你射中班大虎那一箭，还真让人出了口气呢。听说了嘛，这一箭正中他的眼睛，把他一只眼睛射瞎了，急得他们三兄弟，四方八寨去找草药来敷，找魔公鬼师巫婆来替他驱邪。那烂了的伤口啊，痛得他晚上睡不着。那些去为他治过的神婆出来说，一时半会好不了。听说啊，他们不敢再来攻，就是要等他的伤好转。"

林媚撇了撇嘴，鄙夷地道："活该！早晓得一箭就射死他，我在箭头上给他抹点药。"

韦寸望她一眼说："你为我们谷族，立下大功了。"

林媚摆了一下脑壳说："他们仨啊，是犯下了大罪孽，一个个不得好死。"

宋庭竹用小铜勺舀了一小点汤喝，仔细地品了品，双眼望着林媚问："是不是太酸了一点？"

林媚说："没得，妈，我喝来觉得好爽。我们班府，没喝到过这么鲜美的汤。"

"那我吩咐灶房，隔几天就给你炖一锅。"宋庭竹体贴地说着，又轻叹一声道，"这汤，是我从旧州娘家那边带过来的。九大寨宰了羊，会做羊八碗，学会了做酸汤羊肉，韦府大院高山草原上的羊，就有了羊九碗。十冬腊月间，一直到过年，韦府大院的羊九碗端上桌，连五寨街上朝廷命官杨提督、教堂里的洋人罗司铎，吃了以后都喊好！"

韦寸是晓得这事的，五寨街上这些头面人物，爹和他们都有交往。他发蒙去五寨学堂里读书，爹好像也托付过他们。第一次听到的林媚，对这好像不感兴趣，她感兴趣的是宋庭竹的身份。

她扬起了两条黑浓黑浓的眉毛，惊问："妈，你是旧州那边嫁到韦府大院里来的？"

"是啊！"

"那……"林媚的双眼顿时变得晶亮晶亮的，既诧异又有点不理解，"那你不是谷族啰！"

"是啊，我是汉族。"

"大汉民族？"

"啥子大汉呀！就是汉族。"

"那韦寸的身上，也淌得有汉族的血脉。"

"是啰！你定要这么讲，确实是的，韦寸身上，淌得有谷族和汉族的血脉。"

林媚双手捧着自己的腹部，望一眼妈，又转而看看韦寸："这么说，我怀上的娃娃，以后生下来，身上就有谷族、荞族、汉族的三股血脉。"

"哎呀，林媚，我跟你讲呗！"宋庭竹望着这个儿媳妇，怜爱地道，"其实在我嫁过来之前，在旧州老街上，除了汉族，我们只晓得还有大一点的两支民族……"

"哪两支？"

"一支是老祖宗叫贵尤的苗族，还有一支是彝家"①，宋庭竹耐

① 九大寨的彝家，就是中华人民共和国成立后的布依族，和水东、水西的彝族不是同宗同族。

心地给林媚细讲细摆，她扳着左手的第三个指头道，"好些衣裳花花绿绿，一年四季穿着裙子的，在旧州那边，我们统通称之为夷家。"

"夷家？"林媚的双眼瞪圆了，"我就没听到过。"

"你是不会听到的。"宋庭竹笑一笑说，"那是汉族的说法。等到我嫁给了土司老爷，共同在韦府大院里过着这份人世间的日子，从不适应到适应，从不习惯到习惯……"

"妈，那一定很难为你的，是吗？"

"我渐渐地就觉察到了，"宋庭竹顺着她的思路往下说，"谷族也好，包括你们莽族也好，有好多地方，和汉族都是相像的。你嫁过来之后，从小在班府大院里长大的，觉得有啥不适应吗？"

"没得啊！"林媚眨动着黑亮的双眼，"成亲之前，我都没见过韦寸。嫁过来之后，我一下子就喜欢上他了。我感觉他比三个堂哥都强，他身上，有股我没见过的汉子的味道。我这一辈子，就是跟定他了！"

听到林媚当着妈的面吐露这样的心曲，韦寸乐得直笑。他看到，妈也笑了，笑得很开心。其实，韦寸内心深处，对林媚这班府土司家的公主，何曾不是有和她一样的感情呢。

宋庭竹连连地点着头说："就是啊！我们原本就是同宗同祖的一家人。有皇上的年月，说的是普天之下，莫非王土。现在皇上被掀翻了，我们都是中国人，是华夏儿女。"

　　这种讲法，在五寨学堂里，韦寸听到过。眼前的林媚，显然还没听懂，她盯着妈又提疑问了："妈，你既是旧州地方的汉族，听说那些地方开化得早，过日子的方式，比九大寨、比我们落河坝要好得多是吗？"

　　"你听哪个讲的？"宋庭竹问。

　　"出嫁之前，爹和妈都说过。"林媚率直地道，"爹妈还跟我讲过，说我嫁进了韦府大院，也会有比娘家过得更顺心的日子。"

　　宋庭竹的眉头微蹙，关切地问："你有这样的感觉吗？"

　　"没得这几天的暴乱，"林媚的脸色顿时由明朗变得晦暗下来，讷讷地道，"我是感觉过得很欢的。"

　　宋庭竹不由得叹息一声，她望了一下韦寸和林媚，轻声道："难得有今天这样的机会，我们娘仨能倾心地交谈。我要跟你们两个说的是，这几天是少有的平静，是守住了垭口之后获得的喘息机会。不晓得你那三个堂哥，勾结了外方的啥恶毒势力，一心要征服九大寨，当这谷荞两族的土皇帝。仗再打起来，会血腥得多，残酷得多，惨烈得多，一旦遇到啥大祸事，你们两个，可以一路退到我的娘家旧州去，讨一份生活……"

　　说到这里，韦寸分明看到，妈的双眼里，透出忧郁的愁绪。妈望着韦寸的脸，韦寸抬起眼皮，双眼和妈的目光交接时，他不知咋的，陡然想起了田美贞，妈让美贞早早地去了旧州，给美贞说过啥子吗？韦寸想问妈，不过林媚在场，韦寸开不了这个口。妈的目光在韦寸脸上停留了一阵，韦寸不由问："妈，会落到这个地步吗？"

"往最坏处打算吧，"宋庭竹的两片嘴唇掀动了一下，苦笑了一下道，"旧州那边，多少安稳些。"

林媚显然没有觉察她的情绪，她仍纠缠在一个问题上，继续打听说："妈，你是旧州汉族家的女子，咋个会嫁到韦府大院里来的呢？"

林媚的执着虽然有些打破砂锅问到底的意思，韦寸却也是很想知道这个底细的。作为韦府大院的少爷，作为儿子，他从来没有想到过要打听爹妈之间婚姻的底细。韦寸把脸转向妈，双眼一眨不眨地望着她。

宋庭竹含蓄地笑了一下。终究十八岁了，韦寸对自己熟视无睹的妈的脸貌，一天比一天地关注和留神起来。在他心目之中，妈的一举一动，妈的所有眼神手势，和他看到的九大寨女人不同，妈好像从来都是从容和优雅的，她不慌不忙、不疾不慢地在韦府大院里过着属于她土司夫人的日子。这一点，连才嫁进韦府大院四个多月的林媚都发现了，她给韦寸说过，你妈身上啊，有种谷族和荞族女人都没有的东西。啥东西呢？韦寸问过林媚，林媚摇着头说她还没想明白。

不过，韦寸从林媚说话的语气和羡慕的神情，看得出林媚虽是班府公主，但对妈是叹服和敬重的。

宋庭竹沉吟了片刻道："说起来话很长。简单讲吧，就是妈的爹，也就是你们的外公，有回被毒蜈蚣咬了，你们的祖公，汉族叫祖父，韦石山，就是九大寨几百里谷族乡亲都晓得的土司王'韦识仙'救了他。你们的外公到阎王那里转了一圈活过来了，就把我许给了土司老爷，韦寸家爹。"

韦寸和林媚互相对望了一眼，宋庭竹抿了一下嘴，道："这顿晚饭，吃很长时间了，回吧，林媚得早点休息。"

尽管听得意犹未尽，但韦寸看得出，不仅是他，连林媚都想晓得妈嫁给爹的很多详细情形及细节，诸如旧州和九大寨离得那么远，旧州的外公遭毒蜈蚣咬了，九大寨的祖父是咋个晓得的？都说被剧毒的蜈蚣咬过之后，走不了几步路人就会倒下去死掉，"韦识仙"当年怎么会那么快找到那种药？莫非他能掐会算？莫非他未卜先知？

这里头会有多少谜啊！不过，妈不想说话了，韦寸只得陪着林媚，沿着有些泛潮的楼廊，走回屋头去。

九大寨的雨落下来，韦府大院里潮腻腻的，入夜之后的风，又在峡谷山岭间吼啸着。

是母子之间天然的心有灵犀，还是韦寸难得地和妈在一起讲了这么长时间的话，林媚躺下去入睡之后，韦寸仍然没有困意。他甚至觉得，厢房里的灯亮着，妈一定还坐在那里。

刚交十八岁的韦寸，身体已从少年长成为青年，读书和练武两件事情，使得他进入这个年龄之后，分外的敏感和好思。在他心目中，妈和爹是截然不同的两种人。爹是土司老爷，有他的一套土司老爷的行为处事方式。妈呢，美贞总是称呼她为夫人。妈有她在九大寨、在麻石堡街子上的为人方式。

蒙庆文是个远近闻名的木匠，连韦寸的婚床都是请他打的，林媚嫁过来之后，看见婚床上的雕龙刻凤，吉祥如意的花卉，都觉得喜欢。可蒙庆文终究只是一个手艺人，和九大寨村落上所有的石匠、篾匠、泥瓦匠、铁匠差不多。他的弟弟蒙庆武只会种庄稼，是个"干人""穷棒槌"，只会勤扒苦挣地刨泥巴，他问当哥哥的借了十块银圆办喜事，办完喜事，把婆娘接进家，还是穷，还不起哥的钱。十块银圆，在九大寨，在一长条滇黔道上，都不是小数目。五寨街子上，那些开小铺子不干农活的店主，赚够了一块银圆，一家人可以过一个月。蒙庆文催着另立家的弟弟还钱。弟弟还不起，催急了就耍赖，说要钱我拿不出来，要命有一条。兄弟为此反目，大吵一架之后，相互之间见了面都怒目而视。蒙庆武私底下对人说，还不起钱，得怪我爹，他为啥偏心，把一门好手艺教给哥，不教我，害我一辈子受苦受穷，没钱还！蒙庆文听说了，更恨这个弟弟了。

在麻石堡，这件事远近亲邻都晓得了。宋庭竹听说了这件事，拿了十块银圆，找到蒙庆文的婆娘，说是蒙庆武家两口子还的，吵翻了，他们不好意思上门。

毕竟是亲兄弟，蒙庆文收到了银圆，找到弟弟说："对不住你，我催债逼得你太紧了。从今往后我们仍是兄弟。"

弟弟斜他一眼说："我没还你的钱……"

事情戳穿了，是土司夫人替弟弟还的钱，要他们看在亲兄弟份上，和谐相处。

两兄弟都受到感动，言归于好。蒙庆文对一夫老爷言听计从，百依百顺，因为他是土司王爷。对土司夫人，更是高看一眼，他说，夫人要比九大寨所有女人都强。

韦寸晓得了这件事，内心里同样翻腾不息，妈这样处世为人，她不靠刀枪武力，她也不像洋人罗司铎在五寨教堂里讲经，滔滔不绝，喋喋不休，讲许许多多主的旨意，妈只用她的行为，感染着人，温暖着人。

耿老贵钻"花撩房"，让一个脸貌俏丽的姑娘怀上了娃娃，欢天喜地把她娶了回家。哪晓得娃娃没等到生下来，流产夭折了。第二年又怀，又没生下来。连怀了三次，都像第一次那样，不等到瓜熟蒂落，娃娃就胎死腹中。耿老贵再不喜欢这个不会兜瓜儿的婆娘，一不顺心就拳打脚踢。耿老贵的妈更是恼怒，骂她是扫帚星、丧门星，不是咒骂，就是拿棍子追着她打。吃饭时只准她端只碗，到门后面去，说她见不得人面。这女人自己都觉得对不住耿家，生怕耿老贵家哪天休了她。像她这样的女人，被婆家休了，再不会有人要她。这女人得不到好的吃，又里外不是人，好端端的一个女人，变得骨瘦如柴、弱不禁风。

宋庭竹听说了，把她找来土司王府，细细问过她怀娃娃几次的前后经过，给她找来了药，要她分三次把药喝下去。

宋庭竹又让韦一夫给耿老贵打招呼，说她的婆娘正服药，不要再打骂婆娘了。

土司老爷发话管到家务事来了，耿老贵回家给妈一讲，母子俩不敢再打骂媳妇了。怪得很，一年之后，女人为耿老贵生下了一个儿子，一家人都欢天喜地。耿老贵跑进韦府大院磕头跪谢，说老爷金口玉言，讲夫人是医治他婆娘的仙手神药。

韦寸晓得，妈作为土司夫人，在九大寨乡间的名声，和爹土司老爷的声望一样，有着非同一般的分量。寨邻乡亲们尊敬她，是发自肺腑的感情。韦寸也从妈平时吐露的只言片语中看出，她作为祖父"韦识仙"的儿媳妇，学到了一些辨识山林中医药的本事。

伴着烛影，苦思冥想了一阵，听到林媚在床上传过来的轻微的呼吸声，韦寸抬起头来，轻手轻脚走出了房间。

厢房里仍有灯光，韦寸一步步走了进去。果然，韦寸心中的直觉是对的，妈仍坐在椅子上沉思默想。

"你还不去睡，妈？"

宋庭竹抬头向韦寸招了一下手说："等你爹回来。来坐，坐这儿。"

她的手指了一下脚前炭盆边的椅子。

韦寸在椅子上坐下，双手在炭盆上探了探，炭盆里的炭燃得差不多了，只剩中间的几块炭仍闪着眼睛样的炭火。

在一雨成冬的九大寨，不烤火，夜间是难熬的。

宋庭竹低声地问："林媚睡了吗？"

"睡着了。"韦寸道,"难得的,她一睡下打起了呼。"

宋庭竹说:"她爹妈的事,对她的伤害太大了。你要对她多留心。"停顿了片刻,她又补充着道,"她……不识字啊!要让她想开些,她怀着韦家的后。"

韦寸听得出,妈的话里有话。他懂,妈是让他这个少爷多关心体贴林媚。不要九大寨男人的汉子脾气,韦寸表示理解妈这番话的意思,答了一声:"要得。"

"你想美贞吗?"

"嗯。"韦寸低下头,两眼直瞪瞪地望着炭火。

宋庭竹的声气更低了,一字一顿说:"刚才在饭桌上,我不便说。你和林媚去落河坝回门,我们送美贞走的时候,让她随身带去了中蜈蚣毒之后急救的药酒,那是你祖父泡了常年备着的。她跟了我几年,也学到了一些用药的法子,我还给了她一些钱。在我娘家人的帮持下,她在旧州老街上,能活下来。"

韦寸睁大双眼望着妈。听说美贞不辞而别,远去了安顺地方的旧州,韦寸内心深处是有牵挂的。也曾想细细打听美贞离去之后的情况,可美贞只是妈的一个侍女,一个下人,她陪韦寸睡过,还怀上了韦寸的娃娃远走高飞,韦寸怕贸然问出口,遭爹妈的呵斥,一直把心思闷在肚皮里。况且,和林媚成亲之后,他们俩天天几乎形影不离地在一起。韦寸的心目中,也逐渐认定了门当户对的班林媚才是他的发妻。对美贞,也便逐渐地淡忘了。万没想到,妈会在这个节骨眼上提到她。听了妈的话,韦寸的心安定下来，美贞会在比五寨街上还要繁华热闹的旧州老街安定地活下去。

见韦寸不再接着问下去，宋庭竹探询的目光盯着韦寸，说："你记住了啵？"

"记住了，妈。"韦寸听妈加重了语气，不由得把目光从炭火上移开，回望了妈一眼。妈欲言又止，韦寸心中一动，不由猜测：妈这是啥子意思呢？

"美贞是你人生中的第一个女人，她让你晓得了什么是女人。"宋庭竹的声气拖得长长的，慢悠悠地说，"和九大寨上的小伙子，钻进了'花撩房'去和那些姑娘要不一样。你觉得一样吗？"

韦寸摆头，他的嘴闭得紧紧的，目光不敢和妈盯着他的双眼交接。韦寸的眼前又掠过爹警告他不准去钻"花撩房"时丢在石头上的那把寒光闪闪的马刀。

宋庭竹接着拍了拍韦寸的膝盖，似提醒又像叮咛般说："你是土司家的儿子，韦寸少爷，要记住自己生命中的女人。"

韦寸想对妈说，他没有忘记，他记得田美贞的。他成亲了，天天晚上和林媚睡在一张床上，钻在一个被窝里，嗅着林媚身上散发着山野气息的女人味时，感觉她和美贞身子的差别，时不时地，韦寸也会在某个瞬间记起美贞的体味。只是，这些话对自家的亲生母亲，对韦寸敬重和佩服的妈，他也说不出口。

他面对妈郑重的嘱咐，只得庄重地说："妈，我不会忘的。"

宋庭竹淡淡地笑了一下，嘴角的两缕笑纹，有点意味深长。

但韦寸仍然没有理解妈这番话的真正意义。

麻石堡坝里传来几声喧哗，随而传来了脚步声。宋庭竹站了起来，对韦寸道："好像是你爹回来了！"

韦寸跟着妈离座起身，迎到门口去。

第八章 | 世道

自从参与进土司家族事务之后，韦寸已经看出来，好多事情，当土司的爹，经常要听听妈的想法。

撑起上层变成天

踏住下层变成地

盘古力气已耗尽

天地这样就形成

—— 谷族古歌《盘古开天地》

　　正月里的雨天持续得这么久，也是让人想不到的。连田埂都给雨水浸透了，走一遍回到麻石堡，脚上必定沾一腿的泥。雨日里，鸡也懒得啼，觅食的时候，都是懒神无气的。麻石堡上，倒是狗吠得凶，白天夜间都能听见狗吠声。韦寸晓得，这是头寨、二寨、三寨上来麻石堡投亲靠友的乡邻，他们的家园被班氏三兄弟占去了，麻石堡街子上陌生人走过，狗就要汪汪地叫。

　　只以为荞族仍会打杀过来，牛马河谷的垭口上还会发生更激烈的交火，结果连续过了十几天，轮班到垭口上去守卫着的汉子们回来说，啥事儿都没有，河谷里一点动静都听不到，看样子他们吃了亏，丢下十几条人命，不敢轻易来攻打了。往常年景，总有三寨、四寨上的娃儿，牵着牛进河谷，让农闲时节的牛在河谷里吃上鲜活的草，发生了战事，离得再近的四寨人，都不敢牵着牛翻坡了。

　　过了元宵节，韦一夫给韦府大院的灶房里发了话，让他们好好准备一桌羊九宴，五寨上有重要客人来。

　　来的是啥重要客人呢？

韦一夫在饭桌上，对宋庭竹、韦寸和林媚说了，来的是五寨教堂里的洋牧师罗司铎和代表官方的杨提督，那个多少年来占着权位的杨荣之。

韦寸心里犯疑，杨提督不是代表朝廷的官员嘛，都在说皇上被掀翻了，他还代表清王朝呢？

韦寸把这点困惑说了，韦一夫的筷子点了一下桌上的菜，说："原先他代表朝廷，这会儿，他代表的是政府……"

"政府？"韦寸嘀咕着重复一句。

韦一夫拧着眉毛说："皇上掀翻了，现在叫大总统。贵州省里的巡抚赶跑了，云南也一样，先叫军政府都改叫布政使，贵州的布政使是兴义跑过去的刘显世，云南的那个，好像姓唐，听说以后要叫省长。"

"那五寨这边呢？"韦寸问得具体了。

"地方上的官，跑的跑了，有人争着要上，想当专员的，想当县长的都有。"韦一夫说得也不很有把握，"杨提督觉得在五寨这种地方，方方面面混得还不错。省里面听说就是布政厅传下话来，让他管着事。"

"我听爹说起过，"林媚接上话，"教堂里的洋人啊，地方上的官员啊，我们当土司的，都要同他们搞好关系。"

韦一夫笑了，转脸向着林媚道："是啊！班家三兄弟勾扯了保商、保警武装，侵犯到谷族头寨、二寨、三寨那么多地盘，还要骑到谷家头上来，都闹得打起来了，死了不少人。罗司铎和杨提督到麻石堡来，就是想要来居中调停。"

"居中调停？"这回是宋庭竹问话了，"九大寨是遭受他们打杀进犯的一方，谷族人没有招他们、惹他们。"

林媚说："是啊，爹时常讲的，莽族、谷族，原本就是同宗同族传下来的。"

韦一夫把手中的筷子放下来说："现在这是叫乱世，你们想想，千百年来，只有打倒了皇帝做皇帝。可这会儿，是皇帝掀翻了，没有了，不能再当了，这个世道咋个会不乱？有人在叫嚷，乱世英雄出四方，连读书人都说，生逢乱世，群雄四起。都在想，像隋朝倒了，十八路好汉争打天下一样，班氏三兄弟，也是想趁着世道混乱，当九大寨和莽族的王。"

"做他们的鬼梦！"林媚愤然道，"怪不得，他们下得了毒手害我爹妈。"

宋庭竹望着韦一夫问："他们想如何来调停呢？"

"就是要来谈啊！"韦一夫说，"他们派人来传话，说想到麻石堡见见我，那个杨提督还讲，想来尝尝名声传到五寨街上去的羊九碗。我当然说，贵客光临寒舍，不胜荣幸之至。于是就约定了，过了元宵节的第三天，洋人和杨提督一起来麻石堡。跟你们讲，杨提督提出来了，让土司夫人、韦寸少爷、班林媚公主一起参加。"

"我也上席吗？"宋庭竹问。

"你是土司夫人嘛！"韦一夫以肯定的语气说，"我们这边，把牛马河谷的垭口守住、把牢了，他们不敢轻易再打，僵持下去，三个大寨上的百姓流落在外，有家不能回，长久下去，不是个事情。你说集中起所有的火铳，和我们的十几杆钢枪汇在一起，再打过去，把三个大寨抢回来，只怕仍不能夺得过来。我派人打听过，保商队、保警队那伙人，加起来的钢枪有五六十条，真打起来，死伤大不说，还不一定能打败他们。"

"先谈吧，"宋庭竹点了一下头，"关键是听听他们想要些啥。"

韦寸听妈这语气，晓得这事是必然要谈了。自从林媚进了韦府大院，一家人吃饭，除了爹坐八仙桌的上位，他们四人，一人坐八仙桌一边，说起家常话来，气氛是融洽和睦的。自从参与进土司家族事务之后，韦寸已经看出来，好多事情，当土司的爹，经常要听听妈的想法。他和林媚都是下辈，习惯了不插嘴的。好在妈和林媚之间还处得来。

离座的时候，韦一夫环顾着家人说："我会找头寨的韦二叔、二寨的韦昌亮、三寨的韦光扬三个土目，和他们讲一讲。客人来韦府时，他们一起参与。"

一辈子生活在九大寨土地上的韦一夫，肯定晓得久雨必晴的天象。年初三开始下起的雨，过了元宵节收住了，阴了一两天，五寨上的贵客罗司铎、杨提督和随身各自带来的仆从，骑着马来麻石堡的这天，空中朗开了，岭腰和山巅上的雾散尽以后，出了个大太阳。

九大寨的太阳一发威，把谷族汉子们的脸晒得红通通的，古铜色的脸颊上泛着光泽。

事前韦一夫和三个土目说了之后，消息传开了，几个客人骑着马走进麻石堡的麻石板路上时，路两边站满了寨邻乡亲，一是要看看五寨教堂里的洋人长啥样子；二是想晓得洋人罗司铎参与进来，如何调停谷家和莽族的这一场冲突。

四匹马"的笃的笃"地踏着石板路走向韦府大院门口时，几乎所有的目光都追随着骑在马上摇晃着身子的罗司铎。只见罗司铎脸上挂着和蔼可亲的笑容，不断地向两边盯着他看的男女老少摆着手，样子和善极了。

韦寸站在土司院坝墙上的窥视洞旁，透过里面宽、洞口窄的孔，把这一切看在眼里。四个客人下马时，他退回到堂屋的门口，向爹妈和三个土目报说，他们到门口了。

步上台阶走进朝门来的，是罗司铎、杨提督和一位书生模样的男士，土司韦一夫和三位土目站到堂屋台阶前迎候他们。四个人一齐拱手作揖，韦一夫朗朗有声地道："恭迎罗司铎和杨提督。"

罗司铎的左手抚着他长到胸前的胡子，右手放到胸口施礼。杨提督同样抱拳还礼。那位白面书生，则向着韦一夫和三个土目深深鞠了一躬。

韦寸在后侧看得分明，他猜这个白面书生是助手，而另一个没跟进来的则是下人，牵着四匹马去拴了。

进了堂屋，韦一夫请客人先入座。

堂屋的八仙方桌移到了中央，八仙桌上加放了一张圆台面，可让十来个人全都围桌坐下。谦让了片刻，结果韦一夫是主人，坐在面向正门的中央，罗司铎和杨提督一左一右坐在韦一夫的两边，遂而三位土目和韦寸挨着秩序坐下，再是妈和林媚二位女眷。那位白面书生寸步不离地站在罗司铎身后，身子站得笔直，白皙的脸上始终不带啥表情。

韦一夫请他在靠近堂屋的下位上坐，他只是摇头，还是罗司铎用生硬的中国话说："他是教堂的执事，吃饭的时候，他可以坐下。"

韦寸是第一次经历这种场面，妈让他换上了成亲时穿的新衣裳，林媚穿的也是当新娘时的莽族裙服，爹和三位土目也都盛装出席，直领，密密的一排从颈项到下摆的葡萄纽扣，用蛋清刷得笔挺泛光的蓝靓色。爹的上衣左胸前还绣有几朵蝴蝶花，尤其是蝴蝶的翅膀，画得大而夸张，用的是金线、银线，既像一朵朵艳丽的花儿，又能辨出是蝶翅，分外醒目。三位土目左胸上绣的图案要小些，看去像喇叭花儿。这可能都是显示他们身份的服饰吧。韦寸不曾细问过，也不懂。妈穿的是淡灰色的斜襟衫，色彩最为素洁，却又分外引人瞩目。这些正好与杨提督既显示他过去提督身份，又显示他今天政府官员地位的服装形成鲜明的对比。他是在提督的绸缎官服外套了一件西式短褂，显得有些臃肿。

韦寸环视着一整张圆桌的九个人，陡然感觉还是妈和林媚穿的衣裳最为出众。他心中也终于明白，妈为啥要提醒他换上待客的衣裳。坐在一张桌上，韦寸还看到罗司铎的胸前，挂有一只银色的十字架；紧挨罗司铎站着的那位执事胸前，也有一只十字架，只是他的那一只，要比罗司铎的小，光泽也不如罗司铎的亮。

韦一夫在一一地给罗司铎和杨提督介绍三位土目：瘦瘦高高那位是三寨的土目韦光扬，圆圆脸的是头寨的韦二叔，比他两个都年轻的那位是二寨土目韦昌亮。他们仨都是深受谷族寨邻乡亲佩服拥戴的头领，也是土司府的得力助手，九大寨这些年里能够相安无事，平平静静地打发这份人世间的日子，一靠的是老天爷风调雨顺，比起荞族那边的高地天气好得多的环境；二靠的就是他们这些管辖一方的土目。

韦寸看到，罗司铎始终在微笑着点头，甚至还带着点热情地向三位土目双手合十致礼，在爹说完时，他还会清晰地添上一句："也靠天主保佑、天母降福。"

杨提督呢，韦寸看他仍带着过去朝廷里老爷的派头，在爹介绍的时候，他只是嘴巴里"嗯、嗯"地哼个一声两声，抬起眼皮，用打量的眼神瞟一眼每个人，只对满脸微笑的韦二叔点了一下脑壳。韦寸还觉得，他的眼神里透出的是冷漠和高傲。

韦一夫介绍到宋庭竹、林媚和儿子韦寸时，用的是简洁的语气，只拿手指点了点他们三个，分别说了一下，这是夫人、儿子与儿媳。

倒是罗司铎非常郑重地向他们施礼，还夸赞林媚道："啊，恰像美丽出众的黑玫瑰！"

说得林媚的脸瞬间涨得通红。

连杨提督都伸出手指道："噢，你就是班府的公主班林媚啊！久仰久仰，果然名不虚传哪。"

夸得林媚羞涩地转过脸来，朝着韦寸做了个鬼脸。

韦寸在爹讲到他时，站起身来，分别朝罗司铎和杨提督鞠了一躬。这是妈在让他换待客衣裳时，特意叮嘱的，说这是礼貌。将来，他有可能接任土司，也要和九大寨外的社会方方面面接触，趁这机会学着点儿。

这一鞠躬，引出了杨提督的一句话："韦寸少爷，听说你武功超群啊！回门去落河坝时，把班家那三兄弟都打趴下了。"

罗司铎连连点头："噢，噢，有功夫，有功夫！欢迎你来经堂坐，来了就说找我罗伯特。"

韦寸不晓得怎么答复，韦一夫稍稍抬一下放在桌面上的巴掌道："那是孩儿年少气盛啊！"

"听说，"杨提督仍没放过韦寸，食指点住了韦寸，"你在五寨学堂里读过书。"

"读过。"韦寸照实答。

"嗬嗬，这么说来，你是文武双全了。"杨提督转过脸来瞅了一眼罗司铎，接着说道，"以后你若接手当上土司，那一定是青出于蓝胜于蓝了。"

韦寸总算憋出了一句话："我刚成家呢，得好好跟着爹学。"

圆桌四边上的所有人都发出了一片高高低低的笑声。

韦寸却觉得有点莫名其妙，不知道他们都在笑些什么，为啥子笑？他见身边的林媚也在笑，不由问她："笑啥？"

林媚同样小声回了一句："我也不晓得，大家笑，我跟着笑。"

笑声驱散了刚入座时的拘谨，该言归正传了吧。韦寸的眼睛期待地望望洋人罗司铎的脸，这张脸上的微笑仿佛是凝固住的，总是亲切地看着众人。韦寸细细地盯着他眼睛看呢，又觉得罗司铎的眼睛里什么表情都没有，什么人他都没在看。

杨提督喝着盖碗茶，很享受地"嗨"了一声道：

"这茶还有股山野里的清香哩！哈哈，难得，难得啊！是这样，我和教堂里的罗司铎特地到麻石堡来，拜见韦一夫土司家人，见见各位久闻大名的土目，是居间调停来了。你们和落河坝那边莽族拼杀的事，闹大了，死了好多人。这已经不是乡民间为争田土、争水的械斗，而是真刀真枪地开火了。国民政府是要管的，贵阳城里军政府传下话来，要查清事实上报，制止事态的恶化。罗司铎，是不是啊？"

罗司铎的手在胸前画着十字，连连点头说："都是主的子民，要和睦相处。杀人放火的，都是魔鬼。看看，杨提督，由我们出面找那班氏三兄弟，居间调停，土司、土目同不同意？"

"对啦，这是第一位的。"杨提督竖起了他的食指，"你们赞成吗？"

韦一夫的目光从韦二叔、韦昌亮、韦光扬三人脸上一一扫过，韦二叔的嘴唇动了动，说出两个字："可以。"

"赞同的。"韦昌亮的声音要比韦二叔大点。

韦光扬则多说了一句："不打是可以的。本来就是他们一路打杀过来，占我们的家园，我们是被迫还击。"

"行，第一点，你们谷族这方，都赞成我和罗司铎出面居间调停。"杨提督用肯定的语气说着，"我要讲清楚，既然你们赞成调停了，那就要听我和罗司铎的，行不行？"

杨提督睁大一对眼睛，望着韦一夫。

韦一夫再次和三位土目的眼光交流了一下，才说："行嘛！"

"那么第二，"杨提督伸出了两根手指，"我和罗司铎想听听你们有点啥子条件？"

"这个简单，"韦光扬主动道，"让他们从三寨、二寨、头寨退回去，把强占我们的村寨家园、山林田土归还给我们，像原先那样，莽族归莽族，谷族归谷族。"

韦昌亮补充道："烧杀了的谷家人，抢夺去的财物，我们认了，不去追讨。他们攻打垭口时死了的人，他们自认倒霉。"

韦二叔点着脑壳："重新拾掇村寨，修复房屋，都得大半年时间。"

杨提督的双手在桌面上绕了两圈，问："那是你们开出的条件，我和罗司铎会原封原样找到他们转告。我只问一句，你们有没有让步，也就是回旋的余地？”

三个土目一怔，都把目光转向韦一夫的脸上，韦寸看到爹淡淡一笑道：“这么讲，谷家作为被打的一方，已经很吃亏了。我们不去追讨财物、粮食、牲畜，不追究被杀死的寨邻乡亲，就是一种诚意和很大的让步。”

“这我晓得，”杨提督微微一点头道，“我这么问，也是想要使商谈顺利一些，怕谈僵了。这仗，不打已经打了，那班家三兄弟，不在乎垭口上死了的十几个伙计，四处洋洋得意地宣扬他们是胜利的一方，把九大寨打下了三个大寨的地盘。”

韦寸理解杨提督的话，他说的是，班家三兄弟不会轻易让出已经占据了的三大寨地盘。杨提督的话刚说完，韦寸已经感觉到了，坐在身旁的林媚，双眼喷出了怒火，她隆起的胸脯在剧烈地无声地波动起伏着。一同生活了好几个月，韦寸晓得，这是她公主脾气即将发作的兆头，韦寸甚至闻到了她身上怒火冲天的气息。韦寸有点着慌地环顾了一下四周，幸好其他人都没像自己那么敏感。韦寸不动声色地把手伸过去，果然，他把林媚的一只手抓到掌中时，他能感到林媚的手指在颤抖。韦寸把林媚的手握在掌心中，轻轻地抚摩着。

韦一夫在问话：“在来麻石堡之前，请问杨提督和罗司铎二位……先生，和班家的三兄弟见过面了吗？”

“哦，还没有。”杨提督往椅背一靠，一双手全都伸直了放在圆桌面上说，"你是土司官，我们当然先找到你这里，听取你们谷族这方的想法，而后，再设法联系他们三兄弟。"

说完这话，杨提督的眼角瞥了林媚一眼。

"对对对！天主保佑，我陪着杨大人出现在麻石堡，是要传达天主的意旨，真神天主教导我们，要驱除魔鬼的迷惑，"罗司铎提高了嗓门，一面把右手放在他胸前银色的十字架上，一面振振有词地道，"让你们两家摒弃前嫌，重修于好。"

杨提督随之道："国民政府也是这个意思，要你们平息争端，相安无事，做国民政府的好臣民。告诉你们，这国民政府，说话可是比原来的朝廷还要管用得多。"

罗司铎摸了一把胸前的胡子，侧过脸望着杨提督说："杨大人，我们今天过这边来，就是要达到这两个目的，现在都完成了！也到了你们谷族人吃晌饭的时间，我都想尝尝你给吹得神乎其神的羊九碗。能不能尝到啊？"

爹正要回他的话，杨提督双眉一展道："一夫土司官，我在来的一路上，可是把九大寨的羊九碗，给罗司铎讲得口水都要流出来了。哈哈哈，吃饭，吃完我们还要赶路，回五寨哩！"

摆放圆桌面，就是为了吃这顿晌饭。一句话传下去，灶房里的九碗羊肉，挨着次序摆放上了桌子。

羊九碗的宴席，是在谷族乡间百姓吃的羊肉宴基础上发展起来的。说是九碗，实际上远远不止。

　　除了九大碗羊肉，光是每人面前的一小圈碟子里的蘸水，就看得客人眼花缭乱：有干辣椒、苦葱水豆豉辣椒、糟辣椒、糊辣椒、阴辣椒、泥鳅辣椒、辣椒面、纯辣椒酱，每个人桌面上摆放八小碟。这里面包括了各种口味的辣椒，有微辣的、浓辣的、鲜辣的、香辣的、基本不辣的、纯鲜香的、刺激性强辣的、细细品鉴中才感觉到辣味的，八个小碟，配八种烹饪的羊肉：羊肉丝、羊肉片、白切羊肉、红烧羊肉、炒羊肝、清水煮羊杂、块块羊肉、炖羊肉，还有摆放在正中间的羊肉汤锅，汤锅内的羊肉夹出来，客人可以在八个蘸水碟中选择自己喜欢尝的那种滋味，尽情地蘸来吃。

　　光是看清了自己面前的八个小碟，罗司铎惊叹地说："哇，八种滋味，我一定每样都要尝尝。这个办法好，这个办法好，每个人蘸自己面前的碟吃，同我们西方的习惯一样。"

　　他意犹未尽地指着一小只一小只的碟子夸赞着。

　　"那要请司铎先生，在和班氏莽族谈判时，多多地帮着我们麻石堡土司王爷。"杨提督不失时机地道，"一夫土司是不愿意这双方死人的仗打下去的。"

　　"那是当然，当然。我说了，主的意旨，就是要把幸运赐给九大寨。"罗司铎说着，微闭双目，手握着他胸前那只沉甸甸的银色十字架，做起了饭前的祈祷。

　　看到他这模样，韦寸想起来，在五寨读书时，和伙伴一起悄悄地走过教堂里去看教友信徒们做弥撒时，除了看教堂里墙壁上的那些彩画、彩色玻璃、高高的尖顶和挨墙点燃的一支支粗大的蜡烛，他同样看到教友、信徒们这样的神态。他还意外地看到，那些跪在地上磕头的，还有不少和他年龄相仿，甚至比他还小的娃娃。同去读书的伙伴告诉他，这些都是无家可归的孤儿寡崽，他们在赶场天到五寨的街头乞讨，穿着破烂的衣衫，浑身散发着臭气，经常被五寨店铺里放出的狗咬出血来，罗司铎看见，大发慈悲心，把他们一个一个收进教堂，供他们吃，晚上到宿处歇，让他们经找"代父"和"领洗"这些仪式，成为小教友，先进普通班，识了一些字，懂了一些最基本的教义，然后就转入经课班。只要学得好，不但学好了中国字，还要学拉丁文，从"小修院"读出来，进"中修院"，再从"中修院"用功地读进"大修院"，从"大修院"读出来，光明的锦绣前程就展开在这些曾经的讨饭叫花子面前，成为"执事先生"。韦寸回想到这儿，不仅转过脸，瞅了一眼到吃饭时才入座的白净脸庞执事，也是罗司铎的执事。他穿的一身料子裁剪得笔挺的神服，就是获准坐下来吃羊九碗，他的腰杆还是挺得笔直，拿筷子夹羊肉吃的每一个动作，都是文绉绉的，十分拘谨。

韦寸心中暗忖，他的脸庞白净得像抹了粉，坐在林媚一侧，和林媚黑黝黝的健朗脸色形成鲜明的对比，想必是在少见太阳的经堂里，待了好多年了吧。如若他当初也是无处可去的小叫花子，今天能紧跟在罗司铎身边，当他的助手，也算得一步登天了吧。

　　和罗司铎坐在同一张圆桌上吃羊九碗，挨这么近地看见罗司铎从走进韦府大院，自始至终一副慈祥和善的样子，联想到他创办的教堂收养了那么多苦难的娃娃崽崽，韦寸心里升起一个想法，觉得这洋人罗司铎，从那么远的外国地方来到九大寨，空着手办起了教堂，做的是一件大好的事情。他和杨提督一起来到麻石堡，在九大寨和班家三兄弟之间，"居间调停"，应该也是做了一件好事呗！

　　心里胡思乱想着，韦寸走神了。定睛望去，坐在爹身旁一左一右的罗司铎和杨提督，喝着烧春酒，挨着个儿把羊九碗一碗一碗吃过来。说是品尝，可看他俩吃得津津有味的模样，嘴巴不停地咀嚼着，连说话都顾不上，韦寸明白他们也觉得九大寨的羊九碗好吃。罗司铎是洋人，韦寸听说过，他在教堂里开饭，经常要吃西餐，下午还要品好茶；招待像杨提督这样五寨的官员，或是在滇黔道上过路的财主绅士，上的菜都是大盘大碗的，他们两个人，啥好东西没吃过啊！瞧，现在他俩把脸喝得红光满面，不住地啧啧夸羊九碗味道别致，没有尝到过。韦寸晓得，这顿饭他们是吃得满意了。

　　韦一夫看他们吃得兴高采烈，连那个跟来的白面书生执事，也只顾埋头畅吃，还请他们下回再次光临，说韦府大院还有几道祖上传下来的谷族名菜，诸如"将军土司鸭""菌菇母鸡汤"，也是可以同羊九碗媲美的，尝过的客人都叫好。

　　听得罗司铎和杨提督连声道好，他们相对望望，大笑着一口答应，说一定来，一定再来品尝。

骑上四匹马离开之前，杨提督对送到朝门外来的韦一夫和三个土目道："你们安安心心的，那三个兄弟处，我们有回音，就传话来让你们去五寨，坐上桌面，当面锣对面鼓地把事情讲定下来。"

韦寸心里说，看来，今天的这一顿羊九碗，吃出点名堂了。

韦府大院外头的麻石板街的两边，站满了谷族的百姓，男男女女、老老少少都有，他们大睁着双眼，目送着五寨上的四个客人，骑在马上走出麻石堡去。

韦寸晓得，三个土目一定把话传下去了，寨邻乡亲们都晓得，这四位稀客是为什么到这里来的。他们同样急切地想晓得"居中调停"的结果。

"我的杀父杀母仇，就不报了吗？"

回到小两口的房间，林媚两眼里喷射着怒不可遏的波光，劈头就问韦寸。

韦寸一时怔住，惶然望着林媚，不知如何回答。

林媚忿然一跺脚，"你说啊！"

"要报的……"韦寸才吐出三个字，就给林媚打断了："咋个报？你没听见说，那个官和洋人，还要爹和土目们去同他们坐上桌面谈吗？"

韦寸想说，爹和土目们这会儿正在细细商谈后面该如何应对。妈回到她房间去了，他陪伴着林媚到二人的新婚房里，就是因为看到林媚黑黝黝的脸拉长了，气冲冲的模样。只射瞎了班大虎的一只眼睛，林媚始终懊悔不迭，她觉得便宜了这三条疯狗，得空就在韦寸跟前念叨，早晚要把这狼心狗肺的三兄弟杀死，为冤死的父母报仇。今天府上来了二位贵客，却是要同他们言和，她心中是拐不过这个弯来的。

从韦寸的心愿来说，他是不愿局势像这样拖下去，前头三大寨的乡亲总是流离失所，无家可归的。班家三兄弟纠集的枪多，他们勾结了保商队、保警队，韦府大院汇集所有的汉子和火铳、刀剑长矛，冲杀回去，打不赢他们，夺不回三大寨的村村寨寨。非要硬着头皮打，凭着谷族汉子的蛮勇和猛冲猛打的劲头，只可能增加流血伤亡，像莽族汉子们攻打垭口一样，在山坡上留下十几具尸体，活生生的人顷刻间变成冤魂野鬼。现在罗司铎和杨提督两个有身份的人找上门来，从中调停这一尴尬的局面，还谈得不错，应该是可以见弯就拐，试一试的。

当然，韦寸也晓得，事情绝不是像他表面看到的这么简单，要不，爹和三个土目事前聚一起商量了很久，事后，还在那里碰着头商讨。他们都是韦寸和林媚的上一辈，过的桥比韦寸和林媚走的路还多，韦寸相信爹和三个土目是能拿出对付班家三兄弟的办法来的。至于林媚念念不忘的报仇，不是爹忘了，而是要延后一点时辰了。

瞧着怒目圆睁、愤愤不平的林媚，韦寸放缓了语调劝慰道："爹和三个土目还在那里讲呢，仇，是要报的，这么大逆天违理的事，咋个会轻易忘却呢！林媚，你先消消气，坐，来这里坐。"

韦寸指着屋里的一张椅子，向林媚招手。她气成这样，妈看见了，一定会讲，这对她怀上的娃娃是不利的。妈对这种细节，看得可仔细呢。

林媚仍噘着嘴，气呼呼地在椅子上一屁股落坐下来，斜了韦寸一眼道："你说，那我们两个，该咋个做？"

韦寸的目光落到放在桌上的一排半尺多长的尖竹签上。这是林媚天天在做的一件事，她先让下人们照着长短削出一支支粗棒子，拿到她的手里，她又用一把细巧的篾刀，把竹签子削得尖而又尖，能够穿透肉皮。

韦寸暗自忖度着，这可能是和林媚射出去的弓箭一样，用来报仇的。乍一看，这尖利的竹签是能戳破猪皮和牛皮，可同班家三兄弟拿在手里的钢枪相比，这又算啥子兵器啊。不过韦寸只是在脑壳里想，不说出来。林媚不像他，进学堂读过书，爱琢磨。她不识字，凡事全凭直觉，直来直去，心里有啥念头，嘴里就说啥子。

默了一会儿神，韦寸答复道："吃晚饭时，我来问爹。"

林媚这才吁了一口气，垂下了脑壳。

韦寸关切地问："最后上的那羊肉汤锅，你吃了吗？"

林媚抬起了头，双眼里浮起了泪，有些茫然地说："吃了，喝了点汤。"

"喝出滋味了吗？"韦寸扬起眉毛，故意找出话题缓解林媚郁积的脾气，"汤锅里放进了缠溪河里的鱼，鲜美得很！我看那三位客人，都喝了一碗又添。"

林媚淡然道："我都没喝出味来，光顾着压制肚里火气了。"

晌午吃的是丰盛美味的羊九碗，晚饭上的全是素菜。一家四口人都说好吃，爽口。韦寸没来得及说话，妈先开口了。她说，旧州那边韦寸的外公，也就是妈的亲爹，要做七十岁的寿。年前来人为田美贞带路的，就捎来了口讯，让土司夫人宋庭竹过完元宵就去。"人生七十古来稀"是人生一辈子的大事，汉族人很重视的。在这兵荒马乱的年头，活到七十真是一件不容易的事，原先以为和荞族开了战，撕破脸皮交火激烈，走不成了。现在看，牛马河谷的垭口守住了，固若金汤；又有罗司铎和杨提督二位在九大寨有声望、有地位的人士从中说和，看来会暂时太平一段时间，她还是得走一趟。

韦寸是感觉突然的。他不晓得妈慢条斯理的这一番话，是说给爹听的，还是特意讲给他和林媚听的。妈还是最后讲，如若林媚愿意去外公家走一趟，婆媳二人，还好有个伴。外公听说林媚是荞族大土司班兴友的公主，亲自去为他祝寿，他不知会如何的欣喜若狂哩。

宋庭竹的话刚讲完，韦一夫就把筷子往桌上一放，爽快地道："去吧！林媚若愿意同行，那就更好，顺便可以去见识见识比五寨热闹、繁华得多的安顺，噢，还有定南古城，那差不多已经是汉人为主的城镇了。"

听爹讲得这么直率，一口答应妈出这么趟远门，让韦寸感觉，这件事在晚饭前，爹妈已经讲起过。

不料林媚直通通地说："我不去。"一口回绝。

"为啥？"宋庭竹显然没想到。

林媚低垂着脑壳，双手捂住了腹部，两眼噙着泪，哽咽出声："我爹妈的仇还没报。不报这仇，我哪里都不去。"

韦一夫和宋庭竹愕然地交换了一下眼神，都没有吭气。

韦寸觉得林媚太憨直了，她就是这么个性子，韦寸是理解的，他马上说："林媚这些天，总是念叨报仇，杀了她那三个黑心烂肠的堂哥，爹，今天晌午这一同他调停，是不是不报这个仇了？"

韦寸一语双关，既替林媚圆了场，做了解释，又把林媚和他都要问的报仇这个话，说了出来。

果然，这话一问出口，林媚的脸仰起来了，两只泪汪汪的又黑又亮的眼睛，眨动着盯住了韦一夫，又恳切又焦虑。

韦一夫咳了一声，道："汉族人有句话，君子报仇，十年不晚……"

林媚又直通通地叫了一声："要等十年啊？"她的手也放到桌面上来了。

宋庭竹急忙把手放在林媚的手背上，安慰地劝着："不急，这只是一句老古话，有它的含意。你听爹说。"

"是啊，这深仇大恨，我比你还记得清楚，只是不要总放在嘴上叫。"韦一夫接着宋庭竹的话，用平和的语气对林媚道，"送走了客，我和三个土目都议了好久。他们伫，从年龄上说，都是你们的叔叔辈了。居中调停，只是那汉官和洋人一厢情愿。真要坐到桌前谈，我们的条件，要他们退出三大寨，提过去了，还不知你那三个良心丧尽的堂哥接受不接受，或是又提出啥要求哩！他们是不会轻易撒手的。"

林媚咬牙切齿地说："他们做梦想当土司爷，就把他们一个一个千刀万剐。"

宋庭竹在林媚的手背上轻轻拍了两下说："也不要以为，请他们吃了一桌羊九碗，他俩就完全巴在我们九大寨这一头，还不知他们和班家那帮人是如何勾扯上的呢！"

韦寸心中不由一惊，他从客人们吃得满脸红光的模样，还以为他们会完全地帮着九大寨呢！

韦一夫听了宋庭竹的话，身板挺直了，沉吟着说："你说这话，又是依据啥呢？"

韦寸明白了，就羊九碗和来客商谈这件事，爹和妈之间，还没细细地沟通过。

宋庭竹抿了抿嘴唇，瞥了林媚一眼说："我只提醒一点，当年罗司铎对杨提督说，只要一张牛皮大的一块地，结果他得了多少？盖起了教堂不说，教堂周边的田土全成了教堂的私产，出租给汉族、苗族、彝族、谷族、仲家的穷苦人，年年给教堂交租子。"

"嗯。"宋庭竹说完,韦一夫不由得皱起了眉头,手指在八仙桌面上轻轻叩击了两下,抬起眼皮征询地望着宋庭竹,"你是说,要谨防人家设下像那一张牛皮那么大地方的套套?"

宋庭竹肯定地点着头:"一定要防着点。"

他们说这话时,脸色都十分严峻。

不知所以的林媚不断地拿诧异的眼光望着韦寸。

韦寸又一次意识到,在谷族的重大事情上,爹是要听取妈的想法的。

在五寨学堂读书的那几年中,韦寸就晓得,这地方是朝廷所在的提督衙门,不是娃娃崽崽进去的。朝廷被掀翻了,这里又成了国民政府办公的地方。门口站岗的清兵服饰,变成了穿军服的持枪士兵。原先的杨提督消失了一阵子,隔开几个月,换上了一身民国的中山装,把身子包裹得紧紧的,又回来了,坐镇在这里。

那些天里,街上有人传,说贵阳城里的巡抚、安顺城里的提督,都被"反正"的人赶跑了,换了新的主,成立了军政府。五寨地方,也属于滇黔两省之间要道上的一个咽喉,咋个杨提督只把脑壳上的辫子一剪,换上一身衣裳,又能坐回来了呢?说老实话,他重新出现的时候,街上好多人,都以为回来的是杨提督的兄弟呢!

闭门不出好多天的罗司铎手里卷了一筒报纸，对他的教友们说："主的意旨，杨提督在主的面前做了忏悔，他反了大清皇帝的'正'，归顺了民国，主又让他回五寨来了……"

教友们从教堂里出来，逢人讲起这个事，就照着罗司铎的话说一遍。那时候韦寸啥都不懂，五寨的街坊店铺里在传，说杨提督就像山上林子里的毛毛虫，随着季节的变换，毛毛虫会紧缩身子或者膨胀身形，颜色会变，一会儿由青变白，一会儿由白变成像树叶子般的绿色，趴在叶片上都不易看见。

韦寸听来只觉得好玩，管你衙门里坐的是啥子官哟，朝廷的也好，国民政府的也罢，反正他总是韦寸少爷。在五寨街上颇受人瞩目和照应的。

可回到韦府大院这一两年，爹妈平时的言传身教，特别是和林媚接亲成家这几个月来，他好像突然之间长大了，明白了很多事理，原来五寨衙门里发生的事，不但同远得他没去过的安顺城、同贵阳和遥远的京城有关系，还同九大寨韦府大院都有关联。远若天边的九大寨，并不是一个和外界没关系的家园。

这不是，谷族和荞族之间发生了这么大的事，死了人，好多谷族寨邻乡亲直到今天仍流落在外头，还要跑进这衙门里来同结下仇恨的班家三兄弟谈判。

决定出马谈判的人时，韦一夫劝林媚不要来了，说韦府两父子、被占三个大寨的土目，谷族这里已经去五个人了，如若林媚也去，就有六个人。

　　而对方的荞族，就来班大虎、班二龙、班三豹，不带任何下人和随从，也不准带任何可能伤及对方的武器，长枪、短枪、火铳、刀、剑、长矛、飞镖、棍棒……这一点由杨提督和罗司铎担保，事前双方派人进谈判的房间里巡查。韦一夫为此专门让还没直接卷进冲突开打的四寨、五寨的土目，进衙门的厅堂里细细地巡查了一番。他们在土司老爷父子和三个土目进五寨时回了话，都查访过了，厅堂里是安全的，长桌上还按照罗司铎特意关照的，铺了他们教堂里拿来的白桌布，桌子上还放了一大早去村寨里采来的鲜花。

　　林媚不答应，一定要来。韦寸心里是明白的，爹是怕林媚见到那三兄弟，仇人相见，分外眼红，林媚的性子又烈，坐上桌面，三句话不合，就会咒骂开打起来。

　　林媚说，她可以忍，当场静听不说话，像上一次罗司铎和杨提督来韦府大院时那样。她就是想要当面听到一个结果。

　　她说了这话，韦一夫才答应她一起来五寨。为显示林媚既是荞族土司家公主，又是谷族土司的儿媳身份，韦一夫特意让林媚坐着轿子跟在马队后面进衙门。林媚说坐在轿子里颠，又憋气，还是坐在马背上看看从麻石堡到五寨的风光舒畅。

　　韦一夫说要看九大寨的山野河谷，她可以在一路上卷起帘子，只要进五寨时，把轿帘放下来就成。

　　林媚这才答应坐轿上路。

　　正是九大寨的春天，山野里的茨藜花、杏花、李花、野桃花、野梨花儿都开了，还有些大朵小朵韦寸叫不出名儿的花，点缀在郁郁葱葱的坡上，在太阳光下开得分外的鲜美艳丽，迎风招展。这一路山野，是韦寸读书年间时常走过的，他骑在马背上，走在林媚的轿子旁边，指点着山山岭岭，时而告诉林媚，翻过那个坡是青杠林，林间有松鼠、老蛇和四脚蛇，而这边的垭口出去，松林旁有个二十多户的小村寨，里头住的，除了谷族，还有土家族、苗族、仲家，甚至还有一户是白族。"白族姑娘的裙子，和你今天穿的这一条荞族花裙，有点像呢！特别是裙子下摆的绲边，黄的那条，他们说是黄河，绿的那条，又说是长江。"

"和我们荞族的说法像呢！"韦寸看似无意的闲聊逗起了林媚的兴趣，她坐在轿子里，卷起自己的裙边，瞅了一眼说，"我们裙子上的花纹图样和裙边边，同样是有好多说法的。"

是山野里的景色和亮灿灿的阳光，看得心头高兴吧，林媚黝黝的脸上，泛着红润的光泽，一双眼睛闪烁着黑亮亮的灵光。她笑吟吟地说："要没得事儿，到这坡上要一要，该有多好啊！"

"是啰！"招呼四个身强力壮的小伙抬着轿子走的耿老贵道，"林媚公主，你有眼福啊！正月间，我和韦二憨送土司夫人回旧州娘家去，尽是雨雾天，从早到黑走不多远不说，有时候雾浓得不敢在山道上行啊！"

"是啰！"一边的韦二憨跟着道，"是山是云分不清，脚下又滑。还碰到一场雨，雨点子大，又刮风，天昏昏的看不见。"

宋庭竹去了旧州，给父亲做了寿，她父亲随即累得躺倒了，他吩咐女儿在娘家多住些日子。宋庭竹便让耿老贵和韦二憨先回了九大寨。这一晃，眼看着春天来了，她还没回来。这边的谈判，经历了几个来回地传话，总算要坐到五寨的衙门里，当面锣敲开了。

宋庭竹不在韦府大院，每一次班家三兄弟有传话来，韦一夫总要约起头寨的韦二叔、二寨的韦昌亮、三寨的韦光扬三个土目，加上四寨、五寨的土目一起，商讨了又商讨，再把话给罗司铎和杨提督传过去。韦寸总觉得，今天这么过去，谈得成谈不成，心头还是没有底。悬乎乎地吊着一颗心，令韦寸愈加觉得，韦府大院这个土司的家，离了妈还真像缺了啥似的。

正月底，衙门里派人传过话来说，好不容易把莽族班家三兄弟找着了，他们硬伙得很，说不打可以，头寨、二寨、三寨这三大寨，已经被他们占下了，以牛马河谷垭口为界，九大寨原先的这一大片村寨山野田地，归属于他们管辖，韦府大院要正式宣授，班家三兄弟分别任头寨、二寨、三寨的土目，从今往后，三大寨的所有租子田赋财产农业，都归他们三兄弟所有，韦府大院无权过问。

如此苛刻的条件，不要说韦一夫咽不下这口气，韦二叔、韦昌亮、韦光扬三个土目，一听就气炸了，暴跳如雷地说："打便打，我们怎能把祖宗留下的家园，拱手送给他们呢！"

韦寸和林媚当然更是这么想。

事情就这么僵持了几十天。这当儿，莽族那边又朝着垭口上攻打了两次。一次是夜间偷袭，悄没声息地摸上垭口来，神不知鬼不觉的，险些就成功了。幸好韦一夫及时关照了在垭口值更守卫的汉子们，这些天正谈得僵，要他们到了晚上多长一个耳朵，千万得有一个人不在窝棚里睡，睁大眼睛盯紧点。

也是活该他们偷袭不成。下了点小雨，垭口前的窄道上比抹了油还滑，爬在最前头的那个汉子，踩到了一块石头，石头往边上一骨碌，这汉子的身子顿时往下滑了好几步，吓得他"哎呀"惊叫出声，让轮着值更的谷族汉子端起火铳就是"轰隆"一枪朝着发出响声处打去，正把这龟儿子打中了，他发出一声声杀猪似的惨叫，睡在窝棚里的几个谷族汉子醒过来扑上垭口，朝着传出声响的垭口下就打枪。想趁夜偷袭的荞族汉子们光是往垭口上胡乱打枪，又不敢上来了。

另一次是大白天，荞族汉子们集中好几十人，端着钢枪和火铳，乌龟一般趴在坡上，慢吞吞地像蚂蚁似的往上爬。看上去气势大，人也多，枪声同样炒爆豆般的密集，可爬到离垭口最近的三四十步处，碍于天险一般的窄道，鸡肠似的小路，又陡峭，还得无奈地一步一步往上攀爬。谷族汉子们谙准了这一点，你下头来的人再多，攻势再猛，不理你，不轻易放枪，直到来近了，都能看清你脸上表情了，瞄准了再打枪。

第二次虚张声势的进攻又失败了。这之后没几天，五寨衙门里杨提督又派人来了，这次除了传话的人，还增加了教堂里那个脸色白净的执事，这就无意中告诉韦府大院的土司和土目，洋人罗司铎仍然在参与居间调停。这一次代班家三兄弟带来的话是，三个大寨的土目这官儿，他们是当定了，你们这边不答应也无用，实际他们三弟兄已经掌控了前三个大寨所有的一切，而没有弃家逃离的谷族寨邻乡亲，都表示愿意服从他们经管，还愿意听从他们的话，交租子交田赋。只是，他们愿意把收上来的租和赋税，拿出一成，上交给韦府大院的土司。

看来，这就是他们的所谓"让步"了。

韦一夫又找来了五个大寨的土目商讨，讨论了好久，连续商议了几个晚上，有一次还是通宵，都听到了鸡啼，韦二叔先叹息一声，说出了让步的话。

他说怪只怪没有守好头寨的门户，不曾有防备心理，把头寨丢了，让那班家三兄弟如虎似豹般扑过来，打下了三大寨。眼看春天来了，谷族的老乡再难都不会改变千百年来的习惯，要打田插秧，要上坡种苞谷，要把这份人世间的日子打发着走。要不，头寨这个土目，就当我没干好，土司老爷你把我撤了吧。

韦一夫都瞪圆了双眼，不敢相信这话是韦二叔说出来的。

不料四寨、五寨的土目，跟着就吭气了，说班家三兄弟强行占据了三个大寨，愿意交一成的租子和田赋，表明他们还是承认九大寨的，我们九大寨仍是完整的，那比他们非要把三个大寨划归莽族所有，光面子上说得过去的。吃亏大的是韦二叔，就不当头寨的土目了，你这个人要得，我们信得过你，要不你来协助我们两个，一起经营四寨和五寨。再不，请一夫土司，再给你派个活儿。不是说了嘛，经历了这一遭，吃了这次亏，九大寨还得派人出去，买一点枪支弹药，添加点真家伙，专门拉起一支真枪实弹的武装，比那保商队、保警队的武力更强。听说外头，不论是贵州的黔军，还是云南的滇军里，除了"单针""汉阳造"，打起来更凶的步枪、手枪都有，洋人手里面，一枪打出去，几发子弹的家伙都有。买来了这些真家伙，拉起的队伍就由你韦二叔管。

四寨、五寨的土目这一说，韦昌亮和韦光扬两人跟着说了，头寨没守住，韦二叔不当这土目了，那我们二寨、三寨，也都丢了祖宗传下的家园，我们也不当这个土目了，听凭土司老爷发落，喊我们干啥，我们就干啥，决无二话。

拿不定主意来的是韦一夫，说一千道一万，实际掌控权在班家三兄弟手中的三大寨，是九大寨不可或缺的组成部分，占整个九大寨三分之一的产业、田坝、树林和村寨哩，就如同一个人的手臂和大腿啊！一个大活人，怎能被砍去一条臂膀和一条大腿？

韦寸晓得爹的心中难啊，他眼见爹一杆接一杆地抽着叶子烟，那年年开蓝花的叶子烟，抽起来的烟雾弥漫在屋头，也是淡淡的蓝颜色的。饭桌上，爹的酒喝多了，一杯接一杯的烧春酒，直喝得爹的一双眼睛，都是血红血红的，让韦寸和林媚都骇然地望着爹，不敢和他说话。

这个时候，韦寸愈加觉得，要是妈不去旧州，还是留在韦府大院，有多好啊。

整整相隔一场的时间，韦一夫才松了口，把五个土目再次召集拢来，说了一声："好吧，照你们说的同他们谈。"

这才有了今天这个掐了掐定下的谈判日子。

谈判的房间里铺了一大张雪白的桌布，桌布白得像雪，九大寨人很少见这样的白。桌面的花瓶果然插了几朵花儿，花瓣上还沾着露珠哩。

这是衙门里的一间大房子，两头都有门可以进。韦寸跟在林媚的身后走进房间的时候，看见爹已经在正中间拉开椅子坐了下来，爹的两边是韦二叔、韦昌亮、韦光扬三个土目，韦寸坐在韦昌亮的身边，林媚紧挨着韦寸身旁坐着。一进这间房，韦寸就感觉气氛不同一般。几乎与他们六个人同时从另一扇门里走进房间来的，是班大虎、班二龙、班三豹三兄弟。韦寸紧跟在林媚身后进房间，他敏锐地觉察到，林媚第一眼看见当头的班大虎时，肩膀就剧烈地抖动了一下。

班大虎脸庞上只剩一只独眼，被林媚一箭射瞎了的左眼，凹下去深深的一圈黑洞，从眼睛边的皮肤看，都没痊愈。这使得他那只右侧的眼睛，睁得出奇地大，显得比原先更加凶狠。班二龙的脸上挂着若无其事的表情，一坐上椅子就东张西望。倒是班三豹的神情显得轻松自在，脸上带着微笑，见到他们这边的每个人，他还似点头非点头地像在招呼。

杨提督坐在长桌的上座，摆出一副主人的模样，两条长长的手臂朝两边搭在桌面上，还是朝廷命官的满脸官气。他穿一身标准的笔挺中山装，声音不高不低地对罗司铎说，这是临时大总统孙中山亲自设计的服装，故名中山装，国民政府的好些新官都喜欢穿，比起满族朝廷里的大清官服，那是轻便舒服多了。韦寸觉得，杨提督虽然面对坐在长桌另一头的罗司铎在说，其实是故意讲给他们这些谷族、荞族人听的。

罗司铎仍是笑容可掬地对走进屋来的每一个人露出和善亲切的脸，胸前的胡子梳得比到麻石堡来的那一天还要齐整。他的身后，还是寸步不离地站着那个脸色白净的执事。这一回，执事的手里夹着一本牛皮封面的本子。

韦寸能感觉到，身边的林媚虽然一动不动地端坐着，可她黑亮闪光的双眼，始终不断地来回在班家三兄弟的脸上扫来扫去。

房间里的气氛瞬间让韦寸觉得有点喘不过气来，他真怕再没人说话，坐在自己身旁的林媚顷刻间就会爆发怒火了。

幸好杨提督说话了："嗯，把你们两拨人请到这里，坐在一起不容易啊！哈哈，有句俗话说，不打不相识嘛！打过了，也好，各自晓得了拉开阵势打仗火，是要死人的。死的都是族中兄弟啊！我们的祖宗还有句老古话，冤家宜解不宜结。谷族、荞族、满族、汉族，啊，还有苗族、彝族、仲家族、水族、侗族……说到天边都是中华民族嘛，一家子人，有话可以好好说，有福同享，有难同当。这样子，把话说开了，说明白了，规矩定下了，就依定下的规矩办。是不是这么回事啊！哈哈哈。罗司铎你说呢？"

　　"天主保佑九大寨。"罗司铎微微颔首，手放在胸前，笑眯眯地说，"都是主的儿子，就要听从主的旨意，不要被恶魔迷惑，蒙主降福，建起九大寨的美好社会秩序。"

　　"听听吧，洋大人罗司铎的话，句句都是金口玉言。"杨提督把手指举到肩头道，"你们这一开打，都惊动了外国来的罗司铎了。我看这样好不好，你们双方表一个态，把事情定下之后，我们就可以皆大欢喜地喝顿酒啦！看看，哪一方先讲？"

　　韦寸觉得，杨提督一讲开话，有一个好处，双方眼睛都可以转过去，望着他，听他讲话，就不用目光对着目光，很不自在地僵下去。唯独林媚，听杨提督和罗司铎讲话的时候，不时卷起她的裙边，韦寸心想，她这是在极力地克制对坐在桌前的三个堂哥的仇恨吧。

　　"我们三兄弟，没有多的话。"没想到带头说话的是班大虎，他转脸望了一眼班三豹，伸出手指了指他们仨道，"垭口这边的头寨、二寨、三寨，从今往后，就是由我三兄弟管辖了。说出的话，就是板上钉钉，定下了，我们当上土目了！"

　　"听清了噢，"杨提督把右手的食指举得高高地，提醒众人道，"今天在这张桌旁说出的话，罗司铎带来的教堂执事，把每一句都记在本本上了。"

　　说着，他往罗司铎那头点了一下。

　　韦寸转过脸去，果然，罗司铎身后的白面执事，摊开了牛皮面的本子，往上头写着啥。收回目光时，韦寸看见林媚双手卷裙边的指头，飞快地拨动着。而坐在他另一边的韦昌亮，放在白布桌面上的巴掌，同样在控制不住一般颤抖着。

他这是想要说话吗？

韦光扬把手举了一下，陡地用洪亮的嗓门说："自古以来，九大寨就是骨头断了连着筋的谷族父老的家园。你三兄弟抢当土目，代为经管是可以的，我们三个土目都大大地让了一步。但要请你们三兄弟，还是要以五寨和麻石堡的韦府大院为中心，听从招呼！"

"做不到！"班大虎突然以吼叫般的声音叫起来，"我们管辖了，就得以我们说了算，和韦府大院无关。"

说话的同时，他重重地一拳擂在桌面上，发出"嘭"的一声响。

说时迟，那时快，没待所有的人从班大虎猛地发怒中回过神来，班家三兄弟身后的一扇扇门"砰咚砰咚"全打开了，一支支钢枪和火铳乌洞洞的口子喷射出了子弹和火药，韦寸顿时感到魂飞魄散，只听身边的林媚凄厉地惨叫一声："韦寸快跑！"

与此同时，林媚手中三支尖利的竹签飞向长桌对面的班大虎、班二龙、班三豹，班家三兄弟同时发出声声哀叫，倒在桌边。

差不多同时，韦寸本能地一个弹跳，腾空出了谈判的房间。他回头看时，爹事前安排在身后房间外的十几支钢枪，同时也在朝着对面打枪。

逃离现场时，韦寸侧转脸一瞥，只见爹和三个土目，还有怀着身孕的林媚全都倒在血泊之中。

白桌布映衬着鲜红的血液，分外地刺痛眼睛……

事后，在逃离九大寨的日日夜夜，韦寸断断续续地才听到寨邻乡亲们道听途说来的传言。林媚公主在狠推韦寸一把的同时甩出去的三支竹签尖镖，那是荞族人都听说过的林媚从小练就的绝招，主要是用来防身的。在千钧一发之际，她还是把报仇的尖镖甩了出去。一支正中班二龙的咽喉，班家老二救不过来了。班大虎脸上中的第二支镖，恰恰扎中了他的另一只眼睛旁边，说那只眼睛只能勉强看见人了。班家这个老大，成了几近双目失明的汉子。但他的性子由此变得更加暴躁和残忍。后来的血洗九大寨，劫杀不愿归顺他的谷族老百姓，都是他下命令干的。唯独狡猾奸诈的班三豹，不晓得是躲得及时，还是他命大，林媚复仇的尖镖，只扎中了他的肩膀，受了点皮肉伤，连骨头都没有伤着。

幸得爹生前善待谷族的寨邻乡亲，韦寸在逃出九大寨的一路之上，都受到了六寨、七寨、八寨、"煞角寨"百姓的沿途照应。从衙门那个房间出来，一路贴身护卫着他的韦开亮告知，在离开麻石堡去五寨衙门谈判前，土司老爷就叮咛他，现场不管发生什么事情，韦开亮只消盯住韦寸少爷，护卫好他就可以。也是韦开亮说的，爹那天带去的蒙庆文、韦二憨、耿老贵一帮忠心耿耿的谷族汉子，都在钢枪子弹和火铳的枪药横飞中死了。班家三兄弟和杨提督勾结了保商队、保警队，设下了这么个煞有介事的圈套，一网打尽了韦府土司老爷的势力。

至于洋人罗司铎是不是参与其中，传进韦寸耳朵里的有好几种说法。有说是杨提督勾扯上班家三兄弟之后，蒙哄了罗司铎，要和韦府大院重新和解，让罗司铎配合着杨提督，演了一出戏。这种讲法很多人相信，是因事后发生了劫杀血洗，罗司铎逢人便说，这些人的心都被恶魔迷惑了，做出如此惨绝人寰的事。还说他碰到同住在五寨的杨提督，追问他是怎么回事，怎么会有这么多人到五寨，光天化日之下开枪杀人，杨提督笑着回答他说："你不是也用一张牛皮那么大块地的理由，拿去了五寨那么多好田好土嘛！彼此彼此啊，哈哈哈！"

韦寸诚惶诚恐，担惊受怕逃到边缘地带的九寨时，九寨的土目韦幺叔送他走出九大寨的地盘，对他道："韦寸少爷，你爹一死，谷族百姓的劫数到了……"

"何以至此？"韦寸惊问。

九寨的土目告诉他，班家的大虎、三豹两个已经派人来传话，如若不归顺他俩，等到他们沿着六寨、七寨、八寨劫杀过来，就血洗村寨。现在，九大寨的一半多，都已被他们征服，属于他们管辖。

韦寸这才晓得，四寨、五寨领教了他们的凶神恶煞，已经乖乖地归顺了这两个虎豹。

九寨的韦幺叔给韦寸提了一小袋银圆，说："你是他们扬言非要杀死的土司后裔，走吧，离开九大寨地盘，出去找一条活路。留神了，不要轻易给人吐露你是韦一夫土司老爷家的儿。"

韦寸给韦幺叔鞠了一躬，韦幺叔赶紧深深地回他一躬，扶着他道："要不得！韦寸少爷，要记得，活下去，保住命，对你是最要紧的。"

韦寸少爷分明看见韦幺叔眼里噙满了眼泪，他答一声："要得。"

遂而转过身子，迎着九大寨边缘地带春天里的风，往被老辈子人经常讲到的"黔之腹，滇之喉"的安顺府旧州地方走去。

哦，冥冥之中，真像有什么神灵感应般，直到这个时候，牢实坚固的土司王府麻石堡已经丧失，韦寸已落到无家可归处，才陡然想起，很少同他倾心交谈的妈，为啥会有两次与他秉烛侃侃而谈，谆谆教诲。妈好像真晓得啥先兆似的，告诉他，走投无路时，可以找到旧州的老外公府上去。

要不，面对着近乎蛮荒的茫茫山野和幽深的树林，他到哪里去啊？

尾　声

袁世凯称帝八十三天倒台这一年，飘着雨丝儿的旧州老街寂寥少人，韦寸仰着脑壳，踽踽走进了一间挂着"识仙堂"木牌匾的药铺。他惶然若失的目光在柜台里面靠墙的一只只小柜子上扫过，最后停留在一只大大的泡着药酒的玻璃瓶子上。玻璃瓶里盛的大半瓶酒，都泡出了一点青绿色，他清晰地看得见，瓶子里还漂浮着几株草，这草的叶片竟像刚从山岭上采摘来一般新鲜。难得的是，几株草叶都带着草根。从白色的舒展开的根须上看得出，这药酒泡得有几十天了。

柜台里面站着的那个年龄和韦寸相仿的伙计，终于忍不住对他发问了："这位弟兄，你要抓啥子药？"

韦寸的两眼仍然盯着硕大的药酒瓶上贴着的一张剪成菱形的小纸片，那上头只写了"药酒"两个字。韦寸的双眼闪烁着光芒，他不怪药铺的伙计发问，他这样子太怕人了！从走进旧州城区湿漉漉的被脚踩得发亮的街道，他就自惭形秽地意识到，自己的模样和长长的街镇太不协调了。人家一眼就会把他认作叫花子。他那长而蓬乱的头发盖住了半边脸，浑身上下穿的衣裳撕烂成筋筋绊绊的，沾满了泥痕草屑，脚上那双鞋子，勉强靸拖着。听到问话，他举起一只手，手指着药酒瓶子："呃……"

"你是要这药酒？"伙计探出脑壳来，朝他浑身上下打量，惊问着，"你被毒蜈蚣咬了吗？"

韦寸连忙摇头："我找田美贞……"

"你找田嫂？你，你是她亲戚吗？"伙计的声气热情了一些。

韦寸说："不，宋庭竹在吗？"妈的名字韦寸说出来很费劲，在韦府大院和九大寨，很少有人提到土司夫人的名字。

伙计的脸色变了："你是说夫人，你，你……"

伙计睁大了双眼上上下下地打量着韦寸，半晌才说："你等等，我到里面去……"

他的话未及讲完，从店铺里侧，走出了一个腆着大肚子的女人，肚皮真的隆起老高了，白净的圆脸上添出了蝴蝶斑，她愕然瞪着韦寸，眼光疑讶而又惊喜。韦寸还是辨认得出，这是美贞，怀了他娃娃的女人，妈土司夫人房间里的侍女。韦寸百感交集，喉咙里一阵哽咽，一阵如释重负的释然，他终于叫出一声："美贞，妈在吗？"

"在……在的，"听清韦寸问出的话，伙计顿时抢着答，他的手往店铺里头一指，"我去替你喊夫人……"

说着，快步跑进里头去。

美贞的脸仰起来，细细长长的眼睛里顷刻间糊满了泪水，嘴张了张说："韦寸少爷，你还是来了……"

　　夜深人静，韦寸和美贞躺在一张床上，美贞把韦寸紧紧地搂抱在怀里，垂泪怜悯地说："看见你骨瘦如柴、面黄肌瘦，活似叫花子的模样，真正把我骇倒了，心痛得……韦寸，九大寨发生的劫难，都传到旧州、定南、安顺这边来了。你妈过些天会给你细说。我和你妈，悬着颗心牵挂着你。传过来的话太吓人了，有说你一道和土司老爷、土目们被杀了，也有人说林媚拼死救了你，你死里逃生，跑进了山岭里，班家那两条疯狗，派出好几队人追杀你，是死是活没人晓得。林媚这人，不枉你娶了她，她真正是莽族的烈女子……"

　　美贞的话，说得没头没脑，很慢很慢，絮絮叨叨，轻声柔语，一边说一边抹着热辣辣的眼泪。那泪水有时落到韦寸手背上，韦寸都能感觉到温热。

　　韦寸任凭她说着，什么话都答不出来。喉咙口像被堵住了。美贞追着问他，或是抓紧他肩膀摇一摇，他才"嗯"一声，表示他在听着她的话，没有睡着。

　　宋庭竹可能看出了韦寸受到的惊骇刺激过度，神情异样，只对他说，好好地歇息，吃得匀净一些，想睡就睡，等到身体和脑子整个儿恢复过来，母子俩再好好地喝茶摆谈，就让美贞陪着你。

　　宋庭竹在晚饭桌上当着美贞的面说出这些话，韦寸上床之后，正大睁着双眼痴痴地发着呆时，美贞腆着大肚子，躺到他身旁来了。

　　她让韦寸把手放在隆得像鼓般高的肚皮上，问韦寸能感到娃娃在动吗？韦寸说不觉得，她说那是你心静不下来，我都有感觉的，有时站着都有。算日子，快生了呀！不管是男还是女，生下来，他都是你韦寸少爷的娃娃，是你的，也是我的。说到这里，她就展开双臂搂紧了韦寸，说从今往后，我们仨，你、我、生下的娃娃，我们永远永远在一起，我再不让你离开。林媚不在了，就让我陪伴你、服侍你。你答应是这样，不答应也是这样。在旧州这地方，这份人世间的日子，还是过得下去的。

美贞还说，夫人，也就是你妈，她都愿意我永久陪伴你。她说嫁给一夫土司老爷之后，听说谷族的婚俗中，除了有"花撩房"的那种自由自在，还有一种，就是在多子多女的一帮娃娃里，当老大的那个男孩，或是这户人家只有一个男儿，等长到十多岁，穷得哪怕没裤子穿，也要找一个大十几岁的媳妇进家门，帮着家庭照应这个男娃和他的弟妹。我比你是大个十多岁，和这古老的婚俗还是合的。你认不认，你认不认？

韦寸一概地"嗯"着，美贞说些啥子，他似乎是听见了，又仿佛一句也没入耳入心，只要紧挨着他说话，是亲密的话儿也好，是絮叨也好，是念念有词也好，他都不在乎了，反正他再不用担惊受怕地唯恐刀砍过来，子弹打过来了，再不用颠沛流离地钻山洞躲藏，进树林回避，怕见人了。他是安全的，没人害他的，美贞的一颗心是巴在他身上的。

听着听着，他有点昏昏沉沉了，听着听着，随着心安，他不知不觉地睡过去了。

反而是在春光明媚的园子里，坐在一把藤椅上，韦寸的眼前会清晰地、反复不断地掠过那些血腥的生死拼杀的画面。

　　爹被几颗子弹打中倒下的那一刻，三个土目被火铳轰中血肉模糊的脸，林媚被打中时惊恐万状又怒目圆睁的那一瞬间，总是一再地出现在他脑子里。还有班大虎、班二龙、班三豹一张一张狰狞凶恶的脸，那咬牙切齿的面目，都会闪现出来，有时候还会夹杂着罗司铎脸上浮出的笑、杨提督脑满肠肥贪吃的脸相，会从他脑际跳出来。还有手艺精湛的蒙庆文，粗率直肠的韦二憨，只晓得猛打猛冲的耿老贵，勇武而又忠心的韦开亮，他们的一张张脸总是同血与火、生和死的画面交织在一起，叠加在一起，让韦寸久久地难以忘怀，让韦寸总是觉得惊心动魄又不得安宁。

　　他终究刚交十八岁，亲历了这么多和韦府土司命运息息相关的往事，他深陷其中，不能自拔。刚刚回到旧州的现实中来，回到很实在很小的识仙堂药铺子五尺柜台上，稍一安静下来，他就会恍恍惚惚地又想起那些逝去不久的画面，自小长大住着的韦府大院、麻石堡寨子、五寨的街道和学堂，九大寨的山山水水和大大小小的村寨，村寨上那些谷族乡亲，现在都远去了，韦寸时常会觉得，这不像是真的。

　　宋庭竹走到韦寸身旁来了，韦寸连忙离座站起身来招呼："妈，你来坐。"

　　宋庭竹手指着藤椅说："这里不是土司大院，规矩不要这么多。你也坐下。"

　　见妈在他对面的空藤椅上坐下了，韦寸也在藤椅上拘谨地坐下。他在五寨学堂里读过《弟子规》，也读过《增广贤文》，这点礼仪规矩他是懂的。经历了这么大的变故，他愈加佩服妈了，妈的思考、妈的预兆，韦寸觉得甚至超过了自己的爹。如若不是妈在事前给他讲过旧州的外公家，不是妈在他和林媚门当户对的成亲之后，做主让美贞到旧州来投奔外公，韦寸在遭受大劫难被追杀之中，做梦都不会想到跑来旧州地方啊。瞧，"识仙堂"这药铺子，是外公帮着美贞建起来的，美贞如若生下了娃娃，凭着救人性命的那棵草泡的药酒，凭着在九大寨学到的那点儿草药知识，也能在旧州老街上，把这份人世间的日子过下去吧。现在，妈来替外公过七十寿诞，韦寸又逃了过来，阴差阳错地，母子二人和美贞，又在旧州老街上团聚了。

沉思默想间，韦寸甚至觉得，妈如若不是为来参加外公的寿诞而离开麻石堡，还真不知保得住命吗？妈在九大寨的名声，在村村寨寨的百姓中间，几乎是和土司老爷韦一夫一样的大啊！

"更名了！"宋庭竹告诉韦寸。九大寨传来噩耗和大劫杀的消息之后，宋庭竹不再让美贞喊她夫人，也不让她喊旧州街上有钱人家兴开的太太，她让美贞直接喊她妈妈。韦寸晓得，这是美贞怀上了他的儿子，美贞这么喊她，母女俩在老街上经营一家药铺子，更加顺理成章了。况且，妈原本就是外公家嫁出去的闺秀，外公家又是老街上有点儿名气的书香门第，药铺子也便有了信誉。美贞身为命运凄惨的侍女，自然找着了一个归宿。这也是美贞在韦寸找到旧州来的头天晚上，就主动上床来说出了三个人这一辈子再不分离的话的缘由。

这是一个韦寸永生不忘的夜晚。乍一从悬着一颗心的紧张中逃离出来，经历了一路上的惶恐和惧怕，仿佛随时随地会遭遇杀身之祸，突然安宁下来。美贞以她温暖的胸怀、柔情的拥抱和夹杂着妻子及母性的爱，让他抚摸着即将临产的腹部，给了他从未有的慰藉。她的热乎乎的泪珠，似乎也是在无声地向他倾诉着她的强烈思念和汹涌波涛般的爱。

那一夜，他睡得从未有过的深沉。

从那个夜晚到今天，宋庭竹始终不曾同他相对而坐，久久地说过话。

已到了晚春里的谷雨时节，没有下雨，宋庭竹见他坐在园子里呆痴痴的模样，想必是要同他说点啥了。

果然，宋庭竹朝韦寸举起了手中卷成筒的报纸，说："你一定愿意晓得报纸上的消息，强占九大寨滥杀无辜的班大虎和班三豹，都死了！"

"真的吗？"韦寸的身子坐直了。

"那个叫大虎的，是被谷族汉子从暗处射出的箭杀死的，箭头上涂了蛇毒，没抬回到五寨上就呜呼哀哉了！"

"班三豹呢？"

"你是想不到的，他一定也没想到。大虎和二龙两条疯狗死了之后，他得意扬扬地宣称，他是统领几百里河山的大土司王爷，莽族和九大寨谷族所有的大小几百上千个村寨，都由他管辖。"宋庭竹的嘴角露出一缕冷笑道，"谁知，就在杨提督约来罗司铎为他大宴宾客时，一杯烧春酒喝下去，他霸气地斟满了酒，呼喊众人一醉方休时，仰面朝天倒在地上，七窍出血当场丧命。"

韦寸情不自禁地一拍自己膝盖："活该！真是恶有恶报！"

宋庭竹接着道："正在众人不知所措时，真正的得利者杨提督当场说，京城里的袁世凯想当洪宪皇帝，遭到全国反对，匆匆做完了皇上梦。九大寨地方小小一个班三豹，竟然还想当土司王爷走回头路，本府奉贵州军政府都督刘显世之令，密杀班三豹。从今日始，原本九大寨谷族、莽族的地方，一律归属本府统一管辖，结束千多年来的土司制，改行新政。"

说着，宋庭竹把拿过来的报纸放在韦寸面前的小圆桌上："一会儿，你慢慢细看着。妈要对你说的是，再不要让美贞喊你韦寸少爷了。好在，你没在旧州老街上露过面，从今往后，你也改叫韦春吧，春天的春。听明白了吗？"

宋庭竹仰起脸来，望着韦寸的脸道。

偏西的阳光照在宋庭竹的脸庞上，使得她端庄的脸庞亮灿灿地呈现在韦寸跟前。韦寸第一次留神，妈头上的一绺鬓发白了，妈的额颅上闪现一条一条的皱纹，妈的脸上不但显示出智慧，还透出了忧伤和沧桑。韦寸把妈的话想了想，顿时明白了妈的意思，他双手抱在一起道："妈，我明白了。"

宋庭竹的双手扶在自己的膝盖上，轻轻地拍了拍，像是要拍落看不见的灰尘，说："去年美贞过来时，妈给过她一些过日子活下去的银圆；妈来贺外公的寿诞时，也带来些土司王府给外公的银圆，外公没有收。就让我们娘仨，守着你祖父留下的秘方和识仙堂这个药铺，相依为命地在旧州老街上，开始新的生活吧。韦春，有一些时间了，你也该从九大寨劫难的阴影中，走出来过平常百姓的日子了。"

韦寸坐在藤椅上，抬起头来，是啊，在识仙堂药铺这小小的庭院里，他已经适应了好些天了。妈和美贞住下的这砖木结构的房子，铺面楼上有一间屋，是朝南的阳光房，妈住在那里，她说年纪大了，晚上惊醒，等于守着药铺的门户。他和美贞呢，则住在后院这边两上两下的厢房里。一小片土地，辟为园子，栽些花草果木和菜蔬。药铺的伙计和侍弄花草菜蔬的农民，分别是从街上和旧州老街边浪塘村里雇来的，两个人都还是在镇上有声望的外公找的，人都勤快、规矩。这样的小小院落，当然不可能像麻石堡上的韦府大院那样牢实宽敞舒适，可过一份三口之家的太平日子，经营识仙堂药铺那点儿小本买卖，还是能像缠溪河的水那样，无波无澜地过下去的。

晚春午后的太阳把园子里栽的菜叶子照得泛着透明的色彩，老街上传来人走过时的说话声，还有一个嗓门在惊喜地嚷嚷："泉口冒水啰，好清凉啊！"

空气里还飘来隔壁店铺烤豆腐的香味，是一股浓烈的麻辣香味。

宋庭竹以提醒一般的口吻对韦寸道："你看不出吗？美贞要生了。"

韦寸从园子里的绿叶菜上收回目光，露出久违的笑："太好了！我该做些啥子？"

宋庭竹也笑出声来，斜了他一眼，又嗔又爱地道："你能干啥，等着当爹呗！"

三天之后的黄昏时分，老街识仙堂药铺后面的厢房里，响起了一声男婴的啼哭。

正是旧州团转乡村说的谷雨时节，初当祖母的宋庭竹说，还是春天，就取名韦逢春吧。他爹叫韦春，儿子韦逢春，谷族韦家的后人，该逢春了。

只有韦春听得出，妈的话里是有话的。就是头天，妈从报纸上读到一条小消息："化外的化外之地九大寨"被肢解。新官上任的国民政府杨专员、原先朝廷的杨提督将九大寨肢解为九个区，每个区名称由九个大寨属地的地名命名。

五年之后，又有一条和九大寨关联的消息登在报上，地方官场上的"不倒翁"杨专员卷起大宗的"禁烟罚金"出逃，捉拿这贪官的通缉令从原先的九大寨一直贴到安顺、贵阳，而且还有赏金。

九大寨再次更换地名管辖，从旧州过路的马帮嘴里听说，改的那些地名，他们走过就忘记了，记不清楚。

韦春听到这个信息，已经不怎么上心了。他现在已是旧州街上颇有些名望的郎中。这五年中，旧州地盘上，方圆三五十里，有七八个在山上被毒蜈蚣咬过的农民，喝了识仙堂的药酒被救过来，寨邻乡亲们口口相传，把识仙堂的坐堂郎中吹得近乎是神医，得了什么病都来找他。他哪里招架得住？幸好妈把他带到外公面前，讨得几册医书，学得了一些治疗跌打损伤、头痛脑热的普通方子，临时抱佛脚地应付些小毛小病，还是勉强可以对付过去，不出差错。

　　原来外公一辈子，除了教书，还懂得些医学药理知识，妈自小耳濡目染，多少也学了几招，本来只是在家人遇到病痛时，减轻些症状的。韦春就从此起步，逼着上架，潜心研读医书，并走出旧州城区，上到山里，采摘草药。听说此去几十里地在山上山下居住的苗族、彝族村寨上，同样有苗医和彝医，韦春凭着妈给他改的名字，和识仙堂有救活人命绝招的名声，虚心向这些民族郎中学习，切磋医术，得益匪浅。他的强项和优势是名声在外，又有文化，什么事儿一点就通，一学就会。令他惊喜的是，就在这个过程中，祖父韦石山在九大寨发现的救人性命的仙草，他在离开旧州不远的轿子山里采摘到了。要晓得，妈让美贞从麻石堡带出来的仙草，这些年里让他尽数泡成了药酒，已经所剩无几了。他正发愁，一旦用完了，只有到九大寨的山间密林悬崖间才能找到。他一个土司老爷的后裔，被人认出来，在杨专员当政时大肆宣扬的铲灭土司家族，决不准土司家族死灰复燃的号令下，他必须得有天大的勇气，才敢冒此危险，回去一次啊！他若真想潜回九大寨，钻进那一片山岭中去，美贞第一个不会答应，妈也不会同意。况且，他已经有了逢春，韦氏老土司家族唯一的男性后裔，美贞还给他生下了逢秋，是个女娃儿。

　　为找到祖父在神秘的九大寨密林中发掘采摘到的仙草，韦春心心念念地挂牵了好久啦，几乎成了他的一块心病。故而，当他在轿子山采摘到这株花儿开得那么平淡无奇、一点儿都不起眼的仙草时，他欣喜若狂地跑回到旧州来，一进厢房屋头，拦腰一把将美贞抱了起来。

害得美贞羞红了脸嗔骂他："都两个娃娃的爹了，你还敢这么疯！"

生活安定了，识仙堂药铺远近闻名，美贞一点也不显老。巷街的镇子上，没人晓得美贞比韦春大了十多岁。街坊邻居和四乡八寨的农民最多说："识仙堂郎中娶了个比他大点的婆娘。"只有韦春心里晓得，他对美贞的依恋有多深。

连宋庭竹都为韦春在轿子山找着了这株仙草而惊喜，她喜吟吟地让美贞晚饭桌上添个腊肉、爆浆豆腐蘸辣椒面、一条鱼，说："为这株仙草，喝上一杯烧春酒。晓得吗，这烧春酒，在我们跑出九大寨前一年，得奖了！原先都叫它茅台烧春，现在叫它茅台酒了。"

谷族通过古歌，口口相传的规矩，以十二生肖冠名年份。转眼到了"鼠年"，韦春晓得，就是贵州解放前一年的1948年冬月，也就是老街上大多数汉族民众说的农历鼠年，安顺出的报纸上又登出一条豆腐干那么大小的消息：九大寨教堂售出。

和九大寨有关，消息虽然很不起眼，韦春还是细细地读了。写的是，满嘴的白胡子垂到胸腰、年过八旬、垂垂老矣的罗司铎，将他主持了一辈子的五寨教堂，连同附带的房屋货栈，还有一张牛皮大小的田地，一千大洋卖给了当地豪绅。

韦春迫不及待地把报纸拿去给已是七十好几高龄的妈看，他妈宋庭竹把手一甩，听韦春几句话简单说完报纸的意思，靠在摇椅上道："老眼昏花，不看了。这个人，终于也到了谢幕的时候。"

后　记

　　这是一段烽火惊天的岁月。

　　从巨富沦落为几近赤贫，从统辖一方流落为一介草民，而且发生在短短的几个月时间里。这是 1915 年，离开现在已经 100 多年了。

　　细想一下，百多年前的 1915 年，正是袁世凯当了短短的 83 天皇帝那一年。也是在那年，以云南的蔡松坡为首，掀起的护国运动，震动了全国。直到今天，在云南省城昆明，在贵州省城贵阳，还有纪念这一运动的护国路及一系列的建筑及遗物致敬这一场运动。

　　《九大寨》所写的，正是在这一宏大的历史背景上展示的弱小民族（现在也有人称之为少少数民族）的盛衰。书名《九大寨》，事实上在我们的地图上，正像我在小说里所写的，只是很不起眼的一个小点，一小片区域。

　　但在这一小片区域里发生的剧烈演变，却也能展示高原的风情和历史。

近十余年里，年年的夏季，我都要从上海市中心的寓所，来到贵州山乡少数民族聚居的大山里住上几个月。除了读书和写作，稍一得闲就是进周围的少数民族村寨，和各个年龄段的老乡交流和摆谈，和他们一起看山、观水、感慨世事的更迭和人事的多变与不变。听老人讲述他们民族的古老传说、民间故事与禁忌，和他们一起过"三月三""四月八""六月六"等民族节日，饶有兴趣地观察他们的婚丧嫁娶和日常劳作。在接近当下的他们充满烟火气息的生活形态时，我的记忆中还有着一个对比的参照系。那就是半个世纪之前，我作为一个来自上海的知识青年，走近苗寨侗村布依部落时的强烈印象。久而久之，我不无惊异地察觉，无论时水族、瑶族、仡佬族、土家族、毛南族，几乎包含贵州全省十七个世居少数民族，他们的风情俚俗在演变，他们用来"养心"的歌声在变化，就连他们十分讲究的服饰、婚姻形式，也在起着潜移默化的让人几乎不易察觉的变化。联想到人类历史的发展过程中，史籍记载中存在过的东亚丹尼索瓦人，印尼的弗洛勒斯人，菲律宾的吕宋人，还有已经消亡了的尼安德特人，都在淡出当代人的视野，我意识到这是一个颇有意味的题材。于是我让手中的笔，回到了1915年代的《九大寨》。

在10年插队落户当知青的岁月中，我记下的气象日记，让我对云贵高原的山地气候，有了切身的体会；和贵州高原与山乡村寨半个世纪的情缘，和各个少数民族的深入交往，使我的笔尖更增加了写好《九大寨》的自信。

小说在《作品》杂志2020年第7期发表的时候，我在开头写了一段"写在前面的话"，在结尾又写了一段"不是多余的话"，那是我怕今天的读者不能理解为什么要写这么个 100 年前的故事。事实证明我是多虑了，《九大寨》被《作品》的读者投票，评为去年三季度的最佳小说，又被评为 2020 年的《作品》最佳长篇小说，并且从我读到的几篇评论来说，读者不仅完全读懂了这本书，并且还读出了更多的意味深长的东西。故而，出版社提议删去这一头一尾两篇文字，我完全同意，遂而写下了这一篇后记。

叶辛

2021 年 8 月 5 日于花溪孔学堂大成山